W0014266

BASTEI
LÜBBE
TASCHENBUCH

Über den Autor:

Jan Westmann ist gebürtiger Eifler mit schwedischen Wurzeln. Als Redakteur war er jahrelang in einem süddeutschen Verlag tätig, bis es ihn aus familiären Gründen nach zehnjähriger Abstinenz zurück nach Mayen, dem Tor zur Eifel, geführt hat. Schon in Zeiten seiner hauptberuflichen Verlagslaufbahn hat Westmann mit dem Schreiben von Romanen begonnen und bereits einige Bücher im Kinder- und Erwachsenenbereich veröffentlicht. Die Begegnung mit einem Hirten bei einem Survival-Trip durch die Wildnis brachte ihn schließlich auf die Idee zu seinem ersten Vordereifel-Roman. Mittlerweile lebt Westmann als freier Autor und leidenschaftlicher Hobbyfotograf mit seiner Familie im Maifeld und nutzt jede freie Gelegenheit, um in den Eifler Wäldern auf Recherche für weitere Romanideen zu gehen.

JAN WESTMANN

TILLA UND DER TOTE SCHÄFER

EIFEL-KRIMI

BASTEI LÜBBE TASCHENBUCH
Band 17866

Dieser Titel ist auch als E-Book erschienen

Originalausgabe

Dieses Werk wurde vermittelt durch die
Literarische Agentur Thomas Schlück GmbH, 30161 Hannover.

Lektorat: Daniela Jarzynka
Titelillustration: © Philip Richards, London;
© Brigitte Merz/LOOK-foto/getty-images; © Phil.Tinkler/shutterstock
Umschlaggestaltung: FAVORITBUERO, München
Satz: hanseatenSatz-bremen, Bremen
Gesetzt aus der Minion
Druck und Verarbeitung: CPI books GmbH, Leck – Germany
ISBN 978-3-404-17866-7

2 4 5 3 1

Sie finden uns im Internet unter
www.luebbe.de
Bitte beachten Sie auch: www.lesejury.de

Kapitel 1

Sie hasste Tse-tung. Nicht bloß, weil er die untreueste Kreatur auf der ganzen Welt war und einfach mit jedem anbandelte, der seinen Weg kreuzte, nein. Viel schlimmer als das war, dass er nun schon seit drei Tagen nicht mehr nach Hause gekommen war. Drei Tage, in denen Tilla ihn nicht mehr zu Gesicht bekommen hatte. Dass er mal eine Nacht nicht nach Hause kam, war nichts Ungewöhnliches. Zwei Tage am Stück ließen Tilla ebenfalls nicht nervös werden. Aber drei? Sie konnte sich nicht daran erinnern, dass ihr Kater jemals so lange verschwunden gewesen war.

Dabei fürchtete sie gar nicht so sehr, dass ihm etwas zugestoßen sein könnte. Tse-tung war ein cleverer Kater. Viel zu schlau, um von Traktorrädern überrollt zu werden, und die Mähdrescher kamen erst im Spätsommer. Außerdem war er zu bösartig und mit seinen sieben Kilo Lebendgewicht überdies zu fett, um sich von einem anderen Kater davonjagen zu lassen. Auch nicht von einem Marder oder Frettchen. Schon gar nicht von einem Hund. *Die* suchten eher das Weite, wenn sie Tse-tungs Weg kreuzten. Tse-tung hasste Hunde. Mehr noch als Zeckenkämme, Wurmkuren und Billig-Katzenfutter. Und mit seiner Abneigung hielt er nicht hinterm Berg, wenn sich ein Hund näherte.

Nein, sie fürchtete sich davor, dass er einfach so vom Erdboden verschluckt worden war oder ihn die Katzenmafia in die Fänge bekommen hatte.

Tilla fröstelte, was weniger der Sorge um den Kater zuzuschreiben war, sondern vielmehr der aufkommenden Kälte des späten Abends. Es war zwar schon Ende Mai, und eigentlich hätte man erwarten können, dass man es mittlerweile auch ohne Jacke draußen aushielt. Doch sobald sich die Sonnenstrahlen des Tages verabschiedeten und die Nacht anbrach, wurde es ziemlich schnell lausig kalt. Selbst die dichten Häuserreihen, die den Marktplatz umschlossen, schafften es noch nicht, die Wärme des Tages zu speichern. Tilla wollte das hier so rasch wie möglich zu Ende bringen und dann in ihrem geliebten Citroën HY zurück zur Mühle zu fahren. Sie hoffte, dass Joos genügend Weitsicht besessen und den Kamin in ihrem Zimmer angestochert hatte.

Außerdem tat ihr noch der Rippenbogen von dem Tattoo weh, das sie sich gestern frisch hatte stechen lassen. Eine bunte Lotusblütenranke, durchzogen mit maorischen Schriftzeichen, deren Bedeutungen ihr ganz persönliches Geheimnis war.

Verdammter Kater!

»Was machen Sie denn da?«

Tilla zuckte vor Schreck zusammen und hätte sich beinahe in den Zeigefinger getackert. Verunsichert sah sie sich um, konnte aber niemanden sehen.

»Ja, genau Sie meine ich!«

Sie drehte sich in die Richtung, aus der die Stimme zu kommen schien.

In diesem Moment trat eine hochgewachsene, knochige Gestalt ins Laternenlicht, in dem ein halbes Dutzend fetter Nachtfalter wild umherflatterte. Eine ältere, dunkel gekleidete Frau, die in Tilla den dringenden Drang weckte, ihr etwas zu essen zu geben.

»Sie können doch nicht einfach so Ihre Zettel an die Bäume tackern. Das sind auch Lebewesen, wissen Sie?!«

Ihr Blick richtete sich auf den Tacker in Tillas Hand.

»Bitte was?«, fragte Tilla.

Dann verstand sie.

»Ach so, die Vermisstenzettel.«

Sie hielt der aufgebrachten Frau eines der Blätter unter die Nase.

Deren Stirn legte sich in Falten, als sie zu lesen begann.

»Tse-tung?«, fragte sie ungläubig. »*Miau* Tse-tung?«

Tilla nickte.

»Mein Kater. Ist seit drei Tagen nicht mehr nach Hause gekommen.«

Sie hielt kurz inne. Wie leicht es ihr auf einmal über die Lippen ging. Dieses *nach Hause.* Hätte man ihr das vor anderthalb Jahren gesagt, hätte sie es nicht geglaubt, dass sie sich hier so wohl fühlen würde. Und doch war es so. Die alte Mühle war mittlerweile für sie das, was einem Zuhause am nächsten kam.

Die Frau hob den Arm, aber nicht, um nach dem Zettel zu greifen, sondern um ihn mitsamt Tillas Hand zur Seite zu schieben.

»Sie können doch hier nicht so einfach Sachen an die Bäume tackern!«, wiederholte sie.

»So? Und warum nicht?«

Tilla musste sich zusammenreißen, damit ihre Zähne nicht klapperten. Es war wirklich unglaublich, wie kalt es noch war. Sie richtete sich auf und presste die Kieferknochen zusammen, um das Klappern zu unterbinden. Sie wollte der Frau auf keinen Fall das Gefühl geben, sie würde sie einschüchtern.

»Wieso? Wieso? Weil das Wildplakatiererei ist!«

Fassungslos und völlig überrumpelt starrte Tilla die Frau an.

»Aber das machen doch alle so.«

»Schlimm genug!«

Tilla neigte den Kopf zur Seite, um ihr Gegenüber argwöhnisch zu mustern.

»Und wer sind Sie, dass Sie sich dafür verantwortlich fühlen?«

»Die Frau des Bürgermeisters …«, sagte die Frau zwei Nuancen lauter, als sie vorhin gesprochen hatte, und fügte dann nach einer kurzen Pause und wieder leiser hinzu: »… bin ich nicht.«

Tilla neigte den Kopf noch ein Stück schräger.

»Aber ich bin die Schwester von der Frau des Bürgermeisters.«

»Ach?!«

»Nun ja. Die Halbschwester.«

Diese Ergänzung kam nur ganz leise über ihre Lippen.

»Also sind Sie die Halb-Schwägerin des Bürgermeisters?«, fragte Tilla verächtlich.

Das Herz sprang ihr jedoch zwei Schläge lang hart gegen die Brust. Allein der Gedanke an Bürgermeister Adenbach konnte sie in Aufruhr bringen. Dabei wusste sie wirklich nicht, was er gegen sie hatte. Aber er ließ keine Gelegenheit aus, ihr das Leben schwer zu machen. Jüngst hatte er ihr ohne Nennung eines Grundes die Standort-Genehmigung für das Kurzzeit-Pflegezentrum in Elzbach entzogen. Und was sie ganz bestimmt am allerwenigsten brauchen konnte, war ein weiterer Grund, ihn gegen sich aufzubringen. Deshalb lenkte sie ein und versuchte es bei der Frau auf die Mitleidstour.

»Mein Kater ist verschwunden, und ich hätte ihn wirklich, wirklich gerne wieder bei mir. Deshalb …«

»Schön und gut. Aber doch nicht mit dem Tacker!«

Tilla wollte gerade zu einer Gegenfrage ansetzen, als die Frau loslegte.

»Die Bäume sind Stadteigentum, und genau genommen habe ich Sie bei einer mutwilligen Sachbeschädigung erwischt.«

Mutwillige Sachbeschädigung? Tilla schnaubte innerlich. Wer sprach denn bitte so? Bestimmt war diese Person in einem früheren Leben Anwältin gewesen. Oder noch schlimmer: Politesse.

»Was ist eigentlich Ihr Problem? Das Tackern oder das Aufhängen der Zettel?«

Sie wartete die Antwort gar nicht erst ab, sondern ging schnurstracks zu ihrem HY.

»Und obendrein stehen Sie mit diesem Monstrum von Gefährt im absoluten Halteverbot«, hörte sie die Frau in ihren Rücken rufen.

Vor Wut stöhnend schloss Tilla die geteilte Hecktür auf und verschwand mit dem Oberkörper im Inneren des uralten Transporters. Zwischen Zeitschriften, Süßigkeiten und Konserven fand sie schnell, wonach sie gesucht hatte.

»Es geht doch nichts über eine gute Grundordnung!«

Mit triumphal gereckter Faust, in der sie das Paketband fest umschlossen hielt, kehrte sie zurück und machte sich ohne ein weiteres Wort daran, den nächsten Vermisstenzettel mit dem Paketklebeband am Baum zu befestigen, was wider Erwarten erstaunlich gut klappte. Da sie auf die Schnelle keine Schere zur Hand hatte, riss sie das Band einfach mit den Zähnen ab.

Der Frau schien das allerdings noch immer nicht zu passen, da sie weiter schrill hinter ihr aufmeckerte.

Tilla schloss die Augen und besann sich auf die Entspannungstechniken, die sie beim Autogenen Training gelernt hatte. Damals, an der VHS in der Elzbacher Schulaula. Viele Übungen waren es nicht, die sie kannte, da sie den Kurs nach zwei Sitzungen abgebrochen hatte, weil sie mit den Frauen nicht klargekommen war. Oder sie nicht mir ihr – je nach Betrachtungsweise.

Dabei wollte sie doch nichts weiter als endlich ankommen. Dazugehören und nicht wie eine Aussätzige behandelt werden.

Nach dem Autogenen Training hatte sie es mit Zumba versucht. Damit musste sie aber aufhören, als der Zumbalehrer ihr schöne Augen gemacht und sie sich damit den Zorn der anderen – ausnahmslos weiblichen – Kursteilnehmer auf sich gezogen hatte.

Die Elzbacher Frauen und sie waren noch nicht zu einer Einheit zusammengewachsen. Aber Tilla gab die Hoffnung nicht auf.

Die beiden Doppelstunden Autogenes Training hatten dennoch Spuren bei ihr hinterlassen. Hielt sie sich an die Übungen, wurde sie tatsächlich ein wenig ruhiger. Und sie verband das Mosern der unangenehmen Frau mit einem Schaf, was sie albern aufkichern ließ, als sich das passende Bild dazu hinter ihren geschlossenen Augen manifestierte. Dieses Gemeckere klang aber auch wirklich wie ein Schaf, das stetig lauter wurde. Das war witzig. Zumindest eine volle Sekunde lang.

Tilla war impulsiv und temperamentvoll. Sie war es schon immer gewesen. Und bei derartigen charakteristischen Eigenschaften reichte das aus zwei Stunden zusammengeklaubte Wissen bei Weitem nicht aus, um den zart gesponnen Geduldsfaden nicht doch zum Reißen zu bringen. So holte sie in der zweiten Sekunde tief Luft und pfiff auf ihre Ruhe und Gelassenheit.

»Jetzt hören Sie endlich auf, sich zu beschweren! Das kann dem Baum ja wohl nicht mehr wehtun!«

»Ich hab doch gar nichts gesagt.«

»Nun tun Sie nicht so!«

Wütend drehte Tilla sich um und war doch etwas verstört, als neben der Frau tatsächlich ein Schaf stand und sie mit großen Augen ansah und, nun ja, anblökte.

»Möööäääh!«

Das dichte Fell wirkte im Schein der Laterne rosa.

»Da steht ein Schaf neben Ihnen«, sagte Tilla wenig intelligent und nickte mit dem Kinn sicherheitshalber in Richtung des Tieres.

Das gaffte so dämlich zurück, wie es nur ein Schaf konnte.

»Ja«, sagte die Frau, als sie den Blick zum Schaf wandte. »Das sehe ich auch.«

Tilla seufzte und schüttelte resigniert den Kopf. Wie sehr ihr das Landleben manchmal den letzten Nerv raubte …

»Was will das Schaf?«

Die schmalen Schultern der Frau hoben sich kurz.

»Woher soll ich das wissen?«

Dann wandte sie sich wieder Tilla zu.

»Das ist trotzdem noch Wildplakatiererei, was Sie da veranstalten!«

Ihre Blicke trafen sich, und in diesem Moment erkannte Tilla, dass ein Streit mit dieser Person keinen Sinn hatte. Energisch stapfte sie an der Frau und dem Schaf vorbei zum nächsten Baum.

»Haben Sie um diese Uhrzeit wirklich nichts Besseres zu tun, als mir auf die Nerven zu gehen?«

Die Frau folgte ihr.

»Einer muss sich schließlich für das Wohl der Bäume einsetzen. Alleine verteidigen können sie sich ja leider nicht.«

»Hören Sie, ich bin mir ziemlich sicher, dass die kleinen Pikser den Bäumen keinen Schaden zufügen.«

»Das können Sie gar nicht wissen.«

»Sie können aber auch nicht wissen, ob es ihnen wehtut.«

»Ich kann Ihnen ja mal ins Bein tackern. Würde Ihnen sicherlich auch nicht gefallen, nicht wahr?«

»Aber jetzt nehme ich ja Paketband. Geben Sie also endlich Ruhe!«

Doch von Ruhe konnte gar keine Rede sein. Im Gegenteil. Das Gemecker nahm kein Ende.

Wieder drehte Tilla sich ruckartig rum.

»Verdammt noch mal …«

Weil sie nicht fassen konnte, was sie da sah, drehte sie sich ganz schnell wieder um, hantierte ungelenk mit dem Handzettel herum und versuchte zu verarbeiten, was sie da gerade gesehen hatte.

Es gelang ihr nicht, weshalb sie sich noch einmal umdrehte.

Langsamer. Vorsichtiger.

Nein, es war keine Einbildung gewesen.

»Was zum …?«

Auf einmal war alles voller Schafe. Unzählige Köpfe hatten sich ihr zugewandt. Die friedvollen Augen stierten sie interessiert an. Die rosafarbenen Nasen blähten sich auf. Schafe. Überall Schafe. Der ganze Marktplatz von Elzbach war voll von diesen Tieren.

Tilla zuckte erschrocken zusammen, als sie von etwas Wolligem gestreift und ihr mit einem entschiedenen Ruck der Vermisstenzettel aus der Hand gerissen wurde.

»Das Schaf frisst meinen Zettel auf.«

Die Frau sah Tilla abschätzig an.

»Sie sind ja schon eine ganz schön schrille Gestalt. Diese Tätowierungen überall und diese bunten Haare. Sind neu hier, nicht wahr? Ich kenne Sie nicht.«

Tilla spürte, wie der Blick der Frau an den gedehnten Löchern ihrer Ohrläppchen haften blieb. Sie mochte ihre Flesh-Tunnels und wäre in einer Stadt nicht weiter damit aufgefallen. Aber hier auf dem Dorf gaben ihr Begegnungen wie diese immer wieder aufs Neue das Gefühl, Ehrenmitglied einer Kuriositätenshow zu sein, die auf Durchreise war.

»Neu? Na ja. Ich wohne eigentlich schon seit anderthalb Jahren in …«

»Eine Zugezogene?«

Tilla nickte und war überrascht vom schiefen Grinsen, das sich im Gesicht ihres Gegenübers breitmachte. Ihr fiel auf, dass die selbst ernannte Hilfspolizistin denselben blöden Gesichtsausdruck aufgesetzt hatte wie die Schafe.

»Richtig, ich habe schon von Ihnen gehört.«

Die Frau reckte ihr Kinn in Richtung des Transporters. »Sie sind die mit dem fahrenden Gemüsegarten, richtig?«

Tilla nickte.

»Tja, willkommen auf dem Maifeld.«

»Danke.«

»Mein Schwager kann Sie übrigens nicht ausstehen.«

Dann machte sie auf dem Absatz kehrt und bahnte sich einen Weg durch die Schafe.

Kapitel 2

Sie war so unendlich müde. An diesem Morgen rächte es sich, dass sie ihre Zeit bis spät in die Nacht damit verbracht hatte, diese verdammten Vermisstenzettel für ihren noch mehr verdammten Kater in der ganzen Umgebung verteilt zu haben.

Danach war sie in einen unruhigen Schlaf voller wirrer Träume gefallen, in denen ihr Kater immer wieder vorgekommen war.

Natürlich hatte sie verschlafen und musste deshalb in Windeseile sich selbst und den HY herrichten. Denn die Kunden verziehen nichts: weder Zuspätkommen noch ein ungepflegtes Äußeres und schon gar keinen Verkaufswagen, der nichts zum Verkaufen dabeihatte.

Sie hatte es nicht mehr geschafft, ihre Haare zu waschen, und sie deshalb zu einem lockeren Knoten aufgesteckt. Dazu trug sie ein geblümtes blaues Petticoat-Kleid, dem ein Bügeleisen gut zu Gesicht gestanden hätte. Zumindest würde die Verkaufsschürze später die tiefsten Falten verdecken.

Das Radio voll aufgedreht, fuhr sie viel zu schnell die Landstraße entlang. Bei jedem Schlagloch hüpften die beiden Plüschwürfel, die sie als Glückbringer an der Sonnenblende befestigt hatte, ausgelassen hin und her. Wobei es bei ihrem ein halbes Jahrhundert alten Citroën HY mit seinen siebenundfünfzig Pferdestärken vielmehr ein rasantes Tuckern als ein schnelles Rasen war. Dennoch: Sie liebte diesen Oldtimer. Vielleicht sogar so sehr wie ihren Kater. Stellte er doch die Existenzgrundlage ihres neuen Lebens dar. Eines unabhängigen Lebens, in dem sie ihr eigener Boss war.

Übrigens ein guter Grund, um es sich mit ihrer Stammkundschaft nicht zu verscherzen.

Sie hatte das riesige Lenkrad fest im Griff und fühlte sich wie der Steuermann eines Kreuzfahrtriesen. Obwohl sie die Strecke in- und auswendig kannte, musste sie sich konzentrieren, da die enge Straße nicht für einen Wagen mit diesen Ausmaßen gemacht war. In jeder Kurve hoffte sie, dass ihr niemand entgegenkam.

Obendrein war es eine gefährliche Straße, davon zeugten die vielen Holzkreuze am Wegesrand. Jedes davon erzählte eine eigene tragische Geschichte.

Doch sie hatte Glück.

Zumindest bis zur nächsten Kurve.

Es war zwar kein Wagen, der ihr entgegenkam, aber eine Wandergruppe spazierte hinter der schneidigen Biegung plötzlich halb auf der Straße herum.

Entsetzt zog sie das Lenkrad scharf nach links, trat mit ihrem ganzen Gewicht in die Eisen und hörte es hinter sich unheilvoll rumpeln und poltern, als sie endlich zum Stehen kam.

»Tilla!«

Ein groß gewachsener Mann hastete an ihre Fensterscheibe und riss die Fahrertür auf.

»Herrje! Du kannst doch hier nicht wie eine Wilde um die Kurve geschossen kommen!«

Tilla hing noch immer über dem Steuer und versuchte, sich zu beruhigen. Langsam richtete sie sich auf und wischte sich eine rote Strähne aus dem Gesicht.

»Hölzi?«, fragte sie erstaunt. »Dachte, ihr wärt noch auf dem Hof.«

»Nein, wir sind ganz früh aufgebrochen.«

Er setzte den gewachsten Regenhut ab und rieb sich über den Kopf.

Ihn so zu sehen war für Tilla ein noch immer sehr ungewohnter Anblick. Seit Neuestem waren seine Haare raspelkurz, weil er sich bei einem seiner Wildnisausflüge mit einer Kindergartengruppe Läuse eingefangen hatte.

Wie so oft trug er seine klassische Outdoor-Kleidung, die ihn ein wenig wie die Eifelversion von Indiana Jones aussehen ließ. Beigefarbene Cargo-Hose mit vollgestopften Taschen, ein olivgrünes Hemd mit ebenso vielen Ausbuchtungen, eine Weste mit noch mehr Taschen und diesen gekrempelten Hut mit Kinnschnürung. All dies stand ihm nicht schlecht und verlieh ihm tatsächlich etwas verwegen Autoritäres.

Tilla neigte den Kopf ein wenig, während sie ihn musterte. *Vielleicht doch mehr Crocodile Dundee als Indiana Jones,* dachte sie und musste grinsen.

»Wir wollen unbedingt vor Mittag den Wald erreichen.«

Tilla blickte in die bereits mächtig schwitzenden Gesichter der anderen Wanderer, die sich um den HY herum versammelt hatten. Es war Hölzis neue Survival-Tour-Gruppe, die sie bereits gestern Nachmittag kennengelernt hatte, weil sie die erste Nacht des Erlebnistrips auf Joos' Hof verbrachte.

Das Geschäftsmodell hatte sich Hölzi einfallen lassen. Mittlerweile startete er all seine Survival-Touren von der Mühle aus. So konnten seine Gäste in Ruhe anreisen und noch eine gemütliche Nacht in einem Bett verbringen, bevor es für zwei Tage in die raue Wildnis ging.

Joos war die Übereinkunft recht, bekam er so zumindest zeitweise Gäste in seine Mühlenpension.

Tilla mochte es, wenn sich das alte Gemäuer mit Leben füllte.

Da sie gestern jedoch mit ihrem rollenden Gemüsegarten viele Seniorenheime abzuklappern hatte, war ihr diesmal nicht viel Zeit geblieben, die vier Männer näher kennenzulernen. Erst bei der Zubereitung des gemeinschaftlichen Abendessens fand sich Gelegenheit zu einem Plausch bei einer Flasche feinherben Riesling-Kabinetts, den Joos Stunden zuvor kistenweise von seinem Lieblingsweingut in Winningen besorgt hatte.

Dabei erfuhr sie, dass die vier Kollegen und bei einem großen Bonner Telekommunikationsunternehmen angestellt waren. Jeder von ihnen hatte ihr ausführlich erklärt, welche Zuständigkeitsbereiche ihm oblagen. Theo war für die telekommunikationstechnischen Anlagen und Anwendungen verantwortlich. Frank leitete die Planung und Realisierung komplexer Videosicherheitssysteme, Beschallungsanlagen und Übertragungstechnik.

Tilla hatte bereits bei den ersten Sätzen das Interesse verloren und sich mit voller Hingabe dem Schälen der Kartoffeln gewidmet.

Die vier Herren wirkten auf sie wie eine Gruppe Männer im besten Alter, die es noch einmal wissen wollten. Die es sich selbst – und vermutlich ihren Kollegen und Frauen – beweisen wollten, dass sie nicht nur im Bürodschungel bestehen konnten, sondern in ihnen das Blut echter Abenteurer steckte. Eine gnadenlose Selbstüberschätzung, wie Tilla auf den ersten Blick erkannt hatte.

Optisch waren die vier Herrschaften nämlich das absolute Gegenteil von Hölzi. Zwei von ihnen waren ordentlich aus dem Leim gegangen, die anderen beiden waren so dünn, dass es beinahe kränklich aussah. Typische Bürohengste eben.

Micha, Bernd, Frank und Theo. Tilla verfügte über ein ausgeprägtes Namensgedächtnis. Frank war der Älteste von ihnen. Er hatte kaum noch Haare auf dem Kopf, eine insgesamt sehr gedrungene Gestalt und einen ausladenden Speckgürtel um seine Hüfte. Um ihn machte sie sich am meisten Sorgen. Doch auch Micha, Bernd und Theo schienen alles andere als in Form zu sein. Vermutlich hatten sie allesamt ein Ergometer im Keller stehen, auf das sie sich zweimal die Woche für eine halbe Stunde draufschwangen, um das schlechte Gewissen zu beruhigen.

Sie hörte Hölzi, der sich wieder über ihren Fahrstil erging, nur halbherzig zu, da sie noch immer ein ungutes Gefühl beschlich. Das Geräusch beim Bremsen hatte nichts Gutes verheißen. Sie hoffte, dass das kratzende Geraschel aus dem Laderaum gekommen war. Vor allem hoffte sie, dass nicht schon wieder etwas mit der hinteren Achsaufhängung war, die Joos erst kürzlich repariert hatte – unter lautstarkem Fluchen und Gezeter, wobei er sich mehr als einmal ziemlich unflätig über ihre Fahrweise geäußert hatte. Aber was konnte sie denn schon dafür, wenn sie von einem Termin zum nächsten hasten musste?

»Das ist ein altes Schätzchen«, hatte sie seine mit starkem niederländischen Akzent gefärbte Stimme in den Ohren. »Damit muss man sorgsam umgehen. Den kannst du nicht fahren wie einen Neuwagen. Der hat Seele.«

Sie wusste ja, dass er recht hatte. Aber meistens hatte sie es eben eilig, wenn sie unterwegs war.

Mit einem Hops sprang sie vom Sitz und stand vor Hölzi, der sie um eine Kopflänge überragte.

Tilla nickte der gesamten Gruppe kurz zu.

Die Herren aus Bonn waren ebenfalls sportlich gekleidet. An ihnen sah es jedoch so aus wie eine Kostümierung. Überall prangten die Etiketten teurer Marken. An den Schuhen, den Hemden und den Schirmkappen. Die Männer wirkten blass und kraftlos und alles andere als für die wilde Eifelnatur geschaffen.

Hölzi machte einen Schritt auf sie zu, wollte sie drücken, doch Tilla tauchte unter ihm ab und marschierte zum Wagenheck.

»Ihr werdet euch beeilen müssen, wenn ihr noch vor Mittag im Wald sein wollt.«

Bereits am frühen Morgen hatte sich eine schwüle Hitze verbreitet, die ihr das Gefühl gab, alles würde an ihr kleben. Vielleicht hätte sie sich anstelle des engen Petticoat-Kleides doch für die luftige Marlene-Hose entscheiden sollen.

Als sie das hintere Rad erreichte, ging sie auf die Knie, um einen Blick auf die Hinterachse erhaschen zu können.

»Hui, das ist aber schnuckeliges Gestell!«, hörte sie jemanden rufen.

»Meinst du den Wagen oder das Mäuschen?«, fragte ein anderer.

Tilla hörte geflissentlich darüber hinweg, fegte sich den Straßenstaub von den Knien und den Handflächen, als sie sich wieder aufrichtete, und zupfte den Saum ihres Blumenkleides nach unten.

Hölzi kam auf sie zu.

»Alles okay mit dem Wagen?«

Sie sah ihn an. Vielleicht eine Spur zu lange.

Er war braun gebrannt, und dichte Bartstoppeln standen in seinem Gesicht, was ihm ein draufgängerisches Aussehen verlieh. Dabei war Hölzi genau das nicht. Und vermutlich war genau das wiederum der Grund, warum aus ihnen nichts Festeres geworden war. Er war einfach zu nett und fiel damit automatisch durch Tillas Raster.

Hölzi hieß eigentlich Thomas Weiler. Den Spitznamen hatte man ihm in seiner Försterausbildung verpasst, weil »Baumflüsterer« zu lang war. Denn nichts anderes war Hölzi. Ein Mann, der wie kein Zweiter mit der Natur verbunden und felsenfest davon überzeugt war, dass Bäume lebten und sogar miteinander kommunizierten.

Tilla hatte keine Meinung dazu, lauschte aber gerne den ausschweifenden Erklärungen, mit denen er seine These stützte. Diese Leidenschaft, mit der er Dinge tat, schätzte sie sehr an ihm.

»Weiß noch nicht«, sagte sie. »Da war ein komisches Geräusch beim Bremsen.«

Sie öffnete die doppelseitige Hintertüre und betrachtete den Inhalt des Wagens. Vieles lag auf dem Boden, wo es eindeutig nicht hingehörte. Und dann sah sie es: Glasscherben und eine grünliche Flüssigkeit. Dazu ein essigartiger Geruch.

»Es waren die Gurken. Nicht die Achsaufhängung!«

Sie lachte befreit auf.

Und dann noch mehr, als sie sah, dass Hölzi mitlachte.

»Apropos, wie kommst du mit deiner Gurkentruppe voran?«, raunte sie ihm zu.

Hölzi trat einen Schritt näher an sie heran.

»Großstädter eben.«

Auch er flüsterte.

So dicht an seinem Körper roch sie sein würziges Deodorant. Er verwendete noch immer dieselbe Sorte.

»Groß im Sprücheklopfen. Wollen endlich mal was erleben. Ein echtes Männerabenteuer. Du verstehst? Aber Theo pfeift schon jetzt aus dem letzten Loch. Den muss ich im Auge behalten.«

Tilla nickte. Und wie sie verstand. Und auch wieder nicht. Was trieb erwachsene Männer bloß dazu, ein Wochenende in der Wildnis ohne jeglichen Komfort zu verbringen? Schlimmer noch, Hölzi lieferte seinen Kursteilnehmern eine Survival-Erfahrung, die selbst Hartgesottene an ihre Grenzen bringen konnte. Völlig auf sich allein gestellt in der urigen Natur der alten Eifeler Wälder. Nichts dabei, außer den Klamotten, die man am Leib trug.

Unzählige Male hatte er versucht, sie dazu zu überreden, sich gemeinsam mit ihm auf dieses Abenteuer einzulassen. Nur für ein Wochenende. Doch Tilla hatte jedes Mal dankend abgelehnt. Sie war kein verwöhntes Luxusweibchen. Aber fließendes kaltes und warmes Wasser und ein Bett waren doch Dinge, auf die sie äußerst ungern freiwillig verzichtete.

»Wir wollen an der Elz entlang zum Felsensteig und uns von dort in den Wald hineinschlagen.«

»Hui, klingt ja aufregend.«

»Ist es auch. Tief im Wald werden wir eine Quelle ausfindig machen und uns dort mit einem Wasservorrat eindecken. Ich werde ihnen zeigen, wie man das Wasser aufbereitet und dann –«

Tilla legte ihren Zeigefinger auf seinen Mund, um ihn zum Schweigen zu bringen. Sie schenkte ihm ihr charmantestes Lächeln.

»Nicht böse sein, aber ich muss wirklich los, bin schon wahnsinnig spät dran.«

»Wo musst du denn hin?«

»Nach Kempenich, zum Seniorenstift *Soleo*.«

Hölzi zuckte mit der Augenbraue.

»Kempenich?«

Er wirkte etwas unbeholfen, als er erst ihren Transporter, dann sie ansah.

»Hältst du es wirklich für eine gute Idee, mit der fahrenden Wellblechhütte so weite Strecken zurückzulegen?«

Sie drehte sich um und tätschelte den türkisfarbenen Kotflügel. Unter ihren Fingerkuppen spürte sie eine raue Rostblase, die drauf und dran war, sich durch den dicken Lack hervorzudrücken. Sie machte sich eine gedankliche Notiz. Ein klarer Fall für Alles-Ganz-Macher Joos. Tilla wüsste gar nicht, was sie ohne diesen Mann tun sollte, der nicht nur zu einer Art Vaterersatz, sondern auch zum WG-Partner und besten Freund für sie geworden war.

»Ist doch bloß Landstraße. Außerdem ist der Wagen zuverlässiger als jeder Mann, mit dem ich mich bislang eingelassen habe.«

Hölzi ging nicht auf die Spitze ein – vielleicht, weil ihn das miteinschloss.

»Gut, aber Kempenich liegt in der anderen Richtung.«

»Danke für diese Information«, erwiderte Tilla fröhlichsarkastisch. »Ich muss vorher noch zum Hof. Gemüse einkaufen. Und so.«

Hölzis Kopf neigte sich zur Seite.

»Zu *Florians* Hof?«

Seine Stimme klang auf einmal ungewohnt scharf.

»Ja.«

Sie hatte den Namen extra vermieden, aber es war klar, dass Hölzi sofort wusste, welcher Hof gemeint war.

»Von ihm beziehe ich nun mal mein Gemüse.«

Hölzi gab einen verächtlichen Laut von sich.

»Genau. Und was sonst noch alles.«

Wieder einmal bereute sie es, dass er von ihrem kleinen Geheimnis wusste. Nicht, weil sie ihm nicht vertraute, sondern weil ihr der unterschwellige vorwurfsvolle Ton so unendlich auf die Nerven ging.

»Es sind allesamt erwachsene Menschen. Sie wissen, was gut für sie ist«, zischte sie.

»Mag sein.«

Hölzi trat noch ein Stück näher an sie heran.

»Aber weißt du es denn auch?«

Sie stemmte die Fäuste in die Hüfte, überlegte kurz, ob sie es auf einen Streit mit ihm ankommen lassen sollte. Aber warum eigentlich? Sie waren kein Paar mehr, und somit war sie ihm zu nichts verpflichtet.

Und dass er Florian nicht leiden konnte, war nicht sonderlich verwunderlich. Schließlich war der nicht ganz unschuldig daran, dass sie kein Paar mehr waren. Das jedenfalls vermutete Hölzi. Aber Tilla wusste es besser. Vor allem kannte sie sich besser. Auch ohne Florian hätte sie sich von ihm getrennt. Mit Florian war es bloß … einfacher gewesen. Dabei hatte sie nur ein bisschen mit ihm geflirtet und sich kaum weiter auf ihn eingelassen. Gut, hier und da war es mal zu einer kleinen Knutscherei gekommen. Doch Tilla zog die Reißleine, bevor mehr draus hätte werden können. Eine Beziehung mit Florian war für sie unvorstellbar. Dafür waren sie einfach zu unterschiedlich.

Plötzlich schraubte sich ein scharfer, ohrenbetäubender Ton zwischen sie und Hölzi. Tilla fuhr erschrocken zusammen.

Es war ein aufheulendes Martinshorn, das genau einmal betätigt worden war. Ein Streifenwagen kam unmittelbar neben ihnen zum Stehen.

Die Fensterscheibe wurde heruntergelassen, und das Profil eines Mannes, den Tilla bislang noch nicht hier gesehen hatte, kam zum Vorschein. Er trug eine Pilotenbrille und war unrasiert.

»Guten Tag die Herrschaften, gibt es ein Problem?«

»Nö. Wieso?«, fragte Hölzi.

Er schirmte die Stirn mit der Hand ab, um den Mann im Streifenwagen erkennen zu können.

Auch Tilla musste gegen die Sonne anblinzeln, um mehr als nur die Silhouette des Mannes zu sehen.

»Sie stehen mitten auf der Straße, das ist Ihnen schon bewusst?«

»Das ist der Wagen der Dame«, hörte sie einen der Wanderer hinter sich sagen.

Es war Frank, wie sie erkannte, als sie sich umdrehte. Er deutete sogar mit dem Finger auf sie.

Als der Polizist sich die Sonnenbrille abstreifte, sah sie in ein Paar dunkelbrauner Augen, die sie interessiert musterten. Er war jung, vermutlich nur wenig älter als sie selbst.

»Einen schönen Wagen haben Sie da.«

Tilla war irritiert, weil er in diesen wenigen Sekunden den Wagen mit keinem Blick gewürdigt hatte. Stattdessen hatte er die ganze Zeit sie im Fokus.

»Ähm, danke.«

Der Polizist lächelte sie ziemlich einnehmend an, wie Tilla fand. Sie konnte gar nicht anders, als das Lächeln zu erwidern.

»Aber Sie stehen da wirklich ziemlich ungünstig in einer schwer einzusehenden Kurve.«

»Oh.«

Hölzi trat dicht neben sie und lachte auf.

»Aber um diese Uhrzeit kommt kaum ein Auto vorbei. Wir sind hier doch mitten im Nirgendwo.«

»Trotzdem, man kann nie wissen. Seien Sie einfach bitte etwas vorsichtiger und achten Sie auf den Verkehr.«

Er schob seine Hand aus dem Wagen und fuchtelte damit an ihnen vorbei.

»Dort ist ein Gehweg. Auf dem sind Sie wahrlich besser aufgehoben.«

Hölzi wollte gerade etwas erwidern, als das Funkgerät im Inneren des Polizeiwagens ansprang.

»Wagen dreizehn, bitte kommen. Wagen dreizehn.«

Erst jetzt wandte der Polizist den Blick von Tilla ab, fixierte kurz das aufblinkende Gerät und zögerte einen Augenblick.

»Wagen dreizehn. Bitte kommen. Hallo, Seliger? Sind Sie da?«

Der Polizist schaute noch einmal aus dem Fenster und sah Tilla direkt in die Augen.

»Seliger, verdammt noch mal! Gehen Sie ran!«

Er setzte sich mit einer lässigen Geste die Sonnenbrille auf, sodass nur noch sein breites Lächeln zu sehen war.

»Also dann, einen schönen Tag, die Herren und die Dame.«

Tilla und die Männer starrten dem Streifenwagen noch eine ganze Weile schweigend hinterher, bis Hölzi verächtlich die Nase hochzog.

»Was war das denn für ein aufgeblasener Wichtigtuer?«

»Och, ich fand ihn eigentlich ganz … nett.«

Sie spürte, dass sie noch immer ein leichtes Grinsen im Gesicht hatte.

Sie wollte gerade zurück in den Wagen steigen, als Hölzi sie am Arm festhielt.

»Und … ist dein Kater wieder da?«

Tilla schüttelte langsam den Kopf. Sie spürte, wie sich ein Kloß in ihrer Kehle bildete.

Hölzi zwinkerte ihr zuversichtlich zu.

»Der wird schon wieder auftauchen.«

Sie versuchte sich an einem Lächeln.

»Wenn du das sagst.«

Sie blickten beide gedankenversunken ins Nirgendwo.

Dann raffte Tilla sich auf.

»Hey, ich kann euch ein Stück mitnehmen.«

Tilla blickte steil nach oben. Kein einziges Wölkchen zeigte sich am Himmel.

»Sonst schafft ihr es nie bis Mittag in den Wald.«

Kapitel 3

Die Fahrt nach Kempenich war eigentlich sehr angenehm. Lediglich die vielen Motorradfahrer, die sie in waghalsigen Situationen überholten und damit nicht nur ihr eigenes Leben riskierten, zerrten an ihren Nerven.

Dabei machte es ihr überhaupt nichts aus, selbst mit einer Durchschnittsgeschwindigkeit von achtzig Stundenkilometern über das Maifeld und durch die Schluchten zu flitzen. Eigentlich war es ein gemütliches Tingeln, aber der Wellblech-Truck rumpelte und wackelte bei seiner Höchstgeschwindigkeit so arg, dass ihr die Fahrt hinter dem Steuer faktisch doppelt so schnell vorkam.

Die meisten Strecken, die sie zurücklegte, waren wunderschön, führten sie vorbei an unendlich erscheinenden Feldern, die davon zeugten, dass hier die Landwirtschaft eine wichtige Einnahmequelle war, aber auch an Tälern mit Weiden und Wäldern. Es gab viele Kurven und steile Anstiege und Gefälle. Strecken, die sich zu jeder Jahreszeit anders präsentierten.

Eigentlich ein Traum.

Das Einzige, was sie ein wenig störte, war die enorme Geräuschkulisse. Ihr HY war laut. Sehr laut. Bei Vollgas – wenn man das überhaupt so nennen konnte – hörte sie nicht einmal mehr das Radio, wenn sie es laut aufdrehte. Aber was das Radio nicht schaffte, machte Tilla wett, indem sie alle Songs ihres im Kassettendeck befindlichen Lieblings-Tapes *The Very Best of Elvis Presley* lautstark mitschmetterte. Joos hatte ihr bereits des Öfteren einen Hörsturz und bleibende Schäden prophezeit. Doch das kümmerte Tilla nicht.

Hinter dem Steuer ihres faltigen Schnuckelchens fühlte sie sich frei. Außerdem war der Wagen hübsch, nein, außerordentlich schön sogar – zumindest auf den zweiten Blick. Rustikal und kantig. Wie ein unförmiges, übergroßes Insekt, jedoch mit putziger Schweinsnase. Gänzlich anders präsentierte sich das Innenleben. Joos hatte ihr in unzähligen Stunden Fleißarbeit ein Interieur gezaubert, das einem französischen Tante-Emma-Laden im Fifties-Style in nichts nachstand. Mitsamt ausladendem Tresen und bis zur Decke reichenden Regalen in den Farben Creme und Beige.

Tilla hatte sich sofort in den HY verliebt, als Joos damit angekommen war. Dabei war er damals bloß ein Schatten seiner selbst gewesen. Angefressen von Rost. Ein Scheinwerfer hatte gefehlt, die geteilte Frontschreibe war gesprungen und das Innenleben komplett vermodert gewesen.

Gemeinsam mit dem Holländer hatte sie unzählige Stunden an diesem Oldtimer geschraubt und gehämmert und lackiert und geschweißt. Sie hatte zwar bloß die Handlangertätigkeiten erledigt, aber es fühlte sich für sie trotzdem so an, als hätte sie diesem Wagen ein zweites Leben geschenkt. Ein Leben, das sie nun mit ihm teilen durfte.

Tilla erreichte Kempenich mit einer Viertelstunde Verspätung.

Das war zu verkraften, fand sie. Vor allem, weil sie sich auf Florians Hof auch noch um das Gurken-Malheur hatte kümmern müssen.

Sie hatte es sich zur Angewohnheit gemacht, dreimal zu hupen, wenn sie die Auffahrt zum Altersheim nahm. Doch meist standen ihre Kunden schon auf dem Parkplatz und warteten ungeduldig auf ihre Ankunft.

So auch heute.

Kaum war sie um die Ecke des kleinen Sträßchens gebogen, winkte ihr bereits ein halbes Dutzend Gehstöcke zu.

Wahrscheinlich waren die Leutchen über jede Abwechslung froh, die ihr Leben ein wenig unterhaltsamer machte.

Mit einem beherzten Ruck schaltete sie in den zweiten Gang und schob sich tuckernd die geschwungene Einfahrt des Seniorenheims hinauf.

Zwei Herren ließen es sich nicht nehmen, ihr beim regelkonformen Einparken behilflich zu sein. Schließlich musste alles seine Ordnung haben.

Sie stellte den Motor ab, rutschte vom Fahrersitz, schnürte sich beim Betreten des Verkaufsraums die braune Schürze um und schob die große Seitenklappe auf.

Jedes Mal aufs Neue genoss sie diesen Augenblick, wenn das Tageslicht in den hinteren Bereich ihres Wagens strömte und all ihre Waren mit hübschem Glanz überzog.

Sie war stolz auf die Inneneinrichtung ihres kleinen fahrbaren Tante-Emma-Ladens: pastellige Farben, Retro-Schriften, eine runde, verchromte Kühltheke, die an die Form eines klassischen Cadillacs erinnerte. Dazu eine alte Registrierkasse, eine knallrote Blechwaage und überall Metallschilder von teilweise längst vergessenen Waschmittel-, Zigaretten- und Getränkemarken. Pure Nostalgie auf engstem Raum. Und sie selbst rundete das Bild mit ihrem Rockabilly-Stil perfekt ab.

Strahlend begrüßte Tilla die ersten Kunden des Tages: »Guten Morgen zusammen.«

»Ihr werdet ja immer später, ihr jungen Dinger!«, begrüßte Herr Henkel sie grimmig.

Er stand ganz vorne – so dicht am Wagen, dass sie ihm beinahe die Wellblechklappe vor die Nase geschlagen hätte.

»Und was haben Sie mit Ihren Haaren gemacht?«

»Getönt, Herr Henkel. Das machen junge Dinger wie wir manchmal.«

»Ja, aber … was ist das denn für eine Farbe?! Schweinchenrosa?«

»Erdbeerblond. Zumindest war das der Plan.«

Herr Henkel rümpfte die Nase.

»Also ehrlich, Sie sind so ein hübsches Mädchen. Warum muss man sich da so verschandeln? Und dann die dicke Schminke in Ihrem Gesicht.«

»Das ist Kajal.«

»Und all die bunten Bilder auf Ihrer Hand.«

»Das sind Tattoos.«

»Meinerzeit, als ich noch bei der Marine war und zur See gefahren bin, hatten das damals nur die Hafenhu–«

»Günni, jetzt lass aber mal gut sein«, wies Frau Gilles ihn barsch zurecht.

Die kleine Frau mit der kompakten Statur stand direkt hinter ihm und verpasste ihm einen heftigen Klaps auf den Hinterkopf, sodass seine staubgraue Schirmmütze nach vorn rutschte.

Herr Henkel zuckte zusammen.

»Er hat ja recht«, räumte Tilla ein. »Hab die Tönung tatsächlich ein wenig zu lange einwirken lassen.«

Sie zog eine Strähne aus ihrem Knoten und strich sich über das glatte Haar.

»Und so ist das Erdbeerblond eben doch ein wenig pinkstichig geworden.«

Tilla gefiel es trotzdem. Sie war ohnehin ein farbenfroher Mensch.

Frau Gilles zwinkerte ihr liebevoll zu, während sie ihren kleinen, wolligen Hund streichelte, den sie im Arm hielt.

Tilla konnte mit Hunden nicht allzu viel anfangen, doch sie fand es klasse, dass immer mehr Seniorenzentren ihren Bewohnern das Halten von Haustieren erlaubten.

»Gut, wäre das mit den Haaren ja geklärt«, raunte Herr Henkel übellaunig. »Kann ich dann jetzt endlich einkaufen, ja?«

Tilla schenkte ihm ein zuckerwattiertes Lächeln. Es kostete sie überhaupt keine Überwindung – auch wenn der Mann sie gerade unterschwellig als Hafenhure tituliert hatte. Das war wohl eine der wenigen positiven Begleiterscheinungen des Älterwerdens: Man ließ einem einfach viel mehr durchgehen.

»Dasselbe wie immer, Herr Henkel?«

»Muss.«

Weiterhin gut gelaunt, griff sie nach einer Papiertüte und begann zu packen: eine Schachtel Chesterfield und zwei kleine Fläschchen Strothmann Weizenkorn.

»Sehr schön.«

Herr Henkel schenkte ihr zum ersten Mal an diesem Morgen etwas, das einem Lächeln zumindest ansatzweise nahekam.

»Und dann hätte ich gerne noch eine Dose Corned Beef, einen Bund Möhren und …«, er trat näher an die Verkaufstheke heran und reckte sein Kinn, »vielleicht noch etwas zu … lesen?«

Dabei zwinkerte er ihr so umständlich zu, dass es Tilla schwerfiel, nicht gleich loszulachen.

»Klaro!«

Mit beiden Händen umgriff sie die gerade gepackte Papiertüte, ging in die Hocke und stellte sie neben sich, um das Sortiment unterhalb der Ladentheke in Augenschein zu nehmen. Die neueste Ausgabe der *Reif & Drall* ließ sie in der gestrigen *Rhein-Zeitung* verschwinden und packte diese in die Tüte.

»Der Artikel wegen«, rechtfertigte sich Herr Henkel, wie er es an jedem Monatsanfang tat.

Tilla nickte.

»Schon klar.«

Es wunderte sie nicht, dass ihn auch im hohen Alter noch die Fleischeslust packte. Im Gegenteil, sie fand es gut, dass er sein tristes Heimleben damit ein wenig aufregender gestalten konnte.

Nun kamen das Dosenfleisch und die Möhren in die Tüte. Genau so, dass alles Darunterliegende verdeckt wurde. Tilla wusste genau, dass diese Lebensmittel oft nur Alibi-Käufe waren, um den Korn, die Zigaretten und das Schmuddelheftchen an der Heimleitung vorbeizuschmuggeln.

Es war eine Art Gentlemen's Agreement, das sie stillschweigend mit allen Kunden hatte, die sich für ihre Bückware interessierten.

Und wahrscheinlich war auch genau das der Grund, warum sie sich gegen die rollende Supermarktflotte der viel stärkeren Konkurrenz durchsetzen konnte: ein Sortiment, das perfekt auf ihre Kunden zugeschnitten war.

Leben und leben lassen, sagte Tilla sich immer. Natürlich tat sie der Kundschaft mit diesen Lieferungen keinen gesundheitlichen Gefallen. Doch sie waren schließlich alle alt genug. Und wenn Tilla auf dieser Welt eine Sache mehr als alles andere gegen den Strich ging, dann war es die Aufhebung der Selbstbestimmung. Ob Motorradfahren ohne Helm, Anschnallpflicht oder der Genuss von Cannabis. In ihren Augen hatte kein Mensch das Recht, einem anderen vorzuschreiben, wie er zu leben hatte, wenn er mit seinem Tun keinen anderen gefährdete.

Sie selbst hatte sich vorgenommen, ebenfalls wieder mit dem Rauchen anzufangen, wenn sie die siebzig überschritten hätte. Bei Zeus, sie würde mit Leib und Seele Kettenraucherin werden! Es war zwar nun schon eine ganze Weile her, dass sie das Rauchen aufgegeben hatte. Doch noch immer verging kein Tag, an dem nicht das Verlangen nach einer Zigarette in ihr wütete. Auch wenn der Anlass, warum sie mit dem Rauchen aufgehört hatte, längst hinfällig war, hatte sie selbst in der schwierigsten Zeit ihrer persönlichen Lebenskrise Stärke bewiesen und nicht wieder angefangen – obwohl sie wahrlich allen Grund dazu gehabt hätte.

Viele ihrer Kunden kamen auch deswegen zu ihr, weil sie Obst- und Gemüsearten im Sortiment hatte, die es im Supermarkt seit Jahren nicht mehr zu kaufen gab. Hier kam es ihr zugute, dass viele der Heime, bei denen sie vorbeifuhr, mehr und mehr auf Betreutes Wohnen setzten. Die rüstigen Rentner sollten auch im hohen Alter noch die Möglichkeit haben, weitestgehend selbstständig agieren zu können. Dazu gehörte auch die Selbstversorgung mit Kochmöglichkeiten.

Mit einem knappen Nicken tapste Herr Henkel, die schwere Tüte vor sich hertragend, zurück in Richtung Seniorenheim.

Vermutlich landeten die Möhren im Müll, noch ehe er in der Stube aus seinen Schuhen geschlüpft war.

»Und nächsten Samstag dann wieder pünktlicher, Fräulein!«, rief er ihr über die Schulter hinweg zu.

»Jawohl, Sir!«

Tilla salutierte zum Spaß, aber das bekam Herr Henkel nicht mehr mit.

Als Nächstes trat Frau Adenbach an die Theke, eine herzensgute Dame, die von schlimmer Arthrose drangsaliert wurde, aber für ihre vierundneunzig Jahre noch überaus gut in Schuss war.

Auf sie freute sich Tilla ganz besonders. Nicht nur, weil die Dame sie an ihre schon lange verstorbene Oma erinnerte, sondern auch, weil sie ihre lukrativste Kundin im Seniorenheim war. Einzig brisant an ihrem beinahe schon freundschaftlichen Verhältnis mit Frau Adenbach war, dass sie die Schwiegermutter des Elzbacher Bürgermeisters, Hannes Adenbach, war. Nicht auszudenken, wenn er durch einen dummen Zufall Wind von ihrer, nun ja, Geschäftsbeziehung bekam. Vermutlich würde er sogleich das Ordnungsamt und die Bullen auf sie hetzen, um ihren rollenden Gemüsegarten dichtzumachen.

»Kindchen, toll siehst du heute wieder aus! Die Farbe steht dir fantastisch. Als ich in deinem Alter war, wäre das ja undenkbar gewesen, so herumzulaufen. Aber heute habt ihr jungen Leute glücklicherweise ganz andere Freiheiten.«

Tilla strahlte sie an, dankbar, dass es auch alte Menschen

gab, die nicht dem ewig gleichen »Früher war alles besser«-Tenor verfielen.

»Was darf es denn heute sein, Frau Adenbach?«

»Pralinen«, sagte die Frau und zeigte hinter Tilla. »Die mit der Schnapsfüllung. Dann brauche ich noch eine Flasche Doppelherz, eine *Bunte* und die Großpackung Gebissreiniger.«

So ging es immer. Erst eine Handvoll Alibi-Einkäufe, bevor es zur Sache ging.

»Sonst noch etwas, Frau Adenbach?«

Die alte Frau mit den lilastichigen Locken drehte sich vorsichtig um – aus Sorge vor etwaigen Mithörern. Doch diese Angst war unbegründet. Vor Tillas fahrendem Gemüsegarten herrschte absolute Diskretion, vergleichbar mit einem Geldschalter einer der hiesigen Sparkassenfilialen.

Als sie sich vergewissert hatte, dass sie ungestört sprechen konnte, stellte sich Frau Adenbach auf die Zehenspitzen, um näher an Tilla heranzukommen.

»Welche Sorte kannst du denn heute empfehlen?«

Tilla tat so, als müsste sie kurz überlegen.

»Kali Haze. Ganz frisch reingekommen. Krasses Zeug.«

Die alte Frau zuckte mit den runden Schultern und sah skeptisch drein.

»Ich kann bloß hoffen, dass es mehr hermacht als das vom letzten Mal. Die Wirkung war gut, aber geschmeckt hat es wie getrocknete Affenkacke.«

»Frau Adenbach!«

»Ist doch wahr.«

Tilla legte ihre Hand auf die der Frau.

»Ich kann Ihnen versprechen, an besseres Weed ist um diese Jahreszeit kein Herankommen. Das Kali Haze ist vom Geschmack her milder und etwas süßlich, aber die Wirkung …«

Tilla formte mit Zeigefinger und Daumen einen Kreis und stieß imaginären Rauch aus.

»Dein Wort in Gottes Ohr.«

Frau Adenbach schien überzeugt.

»Das Gramm zu welchem Tagespreis?«

Tilla spitzte die Lippen.

»Wie gesagt, das ist echte Spitzenqualität. Da muss ich pro Gramm leider noch 'nen Fünfer mehr sehen als beim Super Silver Haze von letzter Woche.«

Frau Adenbach entglitten vor Empörung die Gesichtszüge.

»Das ist ja absoluter Wucher!«, sagte sie in resolutem Tonfall. »Zwei.«

»Vier«, entgegnete Tilla ebenso entschieden.

»Drei.«

Die Miene von Frau Adenbach war unerbittlich.

Tilla seufzte.

»Na schön. Als Kennenlernangebot.«

In Frau Adenbachs Züge stahl sich ein triumphaler Glanz.

»Aber ich will mich vorher von der Qualität überzeugen dürfen.«

Nun spielte Tilla die Empörte und fragte mit in die Hüfte gestemmten Händen: »Vertrauen Sie mir etwa nicht?«

»Kindchen. Ich bin nicht so steinalt geworden, weil ich Gott und der Welt mein unvoreingenommenes Vertrauen geschenkt habe.«

»Okay, okay.«

Schulterzuckend tauchte Tilla nach unten ab und brachte wenig später ein durchsichtiges Tütchen mit getrocknetem grünen Inhalt zum Vorschein. Sie blickte sich kurz um, ob nicht jemand Offizielles vom Heim zu sehen war, und öffnete den wiederverschließbaren Beutel. Behutsam fischte sie ein Blütenknäuel heraus, das sie Frau Adenbach in die knöchrige Hand legte.

Diese befühlte das Knäuel fachmännisch, zerrieb es und roch dran.

»Mhm.«

Ein Grinsen breitete sich in Frau Adenbachs rundem Gesicht aus.

»Du bist die Beste!«

Tilla erwiderte das Grinsen.

»Mag sein. Dennoch sind es nächste Woche fünf Euro mehr für das Gramm.«

»Vier! Allerhöchstens! Und die Blättchen will ich dann umsonst haben!«

Kapitel 4

Hölzi war zufrieden mit dem bisherigen Verlauf seines Survival-Trips. Kaum hatte er mit seinem Trupp die Straße verlassen und sich durch die Büsche in den uralten Wald geschlagen, war die aufgepeitschte Gruppe immer ruhiger geworden. Inzwischen waren sie einige Stunden unterwegs.

Die Sonne stand bereits tief am Himmel und schaffte es mit ihren Strahlen kaum noch durch das dichte Blätterdach der Tannen und Laubbäume.

Die ungeübten Wanderer begrüßten diesen Umstand, da die Temperaturen damit auch ein wenig erträglicher wurden. Sie ahnten nicht, dass sie sich schon bald, wenn die Nacht einbrach, die Wärme des Tages zurückwünschen würden. Denn auch wenn der Sommer tagsüber bereits anklopfte, konnten die Nächte empfindlich kalt werden, ganz besonders in den Wäldern.

In den letzten Stunden hatte er den vier Männern einiges über die Regeln der Natur beigebracht.

Es waren ihnen ein paar echte Tiere auf ihrem Weg begegnet. Schmetterlinge, Käfer, Vögel. Sie hatten sogar eine Schlange am Ufer der Elz gesehen. Eine ausgewachsene Ringelnatter, die Hölzi auf gut eineinhalb Meter Länge schätzte. Die vier gestandenen Männer waren recht nervös geworden, einer war sogar in Panik geraten und hatte Tränen in den Augen gehabt.

Tränen! Wegen einer harmlosen Natter! Ein tollwütiges Rehkitz war gefährlicher! Ohnehin war das Riskanteste, was man sich in diesen Wäldern einfangen konnte, Zecken.

Begegnungen wie die mit der Schlange hingegen waren es, die Hölzi immer wieder vor Ehrfurcht innehalten ließen. Lief man mit offenen Augen durch die Gegend, konnte man fantastische Entdeckungen machen.

Wie damals, als er durch Zufall bei einer Erkundungstour auf diese Höhle gestoßen war. Es war keine natürlich geschaffene Höhle, sie stammte aus der Zeit, als Generationen von Männern vor ihm tiefe Stollen gegraben hatten, um Schiefergestein abzubauen. Das gesamte Elztal war durchzogen mit verlassenen Stollengängen. Manche davon waren nur wenige Meter lang, andere mehrere Kilometer, die sich labyrinthartig schlängelten. Mehr als zwei Dutzend dieser Stollen hatte er bereits entdeckt und alle auf seiner persönlichen Landkarte verzeichnet. Er war fasziniert von diesen unterirdischen Gängen, die Zeugnisse einer Zeit waren, als Menschen in dieser Gegend unter Tage gearbeitet hatten, um den wertvollen Rohstoff mit purer Muskelkraft und Spitzhacken aus dem Fels zu schlagen. Die meisten Höhlen, die er gefunden hatte, waren aufgegeben worden, da die Schieferader versiegt war, andere wiederum aus ihm unerfindlichen Gründen.

Die Höhle, die er sich ausgesucht hatte, um seinen Großstadttrupp dort übernachten zu lassen, war in jeder Hinsicht einzigartig.

Bereits der Eingang lag so versteckt, dass Hölzi ihn nie von selbst gefunden hätte. Einem Flohmarktfund war es zu verdanken, dass er die Lage dieser Höhle kannte. Beim Durchstöbern einer alten Landkartensammlung war er auf eine Karte aus der frühen Nachkriegszeit gestoßen.

Er liebte diese alten Karten, weil dort Dinge verzeichnet waren, die im Laufe der Jahre in Vergessenheit geraten und in neueren Karten nicht mehr zu finden waren. Hügelgräber, längst geschlossene Bundeswehrstützpunkte und Höhleneingänge – wie eben dieser.

Im Laufe der Jahre hatte die Witterung dafür gesorgt, dass der Eingang mehr und mehr zugeschüttet wurde, bis er nur noch ein kleines Loch war, durch das man der Länge nach kriechen musste. Eine ziemlich intensive Erfahrung, doch es lohnte sich über alle Maßen, sich ihr auszusetzen. Hatte man es geschafft, in die Höhle zu gelangen, stand man in einen kleinen Gang, der nach wenigen Metern in einem großen Hohlraum endete, an dessen rechter Seite ein kleiner unterirdischer See lag.

Als er die Höhle zum ersten Mal und im Alleingang erkundet hatte, lag das Wasser so schwarz und glatt vor ihm, dass er beinahe hineingestürzt wäre. Dies hätte sein sicheres Ende bedeutet, da der Rand vom Boden bis zum Wasserbecken glatt geschliffen war und über einen Meter nach unten ging.

Mit rasendem Puls hatte er am Rand gekauert und um Luft gerungen. Der Schein seiner Helmlampe war auf das kristallklare Wasser gerichtet. Auf dem Boden des Sees lagen unzählige weiße, fingerdicke und unterschiedlich lange Stäbchen. Es hatte eine Weile gedauert, bis er erkannte, was er da sah: Knochen. Tierknochen. Allem Anschein nach hatte im Laufe der Jahrzehnte so manches Tier nicht solch ein Glück wie er gehabt und war über den Beckenrand in die Tiefe gestürzt. Ohne Hilfe gab es aus dem eiskalten Wasser kein Entkommen.

Hölzi war sofort von dieser Höhle fasziniert gewesen.

Bei seinem nächsten Einstieg hatte er mehr Lampen dabei und sicherte sich mit einem Seil ab, das er an einem Baum in der Nähe des Eingangs befestigt hatte. Mit den zusätzlichen Lichtquellen konnte er das gesamte Wasserbecken ausleuchten und entdeckte auf dem Grund – neben all den Tierskeletten, einer vor sich hin rostenden Lore und verwitterten Spatenschaufeln – parallel aus dem Boden ragende Schienenstränge, die in der gegenüberliegenden Wand endeten. Er verstand sofort, worauf er gestoßen war: Es war einer jener Schieferstollen, die aufgegeben wurden und deren Eingang kurzerhand zugesprengt wurde. Mit der Zeit hatte sich das Grundwasser diesen Bereich zurückerobert, wodurch der kleine See entstanden war.

Dieser Ort war wirklich die ideale Lagerstätte für abenteuerlustige Großstädter, die den Nervenkitzel suchten.

Als er unmittelbar vor dem Eingang stehen blieb und den vier Männern mit einem Nicken zu verstehen gab, dass sie ihr Ziel erreicht hatten, erntete er ungläubiges Schweigen.

Sie sahen fertig aus. Die atmungsaktiven Markenklamotten waren schmutzig und verschlissen; sie waren eben nichts für die echte Wildnis. Gut, er hatte ihnen auch bereits einiges abverlangt. Sie hatten Rinde gegessen, eine Quelle gefunden und ihr Wasser selbst abgekocht – mit Feuer, das sie nur mit Reibung und trockenem Holz entfacht hatten. Seit über zehn Stunden waren sie im Wald unterwegs. Das konnte Bürohengste ganz schön schlauchen.

Es wurde also Zeit für ein authentisches Waldabendessen und den Schlaf der Gerechten.

Hölzi ging nicht so weit, dass er sie Tiere jagen ließ. Er hatte es auf die Sachen abgesehen, die leichter zu erbeuten waren als Hasen oder Eichhörnchen. Auf seinem heutigen Abendessen-Speiseplan standen Wurzeln, Beeren und Insekten. Hauptsächlich Insekten. Denn von denen gab es in der Höhle, vor der sie standen, reichlich.

»Wir sind da.«

Hölzi schulterte seinen Rucksack ab und gönnte sich einen Schluck aus seiner Trinkflasche mit dem frisch entkeimten Wasser. Es schmeckte vom Abkochen noch ein wenig rauchig, aber es war kühl und löschte den Durst.

»Wo genau ist ›da‹?«, fragte Frank, der älteste der Gruppenteilnehmer.

Sie hatten zwar nicht darüber gesprochen, aber aufgrund ihres Verhaltens untereinander war Hölzi sich ziemlich sicher, dass Frank in ihrer Firma die höchste Funktion von ihnen innehatte.

»In unserem Camp.«

Hölzi zeigte auf den laubbedeckten Boden.

»Verstehe ich nicht«, sagt der Mann wieder. »Hier vorne sollen wir unser Lager aufschlagen?«

»Nein, nicht hier vorne. Da drinnen.«

Hölzi ging in die Knie und begann, das Geäst und das viele Laub zur Seite zu räumen, um den getarnten Eingang freizulegen. Er hielt kurz inne, da die Äste, die über dem Eingang lagen, noch frisch waren – fast so, als wären sie erst kürzlich von Bäumen abgebrochen worden. Das war merkwürdig.

»Was wird denn das?«, wollte Micha wissen.

Er war ein netter Kerl, ungefähr in Hölzis Alter, aber mit der Kondition seiner Großmutter.

Hölzi gab ihm keine Antwort, sondern präsentierte den Männern nach wenigen Handgriffen den freigelegten Eingangsbereich. Ein dunkles schwarzes Loch.

Die Männer sahen erst ihn und dann sich gegenseitig ungläubig an.

Hölzi grinste sie an. Ein wenig Schadenfreude überkam ihn. Er spürte ihre Angst. Nun hatte er sie dort, wo er sie haben wollte.

»Hier ist der Einstieg«, sagte er zu Micha.

»Was heißt denn hier ›Einstieg‹?«, fragte Theo panisch.

Nach Luft ringend betrachtete er ungläubig das dunkle Loch vor ihm.

»Wir werden uns doch nicht etwa da reinquetschen?!«

»Das wird unser Nachtlager«, erklärte Hölzi und legte den Kopf in den Nacken. »In weniger als einer halben Stunde wird es in Strömen regnen. Ich für meinen Teil möchte wirklich nicht völlig durchnässt unter freiem Himmel schlafen.«

»Also eine Höhle?«

Selbst Michas Stimme ließ ein Erschaudern erkennen.

»Ganz genau. Ich gehe vor und knipse schon mal das Licht an. Ihr sucht in der Zeit Laub, damit wir uns daraus unsere Betten basteln können.«

»Wir sollen wirklich in einer Höhle übernachten?«, fragte Frank ungläubig. »Ist da nicht alles voll von ekligem Ungeziefer und so?«

»Also bitte!«, sagte Hölzi. »Wie sprichst du denn von deinem Abendessen?«

Er suhlte sich eine geschlagene Sekunde in den entsetzten Mienen der Großstädter.

Dann machte er sich daran, in die Höhle zu kriechen. Er musste sich der Länge nach hinlegen, um sich durch die schmale Öffnung schieben zu können.

Wieder kam ihm etwas merkwürdig vor. Der Boden war ungewöhnlich glatt und bot kaum Widerstand. Ohne große Anstrengung konnte er durch das Loch flutschen und befand sich schnell im Höhlengang.

Der war so breit, dass gut zwei Mann nebeneinanderher gehen könnten, doch so niedrig, dass Hölzi gebückt weitergehen musste.

Im Gehen fischte er sich die mitgenommenen Teelichter aus den Jackentaschen und verteilte sie auf dem Weg in die Höhle. Dies war das einzige Zugeständnis an die Zivilisation, da er seinen Großstädtern zumindest die erste Zeit halbwegs angenehm gestalten wollte. Aus eigener Erfahrung wusste er, wie beengend das Gefühl in einer unterirdischen Höhle sein konnte.

Als er schließlich den großen Höhlenraum, den er »Kathedrale« getauft hatte, erreichte, war er wieder so fasziniert von diesem grenzenlos glatten Schwarz, dass er gar nicht auf den Weg achtete.

Und da war es auch schon zu spät.

Mit einem Fuß blieb Hölzi an etwas hängen, stolperte nach vorn und stürzte auf den Felsboden. Zu seiner Verwunderung landete er ungewöhnlich … weich. Seine Hände krallten sich reflexartig in etwas Felliges. Er musste auf ein Tier gefallen sein, das auf dem Boden lag. Erschrocken robbte er zur Seite. Im ersten Augenblick fürchtete Hölzi tatsächlich, er sei auf einem schlafenden Höhlenbären gelandet.

Doch es regte sich nichts. Alles blieb still.

Keuchend tastete er den Boden nach seinem Feuerzeug ab, das ihm beim Sturz aus der Hand gefallen war. Dabei fühlte er wieder das fellige Etwas unter seinen Fingerkuppen. Es war kalt.

Allmählich beruhigte sich sein Puls wieder. Es war nichts Ungewöhnliches, dass kranke Tiere sich in Höhlen zurückzogen, um in Ruhe zu sterben.

Endlich fand er das Feuerzeug und zündete es an.

Er hatte recht mit seiner Vermutung. Vor ihm lag ein totes Tier. Und es war riesig.

»Ein Hund«, raunte er überrascht.

Mit dem Feuerzeug leuchtete er den Körper des Tieres entlang.

Es war tatsächlich ein großer Hund.

Und das war äußerst merkwürdig.

»Alles okay da unten?«, hörte er eine Stimme dumpf aus der Schwärze.

Hölzi krächzte.

Beim zweiten Versuch verließ ein mattes »Ja!« seine Kehle.

Dabei war überhaupt nichts okay.

Der Hund dürfte nicht hier sein.

Und dann entdeckte er das klaffende Loch im Schädel des Hundes.

Gerade, als das Feuerzeug zu heiß an seinen Fingern wurde, registrierte er einen weiteren Körper auf dem Boden.

Er wusste sofort, dass es die Umrisse eines Menschen waren.

Er lag auf dem Bauch. Am Hinterkopf erkannte Hölzi eine faustgroße Öffnung, aus der etwas Weißliches ausgetreten war.

Zunächst dachte er, es sei Hirnmasse. Doch dann sah er, dass sich das Weiß bewegte. Beim näheren Hinsehen erkannte er Dutzende von Maden, die emsig in der Wunde herumwuselten.

Ohne große Vorankündigung übermannte ihn die Übelkeit, und er übergab sich an Ort und Stelle.

Kapitel 5

»Ich will jetzt wirklich nach Hause!«

Tilla schlug einen vorwurfsvollen Jammerton an, doch niemand schenkte ihr Beachtung.

»Wusstet ihr eigentlich, dass *Doppelkopf* aus dem *Schafkopf*-Spiel entstanden ist?«, fragte Richard, der Tierarzt, und zündete sich einen Zigarillo an.

In der *Kleinen Freiheit* herrschte zwar Rauchverbot, doch das kümmerte niemanden. Am allerwenigsten den Wirt Charlie, der selbst mit einer Kippe im Mund hinter dem Tresen stand und Gläser polierte.

»Ach, hör mal einer an, der Herr Doktor weiß wieder was«, sagte Toni, ein harter Spieler, der für einen guten Trumpf seine eigene Mutter verraten würde.

»Ha, den mach ich fett.«

Laut knallte er eine Karte auf den Tisch.

»Und den mach ich auch noch.«

Sichtlich zufrieden riss er den Stich an sich und spielte neu auf.

»Apropos Schafe«, warf Tilla ein. »Weiß man mittlerweile, was es mit denen, die hier rumstromern, auf sich hat?«

Sie blickte Richard fragend an, der auch prompt nickte.

»Sind wohl Fietes Tiere«, erklärte er über seine runde Brille hinweg. »Sonst gibt es hier keinen Hirten weit und breit, der Merinolandschafe züchtet. Allerdings sind er und sein Hund seit Tagen wie vom Erdboden verschluckt.«

Tilla wunderte sich nicht allzu sehr darüber, dass es niemanden im Dorf gab, der sich der Schafe angenommen hatte, auch wenn die Herde nun schon zwei Tage im Dorf verstreut und herrenlos herumtrieb. Zwar liebte man den Kram anderer Leute –

ganz besonders den, der einen überhaupt nichts anging. Aber wenn es darum ging, wirklich mitanzupacken und Lösungen zu finden, senkte man lieber den Blick und tat auf unbeteiligt.

Horst hob seinen Schuh an und betrachtete die Sohle.

»Überall die Köttel auf dem Gehsteig, das ist ja schon arg lästig.«

Er griff nach dem Kugelschreiber und beugte sich nach unten.

»Die machste aber nicht bei mir sauber«, rief Charlie über die Theke hinweg. »Das kannste draußen machen.«

Widerwillig legte Horst den Kugelschreiber zurück auf den Tisch und widmete sich wieder seinen Karten.

»Wer gibt?«, fragte er mürrisch.

»Man hört ja die wildesten Dinge über Fiete.«

Toni blickte aufmerksamkeitsheischend in die Runde.

»So?«

Richard war der Einzige, der den Blick erwiderte.

»Welche denn?«

»Nun ja ...«

Toni holte tief Luft und stieß den Atem mit dem Ausspielen seines letzten Trumpfes aus.

Auch diese Runde ging an ihn.

»Zum Beispiel, dass er sich zum gleichen Geschlecht hingezogen fühlt.«

»Und?«, fragte Tilla scharf.

»Du meinst, Fiete ist schwul?«, fragte Horst überrascht.

Sie alle schauten erst Horst, dann Toni an, der schließlich unbehaglich nickte. Er war sich nun der ungeteilten Aufmerksamkeit gewiss. Aber nur kurz.

»Wer gibt?«, fragte Joos in die Runde.

»Immer der, der dumm fragt«, erwiderte Richard und drückte Joos erst den Kartenstapel in die Hand, dann seinen halben Zigarillo-Stängel in den Aschenbecher.

Richard musste sich das Rauchen abgewöhnen, weil sein Hausarzt sich ernste Sorgen um seine Blutwerte machte. Deshalb rauchte Richard seine Zigarillos nur noch halb auf. Dafür aber doppelt so viele.

»Mein Neffe ist auch schwul«, sagte er schließlich. »Netter Junge.«

»Ich hab ja nicht gesagt, dass ich etwas gegen Schwule habe«, rechtfertigte Toni sich mit trotzigem Unterton. »Aber …«

»Nix aber«, stellte Joos klar. »Dieser Fiete ist also schwul, und das ist dann wohl auch gut so. Bin ich wirklich mit Geben dran? Ich hab doch eben erst.«

Vor sich hin grunzend sammelte er die auf dem Tisch liegenden Karten ein.

Tilla grinste in sich hinein.

Sie mochte Toni nicht besonders. In ihren Augen verkörperte er den Prototypen der Eifler Engstirnigkeit, sein Weltbild stammte aus einem anderen Jahrhundert. Umso mehr freute es sie, dass er damit ziemlich allein auf weiter Flur stand und von seinen Kartenfreunden stets in die Schranken verwiesen wurde.

Eigentlich war Toni kein schlechter Kerl. Er war stets da, wenn man ihn brauchte. Und das war so eine Sache, mit der Tilla sich erst hatte anfreunden müssen: dass Leute mit teils engstirnigen Ansichten und unter Umständen äußerst fragwürdigen politischen Meinungen nicht per se schlechte Menschen waren, denen man rigoros aus dem Weg zu gehen hatte. Und da Toni das Echo vertragen konnte, kam Tilla inzwischen damit klar. Trotzdem hatte sie sich oft gefragt, warum Joos sich so gut mit ihm verstand. Aber anscheinend reichte Männern ein gemeinsames Hobby aus, um sich anzufreunden.

Wie Joos stand auch Toni auf Oldtimer. Bei ihm waren es allerdings Motorräder mit Beiwagen aus der Weltkriegszeit, die er vorwiegend im niederländischen Raum aufkaufte, um sie in seiner Scheune detailgetreu zu restaurieren. In seinem Hobby war er so gut, dass er immer wieder eine seiner wiederaufbereiteten Maschinen für ordentliches Geld an Museen verkaufen konnte.

Er veranstaltete stets einen ohrenbetäubenden Lärm, wenn er mit seinem motorisierten Gespann durch Elzbach knatterte. Stilecht hatte er bei seinen Ausritten einen alten Stahlhelm mit Fliegerbrille auf. Mit seiner bulligen Figur und den zotteliglangen Haaren wirkte er dabei auf Tilla wie der zu kurz geratene Bruder von Hagrid aus den *Harry-Potter*-Filmen.

»Hier in Elzbach verschwinden doch immer wieder Leute.«

Er wandte sich Horst zu.

»Denk nur mal an die Kleine, die damals einfach so verschwunden ist. Wie alt war sie? Siebzehn?«

»Ist die nicht mit einem reichen Typen ausgebüxt, um ein neues Leben in der Großstadt zu beginnen? Hat man sich jedenfalls erzählt«, warf Richard ein. »Das ist jetzt nicht unbedingt vergleichbar mit einem vermissten Hirten.«

»Trotzdem tragisch damals, für die Eltern der Kleinen.«

Horst sah betroffen in die Runde.

»Ich meine, noch nicht mal volljährig und dann Reißaus nehmen, ohne jemandem Bescheid zu sagen. Das war schon hart.«

Es folgte ein betretenes Schweigen, bis es Toni schließlich zu bunt wurde.

»Heute noch?«, maulte er Joos an. »Es hat sich schon mal jemand totgemischt.«

Joos mischte unbeeindruckt weiter.

»Und was soll der Hinweis auf Fietes sexuelle Ausrichtung nun mit dessen Verschwinden zu tun haben?«, fragte Tilla Toni.

»Ich meine ja bloß.«

Er blickte von den frisch ausgeteilten Karten auf.

»Finden eben nicht alle gut, dass ein Schäfer vom anderen Ufer ist.«

»Boah, Toni.«

Tilla konnte nicht mehr länger an sich halten.

»Deine Einstellung ist so übelst von gestern. Was schämen solltest du dich!«

»Und du?«

Er reckte herausfordernd das Kinn.

»Über dich zerreißen sich die Leute ebenfalls das Maul. Wohnst fernab jeglicher Zivilisation mit dem Ex-Freund deiner Mutter zusammen.«

»Und?«

»In deinem Alter solltest du mal darüber nachdenken, eine Familie zu gründen und sesshaft zu werden.«

Tilla holte tief Luft, um ihm so richtig die Meinung zu geigen, doch Joos legte seine Hand auf ihren Arm und drückte sanft zu.

»Können wir jetzt einfach mal Karten spielen, ja?«, fragte er in ruhigem Tonfall und erntete zustimmendes Nicken.

Charlie trat an den Tisch, stellte sein Tablett ab und verteilte die Getränke. Vier Pils, vier Korn, eine Apfelschorle.

»Schreib's auf meinen Deckel«, murmelte der Tierarzt, der in sein neues Blatt vertieft war.

Ohne aufzublicken, reichte er Charlie den Bierdeckel, der den zwei Dutzend Strichen weitere hinzufügte.

»Danke Richard«, ertönte es im Chor.

Der erste Schluck wurde dem Tierarzt gewidmet.

»Das ist aber jetzt wirklich das letzte«, stellte Tilla klar, was Joos pflichtschuldig bejahte.

Charlie nickte Joos zu.

»Übrigens waren heute wieder zwei Wanderer da, die sich nach dir erkundigt haben.«

»Und was hast du gesagt?«

Joos' rechte Augenbraue schob sich einen Deut nach oben.

»Was wohl? Dass ich keinen Joos Koning kenne.«

»Hast du gut gemacht.«

»Hab ich gern gemacht. Aber diesmal haben die sich nicht so leicht abwimmeln lassen.«

Sein Lächeln verzog sich zu einer Grimasse.

»Haben etwas von Internetrecherchen erzählt, aus denen hervorgeht, dass du hier irgendwo wohnen musst.«

Joos stöhnte auf und spielte Karten aus seinem allem Anschein nach jämmerlich schlechten Blatt aus.

»Dieser verdammte Artikel.«

Es war schon über ein halbes Jahr her, dass ein als Pärchen getarntes niederländisches Journalistenteam in ihrer Mühle übernachtet und damit Joos' deutsches Exil ausfindig gemacht hatte. Mit einer Klage hatte er erreichen können, dass der Artikel von der Homepage des Klatschblattes verschwunden war. Doch was einmal im Internet gestanden hatte, war für immer auffindbar.

»Die sind beim alten Wilbert in der *Traube* untergekommen«, warnte Charlie. »Pass also auf, wenn du morgen ins Dorf kommst. Nicht, dass du denen noch versehentlich über den Weg läufst.«

»Werde ich«, versprach Joos.

Tilla wusste, dass dies ein triftiger Grund für den Holländer sein würde, um die nächsten Tage keinen Fuß mehr ins Dorf zu setzen.

»Trotzdem verstehe ich dich nicht.«

Charlie schüttelte den Kopf, während er die leeren Gläser aufs Tablett räumte.

»Du kannst doch aus deiner Prominenz Kapital schlagen. Wahrscheinlich würdest du die Zimmer deiner alten Mühle das ganze Jahr über ausgebucht haben.«

Joos blinzelte ihn an.

»Ich habe mich nicht aufs Maifeld zurückgezogen, um meine Fans um mich zu scharen. Außerdem *habe* ich Gäste im Hotel.«

Tilla nickte zustimmend.

»Erst gestern Nacht hatten wir vier Großstädter bei uns zur Übernachtung. Aus Bonn.«

»Vier Leute. Für eine Übernachtung.«

Charlie legte sich das Handtuch über die Schulter und hob das übervolle Tablett mit den leeren Gläsern an.

»Läuft ja bei dir.«

Einerseits konnte Tilla Joos verstehen. Andererseits auch wieder nicht. Vermutlich war das wirklich nur für jemanden nachvollziehbar, der selbst wahnsinnig berühmt war. Denn das war Joos in seiner Heimat.

Als Schauspieler einer über ein Jahrzehnt ausgestrahlten niederländischen Krimiserie, in der er den Kommissar gemimt hatte, war er in seinem Heimatland so bekannt wie hierzulande Derrick. Aber eines Tages wurde es ihm mit dem Fernsehen und dem Leben als Berühmtheit selbst zu bunt, und er hatte seine Koffer gepackt und das Land verlassen.

Nicht ganz unschuldig an der ganzen Chose war Tillas Mutter gewesen, die Joos in einem Urlaub am Gardasee kennengelernt hatte und in die er sich Hals über Kopf verliebt hatte. Die Beziehung hielt allerdings nur ein paar Jahre. Ihre Mutter Renate war einfach kein Mensch, der sonderlich lange bei ein und derselben Person bleiben konnte. Sie brauchte die Abwechslung. Dass sie damit Joos' Herz gebrochen und er sich nicht mehr davon erholt hatte, stand auf einem anderen Blatt.

Dabei sah er richtig gut aus, war ein unwahrscheinlich netter Mensch und machte sämtliche Frauen in Elzbach und der Umgebung verrückt. Doch Joos hatte den Frauen ein für alle Mal abgeschworen. Er hatte seine Mühle und seinen Esel und natürlich Tilla, um die er sich kümmern konnte.

Dennoch machte Tilla sich Sorgen um ihn.

Der Mann war eindeutig auf der Suche. Wonach, das wusste sie nicht. Sie war sich sogar sicher, dass selbst Joos es nicht wusste. Aber irgendetwas in ihm war rastlos, dürstete nach einer Aufgabe. Sie hatte sich viele Abende mit ihm darüber unterhalten, doch noch hatten ihre Gespräche zu keinem Ergebnis geführt. Joos hatte ihr von dem anfänglich befreienden Gefühl und dann von der plötzlichen Leere erzählt, nachdem er aus der Fernsehserie ausgestiegen war, weil er genug von all dem Rummel hatte. Dann war da Renate gewesen, mit der er, wie er nicht müde wurde zu betonen, die fünf schönsten Jahre seines Lebens verbracht hatte. Leider gehörte das sechste Jahr mit ihrer Mutter dann zu den schlimmsten seines Lebens. Außerdem war da der Hof, dem er neues Leben eingehaucht hatte, sein geliebter Citroën Pallas und schließlich Tillas nicht minder geliebter HY. Irgendwann war alles fertig, doch noch immer war zu viel Zeit von seinem Leben übrig, wie er stets erklärte. »Alles erreicht, alle Aufgaben erledigt, was soll ein Mann meines Alters denn da noch machen?«, hatte er sie gefragt. »Und für Kinder bin ich wahrlich zu alt«, fügte er stets resolut hinzu.

Tilla konnte sich nicht vorstellen, wie es ihr irgendwann einmal ergehen würde, wenn sie vor ihrem Lebensabend stehen und sich die einzig wichtige Frage stellen würde: »Was mache ich mit dem Rest der mir noch verbleibenden Zeit?«

Sie war noch verhältnismäßig jung, und alle Wege standen ihr offen. Sie konnte morgen ihren Traummann treffen und sich auf das Abenteuer Familie einlassen. Einen nicht rollenden Gemüsegarten eröffnen. Für immer sesshaft werden. Eine Weltumsegelung machen. Auswandern. Das Leben hielt für sie noch so viele Möglichkeiten bereit, und sie verspürte nicht die geringste Lust, sich festzulegen.

»Und die vier Herrschaften aus Bonn?«

Toni musterte Tilla.

»Wäre da nichts für dich dabei?«

»Toni!«, wütete es von allen Seiten, doch Tilla hob nur die Hand.

Sollten sie ihn doch lassen. Verteidigen konnte sie sich schon gut selbst.

»Was denn?«, fragte Toni eingeschnappt. »Ich finde ja nur, dass es für so ein Mädchen wie sie nicht gut ist, nur mit alten Kerlen wie uns abzuhängen. Sie sollte sich auch mal auf jüngere Leute einlassen, was mit den Frauen aus dem Dorf unternehmen.«

Tilla schnaubte auf.

»Tolle Idee.«

Sie dachte an all die Begegnungen zurück, in der sie sich um eine freundliche Kontaktaufnahme bemüht hatte. Sie hatte geahnt, dass es als alleinstehende Frau nicht einfach werden würde, in einem kleinen Dorf wie diesem. Doch niemals hätte sie vermutet, dass es ganz und gar ein Ding der Unmöglichkeit sei. Entweder sahen die Frauen sie als Bedrohung an – aus Angst, sie würde ihnen die Männer streitig machen –, oder sie konnten schlichtweg nichts mit ihrer offenen Art anfangen.

Denn Tilla war niemand, der lange um den heißen Brei redete. Sie sagte, was sie dachte. Manchmal sogar schneller, als sie dachte, womit sie hin und wieder Menschen vor den Kopf stieß.

Aber sie war keine Person, die aufgab. Ihr Ziel war es, Fuß in diesem Ort zu fassen. Hier heimisch zu werden. Eine neue Heimat zu finden, in der sich alles richtig und gut anfühlte. Sie würde sich nicht von hier vertreiben lassen, das hatte sie längst beschlossen. Also mussten sich die Elzbacher Frauen an sie und ihre auffällige Erscheinung gewöhnen.

Auch wenn sie einräumen musste, dass Toni nicht ganz unrecht hatte. Sie sollte wirklich noch einmal einen Versuch starten und sich vielleicht für den demnächst im Gemeindehaus stattfindenden Yogakurs eintragen. Sie könnte zur Begrüßung einen selbst gebackenen Kuchen mitbringen. Und wenn sie zwei, drei Gramm Marihuana untermischte, könnte es vielleicht sogar ganz lustig werden.

Aber das waren alles Dinge, die sie Toni keinesfalls unter die Nase reiben wollte.

Also erwiderte sie mit der nötigen Portion Trotz im Unterton: »Wenn ich daran erinnern darf, bin ich sowieso bloß hier, weil der feine Herr Koning zu geizig für ein Taxi ist.«

Eine glatte Lüge, und jeder am Tisch wusste das. Joos war ein Geizhals, zweifellos. Aber Tilla hätte es sich niemals nehmen lassen, ihn zu seiner Kartenrunde zu kutschieren.

»Natürlich kann ich mir Besseres vorstellen, als meinen Abend mit euch alten Kerlen zu verbringen.«

Sie wusste gerade bloß nicht so recht, was. Vielleicht ihre Elvis-Plattensammlung alphabetisch sortieren? Eine Tattoovorlage für die kleine, noch freie Stelle auf ihrem rechten Oberarm malen? Noch einmal die Wälder und Felder abklappern, um ihren Streuner aufzuspüren?

Als die Tür aufging und eine groß gewachsene Gestalt eintrat, wurde es einen Moment still in der *Kleinen Freiheit.* Neugierige und skeptische Blicke flogen in Richtung der Eingangstür. Doch schnell richteten die Männer ihr Interesse wieder auf die Handkarten.

Der Mann, der die Dorfkneipe betreten hatte, kam mit einem etwas schiefen Gang auf ihren Tisch zu.

Tilla kannte ihn nicht, war aber überrascht über sein Erscheinungsbild. Er schien Ende fünfzig, Anfang sechzig zu sein und trug dunkelgrüne, trachtenmäßig angehauchte Kleidung und einen Filzhut, an dem ein Federbüschel hing.

»Zellner!«, sagte Charlie laut. »Du weißt doch, dass ich es nicht ausstehen kann, wenn du dein Gewehr mit in die Kneipe bringst.«

Der Mann zuckte mit den Schultern und tätschelte das über der Schulter hängende Gewehr.

»Ist doch bloß mein Jagdgewehr. Und das lasse ich ganz bestimmt nicht unbeaufsichtigt im Auto zurück.«

»Trotzdem. Waffe ist Waffe.«

»Reg dich ab, Charlie, es ist ja nicht geladen.«

Der Wirt brummte übellaunig vor sich hin, schien sich aber damit zufriedenzugeben und widmete sich ohne ein weiteres Wort dem Polieren seiner Gläser.

»Na, Zellner, lang nicht mehr gesehen!«, rief Toni ihm zu.

Dieser reagierte jedoch nicht, sondern wandte sich direkt an Richard.

»Wer ist das?«, fragte Tilla leise Joos.

Ohne von seinen Karten aufzusehen, erwiderte er in normaler Lautstärke: »Das ist Ludwig Zellner. Der Förster. Oder Jäger. So ganz genau hab ich das noch nicht verstanden, wo ihr da den Unterschied macht.«

Sie sah, dass sich der Mann und der Tierarzt leise, aber angeregt miteinander unterhielten. Doch da Horst und Toni sich gerade lautstark über einen ausgespielten Trumpf zankten, konnte sie kein Wort verstehen. Eigentlich interessierte es sie auch nicht sonderlich …

Sie war müde und wollte endlich nach Hause. Vor allem wollte sie an die frische Luft, denn von dem vielen Zigarettenqualm brannten ihr bereits die Augen.

Sie stand so ruckartig auf, dass die Stuhlbeine mit einem ohrenbetäubenden Quietschen über die Fliesen streiften, und stapfte auf die Garderobe zu.

»Holla, ist das jetzt diese PMS-Phase, von der alle Welt spricht?«, fragte Richard.

»Lass sie einfach in Frieden, sie ist nicht gut drauf«, warnte Joos den Tierarzt. »Ihr Kater ist entlaufen.«

»Ah.«

Der Förster verließ mit einem freundlichen Nicken in die Runde den Tisch und schritt auf die Theke zu, wo er sich auf einem der fünf Bahrhocker niederließ und Charlie zu sich heranwinkte, um seine Bestellung aufzugeben.

Dies nahm Joos zum Anlass, um sich ebenfalls von seinem Stuhl zu erheben. Im Stehen warf er seine restlichen Karten auf den Tisch, mit denen ohnehin kein Stich mehr zu holen war.

»Ich muss dann jetzt, sonst reißt sie mir wirklich noch den Kopf ab.«

»Ja, ja, die Frauen«, kommentierte Toni. »Und genau deshalb bleibe ich Single.«

Er wischte sich den Bierschaum von seinem buschigen Oberlippenbart und stellte das Pilsglas ab.

»Und weil du hässlich wie die Nacht bist und noch bei deiner Mutter wohnst«, erwiderte Richard, ohne von seinen Karten aufzublicken.

Der Lärmpegel schoss so rasant in die Höhe, dass Tillas Ohren zu piepen begannen. Richard und Horst grölten so ausgelassen, dass selbst Toni miteinstimmen musste.

Joos leerte sein Pilsglas im Stehen und verabschiedete sich von der Runde.

Horst schüttelte missbilligend den Kopf.

»Du bist echt der mieseste *Doppelkopf*-Spieler von ganz Elzbach.«

»Hörst du wohl auf damit!«, fuhr ihm Richard in die Parade. »Wenn er aussteigt, können wir unsere wöchentliche Runde vergessen. Für das Spiel braucht es nun mal vier.«

»Und mein Nebeneinkommen würde wegfallen.«

Toni grinste breit, richtete sich ebenfalls auf und klopfte Joos zum Abschied fest auf die Schultern.

»Freut mich, dass ich behilflich sein kann.«

»He, Ludwig«, rief Toni in Richtung Theke. »Hier ist ein Platz frei geworden. Spiel doch 'ne Runde *Doppelkopf* mit uns.«

Ohne sich umzudrehen, hob der Förster die Hand und schüttelte den Kopf.

Toni sah missmutig drein.

»Dass aber auch niemand dieses Spiel beherrschen tut.«

Joos nahm seinen alten Trenchcoat und den Krempenhut, den ihm Tilla von der Garderobe aus reichte. Den Mantel legte er sich über den Arm, den Hut zog er auf.

»Also dann, Taxi, einmal ab zur Mühle.«

Draußen war es kühl, aber der Duft des sich ankündigenden Sommers hing schon in der Luft, als Tilla und Joos aus der *Kleinen Freiheit* traten.

Es war völlig still, nur die Absätze von Joos' Budapestern hallten im gleichmäßigen Rhythmus auf den Pflastersteinen der Gasse.

Tilla hatte sich bei ihm eingehakt und genoss die klare Nacht.

In der Ferne blökte es auf.

»Das mit den Schafen ist schon ziemlich merkwürdig … Ein Schäfer, der seine Schafe alleine lässt.«

Joos räusperte sich.

»Ich weiß ja nicht.«

»Womöglich hatte er genug vom Hirtenleben und hat sich einfach aus dem Staub gemacht.«

Tilla hob den Kopf, schaute sich die Häuserfassaden an, dann seufzte sie leise. Sie dachte an ihre eigene Flucht, als sie ihre Trauminsel quasi über Nacht verlassen und ihr dortiges Leben mit einem Schlag zurückgelassen hatte.

»Nachvollziehbar wäre es.«

Joos lachte.

»Niemand zwingt dich, hier zu sein.«

»Darum geht es doch überhaupt nicht. Mir ist das nur manchmal alles zu … klein hier.«

»Du meinst engstirnig.«

»Nein, ich meine klein!«

»Verstehe ich nicht. Du hast jahrelang auf einer winzigen griechischen Insel gelebt. Wie kann dir die scheinbar endlose Weite der Eifel da zu klein sein?«

»Ach, Joos, es geht mir da gar nicht so sehr um die räumliche Enge … Außerdem war da überall das Meer.«

»Hier hast du auch Meer. Es ist bloß grün.«

»Du bist Holländer, ihr seid es gewohnt, auf engstem Raum miteinander zu leben. Du verstehst das nicht. Außerdem sind die Menschen hier …«

»Wie sind sie?«

»Weiß nicht. Komisch … irgendwie. Ganz besonders die Frauen.«

»Tja, mijn Meisje, du bist hübsch und ledig. Und damit für die meisten Frauen hier das Feindbild Nummer eins.«

»Ach«, seufzte Tilla und winkte ab. »Als ob ich mit den Männern hier irgendetwas anfangen könnte.«

»In der Not frisst der Teufel Fliegen.«

»Und wie ist es mit dir? Dir ist schon aufgefallen, wie die Frauen dich anschmachten, oder?«

Joos erwiderte etwas darauf, vermutlich etwas ziemlich Intelligentes. Dennoch bekam sie nicht mit, was er zu ihr sagte, da etwas anderes ihre Aufmerksamkeit fesselte.

Der Holländer blieb stehen und betrachtete sie mit säuerlicher Miene.

»Hörst du mir überhaupt zu?«

Statt zu antworten, löste sie sich aus seinem Arm und stapfte schnurstracks auf einen Laternenpfahl zu. Dass sie mit ihren ausgelatschten Chucks dabei in einen Haufen Schafsköttel trat, nahm sie nicht weiter wahr.

»Das ist merkwürdig …«

Sie zuckte kurz zusammen, als sie Joos neben sich spürte.

»Was ist merkwürdig?«

Sie deutete auf den Mast.

»Da, der Zettel. Ich kann mich nicht erinnern, auch in dieser Straße meine Vermisstenzettel aufgehängt zu haben. Ich meine, da war diese unangenehme ältere Frau … und dann die Schafe.«

Sie schüttelte den Kopf.

»Aber schau, da hängt ein Foto von Tse-tung.«

Joos tat ihr den Gefallen und nahm den Zettel ins Visier.

»Nein«, sagte er nach einer Sekunde.

»Doch! Das ist Tse-tung!«

Sie strich über das Foto, als wollte sie das auffallend dreifarbige Fell der Glückskatze streicheln.

Mit einem Ruck riss Joos den Zettel vom Mast.

Im Schein des Laternenlichts las er laut vor: »›Katze entlaufen. Ich suche meine geliebte Scully. Wer hat sie gesehen? Sie hat einen schwarzen Fleck im Gesicht, der aussieht wie der italienische Stiefel. Sie ist etwas übergewichtig und Fremden gegenüber sehr scheu. Wer weiß was? Für jeden sachdienlichen Hinweis, der zum Auffinden führt, zahle ich einen Finderlohn von 500 Euro.‹ – Was? Fünfhundert Euro?«, fragte Joos, und seine Stimme ging dabei in die Höhe. »Das ist aber ein stolzes Sümmchen für eine Katze.«

Tilla gab einen undeutlichen Laut von sich. Sie bereute es gerade sehr, dass sie nicht selbst auf die Idee mit dem Finderlohn gekommen war.

»Wer seine Katze liebt, zahlt diesen Preis gern, wenn sie wieder zu Hause ist.«

»Dann liebst du deinen Kater nicht?«

Tilla gab ihm keine Antwort. Sie wusste, dass er sie neckte. Dafür riss sie ihm den Zettel aus der Hand, um sich das Foto noch einmal näher anzuschauen.

Neben der Telefonnummer zum Abreißen stand eine Adresse auf dem Zettel. Demnach war der Besitzer ein Ben S., wohnhaft in Elzbach.

»Hm«, machte Joos nachdenklich. »Ich kenne überhaupt niemanden in Elzbach mit dem Namen Ben. Du?«

Tilla schüttelte den Kopf. Und noch einmal, als sie den Namen des Tieres las.

»Scully? Jetzt verstehe ich überhaupt nichts mehr.«

»Was ist daran denn nicht zu verstehen? Glaubst du, du bist die Einzige in ganz Elzbach, die ihre Katze vermisst? Schau dich nur um, hier draußen ist das reinste Paradies für Katzen. Überall Felder und Wälder. Nicht weiter verwunderlich, wenn sie mal ein paar Tage nicht nach Hause kommen. Dass ihr dann immer direkt so eine Panik schieben müsst.«

Tilla las den Zettel wieder und wieder.

»Aber das ist nicht Scully. Das ist Miau Tse-tung.«

Auch Joos betrachtete das Foto auf dem Blatt noch einmal eingehend.

»Ich gebe ja zu, dass eine gewisse Ähnlichkeit vorhanden ist. Aber, ehrlich gesagt, sehen sich alle Glückskatzen ziemlich ähnlich, findest du nicht?«

»Hm.«

Was Tilla irritierte, war die Beschreibung. Dieser Ben verglich den Fleck auf der Katzennase mit der Form des italienischen Stiefels. Für Tilla aber hatte Tse-tungs Fleck stets die Form der Insel Formentera gehabt.

Weil sie trotzdem noch immer ziemlich überzeugt davon war, dass das auf dem Foto ihr Kater war, faltete sie den Zettel zweimal und steckte ihn in die Gesäßtasche ihrer Jeans. Sie würde der Sache auf den Grund gehen.

»Jetzt komm schon, ich will wirklich nach Hause«, beklagte sich Joos.

Er hatte sich den Trenchcoat übergestreift und die Hände tief in den Manteltaschen vergraben.

Erst da fiel Tilla auf, dass sie noch immer an der Laterne stand und unschlüssig ins Nichts starrte.

»Ich muss den Esel noch füttern, sonst ist er mir die ganze Nacht wieder unruhig und schaut mich morgen mit dem Hintern nicht an. Du weißt doch, wie er ist.«

Als sie den Marktplatz erreichten, waren der Citroën und ein dunkelgrüner, kleiner Geländewagen die einzigen Autos, die auf dem Parkplatz standen.

»Und heiz nicht wieder so. Klar?«

»Ts, als ob das mit der Karre möglich wäre …«

»Sprich nicht so von Lucy!«

Tilla erwiderte nichts. Sie schloss die Tür auf, rutschte in den Sitz und lehnte sich mit vollem Körpereinsatz über den Kupplungsknüppel, um auch die Beifahrertür zu entriegeln.

Ächzend ließ sich Joos in den viel zu tiefen Sitz fallen. Dennoch grinste er. Das tat er immer, wenn er in seinem Auto Platz nahm.

Als Tilla das Fenster herunterkurbelte und den Motor zünden wollte, zuckte sie erschrocken zusammen.

Wie aus dem Nichts streckte ein Schaf seinen Kopf ins offene Fenster und blökte auf.

Kapitel 6

Sie hockte auf dem Pflasterstein, die Hände ölverschmiert, und reichte Joos das Werkzeug an.

Ihr HY stand mit dem Hinterrad aufgebockt da, und der Holländer lag auf seinem Rollbrett untendrunter, um die Achsmanschette auszuwechseln.

Tilla hatte es sich nicht bloß eingebildet. Beim scharfen Abbremsen, als sie beinahe mit Hölzis Wandergruppe kollidiert wäre, hatte sich die Manschette einen Riss zugezogen. Kein Grund zur Sorge, hatte Joos erklärt, nichts weiter als eine Materialermüdung, die bei einem derart betagten Gefährt vorkommen konnte. Ohne einen fachkundigen Freund wie Joos wäre sie jedoch aufgeschmissen gewesen und hätte zusehen können, wie sie ihre nächsten Touren hätte bestreiten können.

Es war ein wunderschöner Nachmittag. Die Sonne stand tief über der Mühle und tauchte den Hof in ein warmes orangefarbenes Licht.

Apollo, der Katalanische Riesenesel, spielte im weitläufigen Gehege vergnügt Nachlaufen mit den aufgeschreckten Hühnern und ließ sich auch nicht davon stören, wenn ihm eine Ziege im Weg stand. Die wurde kurzerhand umgerannt.

Allein beim Zusehen stahl sich ein Lächeln auf Tillas Lippen. Sie zog sich den grob zusammengebundenen Pferdeschwanz zurecht, klemmte sich die herausgefallenen Haarsträhnen hinters Ohr und verlor sich in der Schönheit des Augenblicks.

Mein Paradies, dachte sie ehrfürchtig. *Und weit genug von der Zivilisation entfernt, um nicht bei jedem Schritt mit der Engstirnigkeit der Einheimischen konfrontiert zu werden.*

Das historische Wassermühlenanwesen war eine idyllische

Oase für alle Ruhesuchenden. Obwohl dieses Gehöft geografisch zu Elzbach gehörte, befand sich die Mühle mehrere Kilometer außerhalb des Dorfes und war nur durch einen schmalen asphaltierten Weg durch einen Wald aus wild wuchernden Bäumen und Büschen zu erreichen – gerade breit genug für ein Auto. Direkt an der Mühle führte ein Ausläufer des Elzbachs entlang, der früher genutzt wurde, um das schwere Mühlrad in Bewegung zu setzen. Mittlerweile gab es das eiserne Rad nicht mehr, sodass der Bach ungehindert fließen konnte.

Die Mühle bestand aus zwei l-förmig zueinander stehenden Gebäuden, die aus dunklem, grobem Lavastein errichtet worden waren. Zumindest vom Hauptgebäude sah man davon nicht mehr viel, da es über und über mit Efeu berankt war.

Das mochte zwar ganz nett ausschauen, doch Tilla wusste um die Nachteile dieses Wildwuchses. Denn immer wieder verirrten sich Insekten und viel zu fette Spinnen über das Fenster in ihr Zimmer und jagten ihr einen Heidenschrecken ein.

Allerdings passte der Efeubewuchs hervorragend zu den schweren Holzfensterläden, die Joos und sie im letzten Sommer im Schweiße ihrer Angesichter mühsam abgeschliffen und hellblau gestrichen hatten. Vor einem Monat hatte Tilla sämtliche Fenster mit Blumenkästen verziert, die nun endlich in ihrer vollen Pracht erblühten: Hängepetunien in Pink, Blau, Weiß und Violett. Es sah einfach traumhaft aus, und Tilla konnte nicht damit aufhören, sie immer wieder zu fotografieren – für die mühleneigene Homepage, auf der sie ihre Zimmer anboten.

Ihr pragmatischer Mitbewohner konnte alldem nichts abgewinnen, aber er ließ sie gewähren. Und selbst er musste zugeben, dass es hübsch und irgendwie auch einladend aussah, was im Grunde ein nicht ganz unwesentlicher Aspekt für eine Pension war, die eben darauf abzielte, Gäste zu beherbergen.

Direkt hinter den beiden Häusern hatte Joos ein weitläufiges

Gehege errichtet und es nach und nach mit seinen Lieblingstieren befüllt: ein halbes Dutzend Ziegen, die sich so ähnlich sahen, dass nur Joos sie auseinanderhalten konnte, zwei Dutzend Hühner, von denen gerade mal die Hälfte Eier legten, eine unüberschaubare Anzahl Kaninchen und der bockige Esel Apollo. Selbst für die Tiere war die alte Wassermühle das Paradies auf Erden. Nichts wurde von ihnen erwartet. Eine Art Gnadenhof.

Joos und Tilla wohnten im Hauptgebäude. Joos im ersten Stock, Tilla im zweiten. Das Erdgeschoss wurde als Küche und Frühstücksraum für die Übernachtungsgäste genutzt. Das zweite Haus hatte Joos komplett renoviert und als Herberge mit einem Dutzend Fremdenzimmern hergerichtet. Doch bislang war es noch nie ausgebucht gewesen.

Nicht, dass ihr Auskommen davon abhing. Der Holländer hatte im Laufe seiner Karriere genügend Geld verdient, um sich bis zu seinem Lebensende über finanzielle Dinge keine Sorgen machen zu müssen. Ein Umstand, der aber nicht darüber hinweghalf, dass es an seinem Selbstwertgefühl nagte, dass seine Mühle nicht den Zulauf bekam, den sie, seiner Meinung nach, verdiente.

Auch Tilla hatte nichts gegen ein volles Haus einzuwenden. Zwar schätzte sie die Einsamkeit mit dem Mister – wie sie ihn manchmal liebevoll nannte –, dennoch empfand sie es meistens als äußert erfrischend, sich mit wildfremden Menschen über Gott und die Welt auszutauschen. Weil es ihren Horizont erweiterte und ihr immer wieder klarmachte, welch Privileg es war, dieses glückliche Leben führen zu dürfen. Weitab von jedwedem Stress und Erfolgsdruck.

Dass sie dies hauptsächlich Joos zu verdanken hatte, war ihr klar. Dennoch fühlte sie sich nicht als Schmarotzer oder gar als Parasit, wie ihre Mutter nicht müde wurde, sie zu nennen. Vielmehr waren Joos und sie eine Symbiose eingegangen, von der sie beide profitierten. Sie hatten sich nicht gesucht, aber dennoch gefunden. Über die Umwege ihrer Mutter. Womöglich war es genau dieser missliche Umstand, der sie beide so innig miteinander verband. Joos war für Tilla ein väterlicher Freund. Und das fühlte sich gut und richtig an. Er tat ihr gut, und sie tat ihm gut.

In den warmen Tagen spielte sich der größte Teil ihres Lebens im gepflasterten Hof ab, dessen Mittelpunkt ein alter, aber noch intakter Brunnen war. Joos werkelte am liebsten an seinen Oldtimern. An schönen Tagen grillten sie, unterhielten sich bis in die Nacht hinein. Oder sie ließen einfach das Leben auf sich wirken, wenn es mal überhaupt nichts zu tun gab.

Tilla mochte die Lebenseinstellung des Holländers, der bereits alles erreicht hatte und sich niemandem mehr beweisen musste.

Sie selbst verfügte erst gar nicht über die nötige Portion Ehrgeiz, um sich irgendwem zu beweisen und fünf Tage die Woche in einem Büro abzuquälen, damit sie irgendwann einmal Teamleiterin oder Assistentin der Geschäftsleitung wurde. Für sie war das nicht das richtige Leben. Das fand hier draußen statt. Am Rande des Dorfes, inmitten der fast unberührten Natur. Sie konnte sich nichts anderes vorstellen. Es war perfekt. Sie hatte Joos und die Tiere – und dank des geliebten HYs sogar ein geregeltes Einkommen, mit dem sie ihren Unterhalt selbstständig bestreiten konnte. Der rollende Gemüsegarten würde zwar keine Reichtümer bringen, aber das verlangte sie von ihrem Job auch gar nicht. Sie machte Menschen glücklich, und das wiederum erfüllte sie selbst mit einer Zufriedenheit, die sie so noch nie zuvor empfunden hatte. Nicht einmal in ihrer Frühstücksbar auf Naxos, wo sie ein gänzlich anderes Leben geführt hatte und eine völlig andere Person gewesen war.

»Das ist der Siebzehner«, kam es unter dem HY hervor, »ich wollte aber den Neunzehner!«

»Sorry, Chef.«

Sie wühlte sich durch die vor ihren Füßen stehende schwere Werkzeugkiste und reichte der unter dem Transporter herausragenden Hand den gewünschten Schlüssel.

Auf der Weide wieherte Apollo nervös auf.

Tilla blickte auf und hörte das Geräusch eines heranfahrenden Autos.

Die alte Mühle lag so abgelegen, dass sie selten unangekündigten Besuch bekamen. Umso befremdlicher wirkte das Bild, als zwei Polizeiautos in den Hof einbogen und unmittelbar vor ihnen zum Stehen kamen.

»Du, ähm, wir haben Besuch.«

»Val dood! Kann man hier nicht mal in Ruhe arbeiten?!«, fluchte Joos unter dem Wagen.

Unmittelbar darauf setzte sich das Rollbrett in Bewegung, und Joos kam unter dem Transporter hervor.

Tilla musste loslachen, als sie in sein schmutziges Gesicht sah. Selbst im grau-weißen Bart des Mannes hatten sich feine rötliche Rostpartikel festgesetzt.

Joos betrachtete mit zusammengekniffenen Augen die beiden so deplatziert wirkenden Polizeiwagen auf seinem Hof.

Fast gleichzeitig öffneten sich die Türen der Streifenwagen. Aus dem vorderen schälte sich ein kurz vor dem Pensionsalter stehender Mann umständlich aus dem Sitz. Als er schließlich im Hof stand, setzte er sich die Mütze auf das schüttere graue Haar und nickte knapp.

»Karl.«

Joos erwiderte das Nicken.

»Hallo Herr Marhöfer«, sagte Tilla.

Sie schenkte dem Mann ein aufrichtiges, freundliches Lächeln. Sie mochte den Hauptkommissar, seit er sie damals bei einer Radarkontrolle angehalten und durchgewinkt hatte, ohne ihr einen Strafzettel zu verpassen. Und das bloß, weil Joos neben ihr gesessen hatte.

Karl Marhöfer tat seit über dreißig Jahren seinen Dienst auf der Polizeiwache. Er war ein stattlicher Mann mit ebenso stattlichem Bauch, über dem das Diensthemd spannte. Immer, wenn Tilla ihn sah, waren die Wangen des Mannes puterrot, als würde er sich für etwas dauergenieren.

»Was verschafft uns denn die Ehre, Karl?«

Joos richtete sich auf und reichte dem Hauptkommissar die Hand. Dieser ergriff sie, ohne sich aufgrund des Schmutzes zu zieren. Doch er antwortete nicht, sondern blickte nach rechts. Joos und Tilla folgten seinem Blick. Während sich Joos' Brauen interessiert nach oben schoben, stockte Tilla der Atem.

Aus dem anderen Polizeiwagen stieg der Polizist, der sie und die Survival-Truppe auf der Landstraße verwarnt hatte. Sie hatte diesen Mann schon vollkommen aus dem Gedächtnis verdrängt. Aber als sich sein Blick unmittelbar auf sie richtete, wurde ihr heiß und kalt zugleich. Dann jagte ihr für den Hauch einer Sekunde ein schrecklicher Gedanke durch den Kopf. Hatte der Bürgermeister nun doch Wind von ihren Drogengeschäften bekommen? War die Polizei da, um sie zu verhaften?

»Das ist Polizeimeisteranwärter Engel«, hörte sie Marhöfer sagen.

»Hi! Wir kennen uns bereits.«

Mit ausgestreckter Hand trat er einen Schritt auf Tilla zu.

»Aber noch nicht mit Namen. Ich bin Ben.«

Tilla wischte sich eilig die schmutzigen Hände an der Latzhose ab und ergriff die Hand, die angenehm fest zudrückte.

Sie blickte auf und sah ihm eindringlich in die Augen.

»Tilla«, sagte sie und schämte sich einmal mehr für diesen Namen, als sie einen irritierten Blick ihres Gegenübers erntete.

»Die Mütze«, wies Marhöfer den jungen Mann zurecht.

»Ach, bitte, wir sind doch hier wirklich –«

»Vorschrift ist Vorschrift.«

Ben zuckte mit den Schultern und trat zurück an den Streifenwagen. Während er den Fahrerraum nach der Mütze absuchte, betrachtete Tilla fasziniert seinen muskulösen Rücken.

Marhöfer schnaubte griesgrämig auf.

»Großstadtbullen«, sagte er mit einem Tonfall, als wäre damit alles geklärt. »Ist mir neu zugeteilt worden. Zur Unterstützung. Aber was ich von der Sache halte, danach fragt natürlich wieder kein Mensch.«

»Tja«, sagte Joos einsilbig.

Tilla erschrak, als plötzlich Hölzi aus einem der Streifenwagen stieg. Im selben Moment öffneten sich auch die anderen Autotüren, und mehrere ziemlich fertig aussehende Männer kamen zum Vorschein. Sie erkannte die Herrschaften sofort. Es war die gesamte Wandergruppe.

Allerdings war das, was sie da sah, ein schlechter Abriss der Männer, die sie gestern an den Waldrand transportiert hatte. Die brandneuen Markenklamotten waren völlig verdreckt, zum Teil zerrissen. Bei den beiden Bürohengsten, die noch welche hatten, standen die Haare wild zu Berge. In den Blicken der Männer erkannte Tilla Verwirrung. Und noch etwas anderes …

»Was ist los, Hölzi? Was ist passiert?«, fragte sie. »Du siehst aus, als hätte dich ein Bär verspeist und wieder ausgewürgt.«

»Bin stundenlang durch den Wald gelaufen, um die Polizei anrufen zu können. Ehrlich, das passiert mir nie wieder, dass ich kein Handy mit auf meine Tour nehme. Aber wer hätte denn damit rechnen können? Dann das Warten, bis sie endlich eingetroffen ist und ich sie zur Höhle führen konnte. Echt, ich bin hundskaputt. Die ganze Nacht haben wir uns um die Ohren geschlagen.«

Verwirrt blinzelte Tilla.

»Nun mal langsam, ich verstehe überhaupt nichts.«

Er sah sie scharf an. In seinen Augen funkelte es beinahe wütend auf.

»Was gibt es da nicht zu verstehen? Der Schäfer ist tot. Ich hab ihn im Wald gefunden. Und seinen Hund auch.«

»Nein!«, entfuhr es Tilla.

»Erschlagen hat man sie und dann in einer Höhle versteckt.«

Tilla hielt sich vor Schreck die Hand vor den Mund.

»Hölzi, verdammt!«

Marhöfers Gesicht verfärbte sich puterrot.

»Ich könnte dich einsperren, du Idiot! Du boykottierst unsere Ermittlungsarbeit.«

»Mensch, Karl, das sind Tilla und Joos. Glaubst du etwa, die haben den armen Fiete erschlagen?«

»Nein, natürlich nicht! Aber ...«

Was genau dieses »Aber« sollte, schien Marhöfer in diesem Moment ebenfalls nicht ganz klar zu sein. Deshalb fügte er ein trotziges »Trotzdem!« hinzu.

»Ist das wahr?«, wollte Tilla wissen. »Man hat Fiete totgeschlagen?«

»Und seinen Hund«, fügte Hölzi hinzu.

Der Polizist guckte griesgrämig, nickte aber.

»Wir waren am Tatort.«

Als wolle er seine Worte bestätigen, hob er seinen schwarzen Schuh an, der über und über mit Matsch besudelt war.

Dann schüttelte er langsam den Kopf.

»Kein schöner Anblick. Die Spusi ist bereits vor Ort, um –«

»Spusi?«, fragte Tilla irritiert.

»Spurensicherung«, erklärte Ben mit einem Lächeln, das ihm wirklich gut stand. »Eine interne Abkürzung bei der Polizei.«

»Mensch, Tilla! Guckst du denn keinen *Tatort*? Da kommt das doch in jeder Folge vor.«

Hölzi betrachtete sie verständnislos.

Tatsächlich tat sie das nicht, aber in diesem Augenblick

hatte sie wirklich keine Lust, über ihr Fernsehverhalten zu sprechen. Zu sehr wühlte sie die Nachricht von Fietes Tod auf. Sie kannte ihn nicht gut, lediglich vom Sehen her. Aber er hatte stets freundlich gegrüßt, wenn sie sich begegnet waren, und schien ein anständiger Kerl zu sein. Es wollte einfach nicht in ihren Kopf, dass ihm jemand so etwas antat. Und seinem Hund.

»Wir können wirklich noch nicht mehr sagen«, erklärte Marhöfer. »Weder zum Motiv noch zur Todesursache.«

»Beiden hat man den Schädel zertrümmert«, warf Hölzi ein. »Ehrlich, da war grobe Gewalt am Werk.«

»Hölzi!«

Marhöfer schrie ihn beinahe an.

»Ist doch wahr.«

»Können wir dann unsere Sachen holen und los?«, fragte Theo mit hohler Stimme. »Ich will einfach nur noch nach Hause.«

Marhöfer rollte mit den Augen, blieb ihm eine Antwort schuldig und wandte sich an Joos.

»Es trifft sich gut, dass du hier bist, Joos. Wir wollten nämlich auch mit dir reden.«

»So?«

Tilla konnte sehen, wie Joos' scharfer Blick zwischen den beiden Polizisten hin und her wechselte.

»Was hab ich denn mit der Sache zu tun?«

»Nichts«, erwiderte Marhöfer sofort. »Also … nicht direkt. Es ist nur so«, er wandte seinen Kopf nach links und rechts, drehte sich aufmerksam um, »es ist nur so, dass du hier wirklich sehr viel Platz hast und dich ziemlich gut auf Tiere verstehst.«

Joos' Blick ruhte nun voll und ganz auf den Kommissar.

»Komm zur Sache.«

»Nun, da wir keinen Schäfer mehr haben …«, druckste

Marhöfer herum, »könntest du dir, ähm, vielleicht vorstellen, die Schafe übergangsweise aufzunehmen, bis wir sie anderweitig untergebracht bekommen?«

Joos' Augen wurden groß. Er ließ sich Zeit mit seiner Antwort.

»Ich weiß nicht«, sagte er schließlich. »Der Esel ist sehr eigen. Keine Ahnung, wie er darauf reagiert, wenn er plötzlich von zig Schafen umringt wird. Und die Ziegen …«

»Bitte, gib dir einen Ruck, und tu es für Elzbach. Immerhin hilft jeder einzelne Bürger mit, dir die Fans vom Hals zu halten.«

Joos schmatzte missmutig, doch Tilla wusste, dass Marhöfer damit einen wunden Punkt getroffen hatte.

»Also schön«, sagte er nach einer Pause, »bringt die verdammten Schafe vorbei. Aber das Futtergeld will ich auf Heller und Pfennig erstattet bekommen.«

Dennoch wirkte er nicht so ganz von Marhöfers Vorschlag überzeugt. Sein zweifelnder Blick wanderte zum Gehege.

Tilla konnte aus dem Augenwinkel erkennen, dass Ben sie heimlich musterte, und wusste nicht, was sie davon zu halten hatte. Als sie ihm mit einem strengen Blick klarmachte, dass sie das sehr wohl mitbekam, grinste er frech, was sie nur noch mehr verunsicherte. Das war nun wahrlich nicht der richtige Zeitpunkt für einen unverfänglichen Flirt.

»Wie viele Schafe sind es denn?«, fragte sie, um Ablenkung bemüht.

»Ach, das weiß niemand so genau.«

Der Polizist kratzte sich am Kinn.

»Zwei Dutzend vielleicht.«

»Hm.«

Wieder verlor sich Joos' Blick am Gehege.

»Vermutlich werde ich den Zaun an einigen Stellen erneuern müssen. Nicht, dass die sich an meinen Tulpen zu schaffen machen.«

»Mensch, Joos, das sind Schafe, keine Wildschweine. Der Esel wird schon dafür sorgen, dass die sich benehmen.«

Joos strich nachdenklich über seinen Bart.

»Ein paar Dutzend, ja?«

Der Kommissar nickte.

»Höchstens.«

»Also schön, aber ihr bezahlt mir das Futter!«

»Selbstredend.«

Marhöfer strahlte.

Tilla konnte nur erahnen, wie sehr ihm die Leute aus dem Dorf wegen dieses leidigen Schafproblems im Nacken saßen.

»Und ihr beiden«, Marhöfer richtete seinen Zeigefinger abwechselnd auf Tilla und Joos, »kein Sterbenswort über diese Sache. Das ist noch alles nicht spruchreif. Top secret sozusagen!«

»Geht klar«, erwiderte Tilla für sie beide. »Wir schweigen wie ein Grab.«

»Gut«, sagte Marhöfer und wandte sich an die heruntergekommene Wandergruppe. »Meine Herren, wir haben Ihre Personalien. Sollten wir aus ermittlungstechnischen Gründen noch weitere Informationen von Ihnen benötigen, werden wir uns an Sie wenden. Zum jetzigen Zeitpunkt sehe ich jedoch keine Veranlassung, Sie nicht abreisen zu lassen.«

Sie sahen der Gruppe hinterher, wie sie stillschweigend das Haus betrat.

»Und was ist mit mir?«, wollte Hölzi von Marhöfer wissen.

»Wenn es Ihnen keine Umstände macht, wäre es gut, wenn Sie uns auf die Wache begleiten würden, damit wir Ihre Zeugenaussage offiziell aufnehmen können«, erklärte der junge Polizist.

Hölzi willigte erst ein, als Marhöfer ihm zunickte.

»Danke, Joos, hast echt was gut bei mir«, sagte Marhöfer.

»Davon kannst du ausgehen.«

»Ich werde dann veranlassen, dass die Schafe heute noch bei dir vorbeigebracht werden. Ist auch wirklich nur übergangsweise. Bis … nun ja, bis sich eben alles geklärt hat.«

»Kann's kaum erwarten.«

Als die beiden Polizisten zu ihren Streifenwagen gingen – Hölzi stieg bei Marhöfer ein –, drehte Ben sich noch einmal um und zwinkerte Tilla zu.

»Man sieht sich.«

Grinsend hob Tilla die Hand und winkte und kam sich dabei vor wie eine Idiotin, weil sich beides unglaublich verkrampft anfühlte.

Als die Streifenwagen schließlich vom Hof fuhren, sahen Tilla und Joos ihnen noch lange hinterher.

Schließlich schüttelte Joos langsam den Kopf.

»Ne, das wird Apollo gar nicht gefallen.«

Kapitel 7

»Ich finde ja bloß, dass die Mühle einen Namen braucht.«

Amüsiert beobachtete Tilla den Holländer dabei, wie er akribisch seine Karten sortierte.

Sie saßen in der Wohnstube, in der der uralte Kanonenofen für eine angenehme Wärme sorgte. Zwar stand der Sommer schon vor der Tür, doch direkt am Bachlauf und umgeben von den Ausläufern des Waldes konnte es hinter den dicken Lavasteinwänden noch ziemlich frisch werden, wenn die Sonne hinter den Hügeln abtauchte.

»Aber sie hat doch einen«, erwiderte Joos gedankenversunken.

»Nein, hat sie nicht. ›Mühle‹ ist kein Name für eine Mühle.«

Nachdem Tilla fertig ausgeteilt hatte, nahm sie ebenfalls die Karten in die Hand und begann zu sortieren. Erst von Schwarz nach Rot, dann von Kreuz nach Pik zu Karo nach Herz, schließlich nach Zahlenhöhe.

»Das finde ich aber doch. Wenn man von der Mühle spricht, weiß jeder, dass meine Wassermühle gemeint ist.«

»Ja, aber doch nur, weil es die einzige Mühle weit und breit ist.«

»Na, eben.«

Als sie so weit war, dass sie den Fächer aus dreizehn Karten mit einer Hand halten konnte, griff sie mit der anderen in die Taschen der College-Jacke, die über der Stuhllehne hing.

Joos beäugte sie argwöhnisch.

»Asse im Ärmel?«

Tilla lachte künstlich auf.

»Bislang habe ich dich auch stets ohne Fuschen besiegen können.«

Das entsprach nicht ganz der Wahrheit, aber sie liebte es, Joos zu necken. Ganz besonders bei seinem Lieblingskartenspiel.

»Ich finde doch bloß, dass es dem Grundstück mehr Charakter verleihen würde. Wir könnten ein nettes Schild basteln und es vorne an der Einfahrt aufstellen. Oder wir bringen es über der Tür an.«

Joos schien gute Karten auf der Hand zu haben, denn er kam sofort mit zwei Dreierpärchen raus.

»So, und an welchen Namen hättest du da gedacht?«

»Weisch nisch.«

Sie hatte sich den Handfächer zwischen die Zähne geklemmt, um erneut die Taschen ihrer Jacke zu durchsuchen.

»Vielleicht irgendwas mit 'ner Blume. Wildrosenmühle oder so.«

Joos schnaubte auf.

»Spielen wir nun *Rommé*, oder was machst du da die ganze Zeit?«

»Ich suche was.«

»Das sehe ich. Was ich aber nicht sehe, ist, dass du dich auf das Spiel konzentrierst. Ich bin gerade rausgekommen.«

Er nahm die Herzdame noch einmal auf, um sie lautstark auf den Tisch zu knallen.

»Ja doch, bin sofort so weit.«

Sie warf einen flüchtigen Blick auf seine ausgespielten Karten.

»Apropos Herzdame. Loredana, du weißt schon, die Frau, der der Blumenladen gehört, macht solche Schilder. Die sehen voll hübsch aus. Aus Holz mit toller verzierter Schrift und Blumenranken drum herum.«

»Aha.«

»Wenn wir uns auf einen Namen einigen, wird sie uns bestimmt ein schönes Schild zaubern. Du kennst doch Loredana?«

Joos zog eine Augenbraue hoch.

»Vom Sehen«, erwiderte er.

»Das ist echt 'ne voll Liebe.«

»So, ist sie das, ja?«

»Mhm, neulich hat sie übrigens nach dir gefragt. Ich glaube, sie hätte nichts dagegen, wenn du sie mal zum Essen ausführen würdest.«

Er machte sich gar nicht erst die Mühe, sie anzusehen. Aber Tilla gab noch nicht auf.

»Für ihr Alter hat sie noch eine gute Figur. Und hübsch ist sie auch.«

»Sie hat einen Bart.«

»Na und? Den hast du doch auch! Außerdem ist es nur ein leichter Oberlippenflaum.«

Joos stieß einen tiefen Seufzer aus.

»Ich weiß deine Mühen wirklich sehr zu schätzen, aber du musst mich nicht verkuppeln. Ich fühle mich wohl, so, wie es ist. Ich bin nicht auf der Suche nach einer Beziehung.«

»Aber du bist schon viel zu lange allein.«

»Ich bin nicht alleine. Ich habe dich, die Ziegen, den Esel ... und bald sogar ein paar Schafe.«

Es gefiel ihr nicht, in einem Atemzug mit den Ziegen und dem Esel genannt zu werden.

»Ich will doch bloß, dass du nicht ständig an Mama denkst.«

»Tu ich nicht.«

»Natürlich nicht.«

»Außerdem habe *ich* sie verlassen. Und nicht umgekehrt.«

»Natürlich.«

Tilla nickte eifrig.

»Und das war das Beste, was du tun konntest.«

Sie drehte sämtliche Taschen ihrer College-Jacke auf links, fand aber nicht den gesuchten Zettel.

»Kannst du raus?«, fragte er ungeduldig.

»Nein.«

»Dann zieh 'ne Karte.«

Joos legte unbeirrt weiter ab.

Der ganze Tag hatte Tilla vollends aus dem Konzept gebracht. Nicht nur, dass sie nicht mehr dazu gekommen war, ihren Vorrat für ihre morgige Tour aufzufüllen und deshalb nun wieder in aller Herrgottsfrüh rausmusste, um das nachzuholen. Sie hatte auch vergessen, sich die Haare zu waschen, damit das kräftige Rot auf ihrem Kopf zumindest etwas heller wurde.

»Ist das nicht schlimm mit Fiete?«, fragte Joos und riss sie aus ihren Gedanken.

»Oh ja.«

Sie schüttelte den Kopf.

»Wer macht bloß so was? Und warum? Ich meine, ich kannte ihn nicht gut, aber ...«

»Fiete war ein echt feiner Kerl. So jemand hat keine natürlichen Feinde.«

Tilla sah von ihren Karten auf.

»Und wenn das stimmt, was Toni gesagt hat? Dass er schwul war?«

Joos schnalzte missbilligend mit der Zunge.

»Ich bin mir sogar ziemlich sicher, dass es stimmt. Aber das tut doch überhaupt nichts zur Sache. Selbst ein kleines Dorf wie Elzbach ist aus dem Mittelalter raus und in der Neuzeit angekommen. Mit Homosexualität lockst du doch niemandem mehr hinter dem Ofen hervor.«

»Sicher?«

»Klar zerreißen sich die Leute das Maul darüber. Aber wirklich stören tut es niemanden. Im Gegenteil. Ich kann mir glatt vorstellen, dass es viele sogar gut finden.«

»Dass der Schäfer schwul war?«

»Das *irgendjemand* schwul ist«, erklärte Joos. »Das gibt

ziemlich vielen in diesem winzigen Dorf bestimmt ein Gefühl der Weltoffenheit.«

Er gestikulierte theatralisch mit den Händen.

»Schaut her nach Elzbach, wir tolerieren sogar Schwule.«

Tilla konnte sich ein Schmunzeln nicht verkneifen. Aber gleichzeitig empfand sie einen unangenehmen Druck in der Magengegend. Es war einfach furchtbar, dass ein Kapitalverbrechen selbst vor diesem kleinen Ort am Rande der Vulkaneifel nicht haltmachte. War es wirklich so, wie alle sagten? Ging die Moral der ganzen Welt endgültig den Bach runter?

Und ihre eigene kleine Welt befand sich zudem ja auch ein wenig in Schieflage. Tse-tung war noch immer nicht heimgekehrt. Und allmählich machte sie sich genug Sorgen, um sich an den letzten Strohhalm zu klammern. Dieser andere Vermisstenzettel.

»Das wird mein Spiel.«

Joos' Hand leerte sich zusehends.

Da fiel ihr ein, dass sie den Zettel nicht in die Jacke gesteckt hatte, sondern in die Hosentasche ihrer High-Waist-Jeans, die wiederum in der Wäsche gelandet war.

Mit einem triumphalen Aufschrei kam auch sie, zu Joos' Verärgerung, endlich raus und sprang auf, um in Windeseile in die Waschküche zu stürmen.

»Bin in fünf Sekunden wieder da-ha!«, trällerte sie.

»Och, Tilla!«, beschwerte Joos sich. »Dass du aber auch nie ruhig sitzen kannst. Ein Schwarm durstiger Kolibris ist nichts gegen dich!«

In der feuchtkalten Waschküche, zusammengeknüllt vor der Waschmaschine, fand sie ihre Jeans von gestern. Und in der Gesäßtasche tatsächlich den Vermisstenzettel. Noch einmal betrachtete sie die Katze auf dem unscharfen Foto ganz genau. Sie war nach wie vor überzeugt, dass es ihr Kater war, der ihr übellaunig entgegenstarrte.

»Tilla?«, hörte sie Joos' Stimme, als sie die Treppe hinauflief.

»Glei-heich!«

»Ich habe eine Karte gezogen. Es war die Pik Sieben, und ich konnte eine Straat auslegen. Nicht, dass es wieder heißt, ich würde fuschen.«

»Es heißt Straße. Und untersteh dich, weiterzuspielen, wenn ich nicht da bin!«

Seitdem die Spülmaschine kaputt war und sie den Wochenspüldienst zum Wetteinsatz hatten, ließ Joos keine Gelegenheit zum Mogeln aus. Sie hätte es auch versucht, wenn sich die Gelegenheit dazu ergeben hätte.

Als sie in die mollig warme Stube zurückkehrte und Joos erwartungsvoll vor dem Kartenspiel sitzen sah, wurde ihr warm ums Herz, weil sie es mit einem Mal so sehr zu schätzen wusste, die Zeit mit ihm verbringen zu dürfen.

Sie hatten sich zweifellos im richtigen Moment gefunden, waren Partner im Leid und hatten sich gegenseitig aus ihrem Elend rausgezogen.

Tilla hatte nicht viel von der Trennung von Renate und Joos mitbekommen. Dafür war sie zu sehr mit ihren eigenen Problemen auf ihrer Insel beschäftigt gewesen. Geldsorgen, Existenzängste und ein Mann an der Seite, der es weder mit der Wahrheit noch mit der Treue so genau nahm.

Dennoch hatte sie ihn geliebt, so sehr, als würde es kein Morgen geben. Hatte ihm den ein oder anderen Ausrutscher verziehen, auch wenn es schmerzhaft war. Denn schließlich war auch sie nicht perfekt und Kai ein toller Mann, einer fürs Leben. Er sah zweifellos gut aus – keine verwegene Erscheinung, sondern eher etwas für den zweiten Blick –, doch das war es nicht, was die Frauen um ihn herumschwirren ließ wie die Motten ums Licht. Es war seine Ausstrahlung. Seine Souveränität und sein Witz. Er konnte jeden mit seiner Art zum Lachen bringen, man fühlte sich in seiner Gegenwart einfach wohl. Das war ein Umstand, der ihn geradewegs dazu prädestinierte, eine Bar zu führen.

Anfänglich lief es auch gut mit ihrer Frühstücksbar. Er als gut gelaunter Sunnyboy, der stets einen flotten Spruch auf den Lippen hatte und sich um die Kundschaft kümmerte. Tilla dagegen war für das ganze Drumherum zuständig gewesen und schmiss den Laden.

Bis dann der geschäftliche Erfolg aufgrund der schlechten Wirtschaftslage Griechenlands ausblieb und auch Kai sich veränderte. Sie hätte ihm beinahe alles verziehen. Nur nicht das, was er ihr am Schluss angetan hatte. Doch daran wollte sie eigentlich keinen Gedanken mehr verschwenden. Jeder hatte sein Päckchen zu tragen und musste sehen, wie er damit klarkam.

Als sie von Naxos zurück nach Deutschland gekommen war und überhaupt nicht wusste, wohin mit sich, war es Joos, der sie und ihre traurigen Habseligkeiten vom Kölner Flughafen abgeholt hatte und es sich nicht nehmen ließ, gemeinsam mit ihr einen Abstecher zur Mühle zu machen, die er sich erst vor Kurzem gekauft hatte. Da war es auch um Tilla geschehen. Obwohl die alte Wassermühle damals beinahe eine Ruine war, konnte Tilla vor ihrem geistigen Auge das sehen, was auch Joos in diesem heruntergekommenen Gemäuer sah: ein Paradies.

Zunächst war sie geblieben, um Joos im deutschen Behördendschungel zu helfen. Außerdem hatte sie sowieso keinen besseren Plan und war froh, erst mal irgendwo unterzukommen. Aber sie merkte schnell: Nach der turbulenten Zeit auf der griechischen Insel tat ihr die Ruhe der dünn besiedelten Eifel gut. Sie half ihr sogar über die Phantomschmerzen hinweg, die der fehlende Blick auf das Meer bei ihr auslöste. Zudem konnte sie bei der gemeinsamen Restaurierung der Mühle einerseits abschalten, sich andererseits aber auch die Wunden lecken, die Kais Verhalten bei ihr hinterlassen hatte.

In dieser Zeit merkte sie außerdem, welche Wunden ihre Mutter bei Joos geschlagen hatte: Sie hatte sein Herz nicht nur gebrochen, sondern herausgerissen, zerquetscht, auf den Boden geschmissen und darauf herumgetreten.

Und das war der letzte Grund, um ein für alle Mal mit ihr zu brechen. Sie hatte ihr bereits zu viel durchgehen lassen. All ihre Ausbrüche, unter denen sie als Kind so sehr gelitten hatte. Ihr egozentrisches Verhalten. Ihre Rastlosigkeit.

Ihre Mutter war eine ruhelose Seele, die es nie lange an einem Ort aushalten konnte – schon gar nicht an der Seite eines Mannes. Sie hatte ihr auch nie etwas über ihren leiblichen Vater erzählt, was Tilla ihr mit den zunehmenden Jahren immer übler nahm. Mittlerweile gab sie vor, es gar nicht mehr zu wissen, wer sie damals geschwängert hatte, weil es ohnehin eine heftige Zeit gewesen war, damals im wilden Berlin, als sie mit den einstigen DJ-Größen die Love Parade ins Leben gerufen hatte. Ebenso heftig wie die Zeit auf Goa in Indien, wo sie nächtelang auf Ecstasy und LSD durchgetanzt hatte, obwohl ihre Tochter dabei war. Ihre Mutter hatte nie einen Hehl daraus gemacht, dass Tilla kein Wunschkind gewesen war.

»Willst du da Wurzeln schlagen?«, fragte Joos und riss Tilla aus ihren Gedanken. »Ich habe übrigens gewonnen. Alle Karten ausgespielt. Noch ein Spiel? Diesmal alles oder nichts? Spüldienst für den Rest des Monats?«

Er deutete auf den freien Platz und begann, die Karten auszuteilen.

Tilla nickte beiläufig, ging aber zum Telefon, anstatt sich hinzusetzen, und ließ die Finger über das Tastenfeld huschen. Nach und nach tippte sie die Nummer vom Zettel ein und drückte angespannt den Hörer ans Ohr.

Es dauerte eine Ewigkeit, bis jemand abhob.

»Hallo?«, fragte eine kratzige Männerstimme.

»Oh, Verzeihung, hab ich Sie geweckt?«

»Wer will das wissen?«, brummte der Mann am anderen Ende der Leitung.

»Ich … äh … Na, ist ja auch egal. Es geht um Ihren vermissten Kater. Scully.«

»Scully ist eine Katze.«

»Gut … ähm, wie auch immer. Ich wollte nur wissen … Ist er wieder da?«

»Nein, *sie* ist noch nicht wieder da.«

»Oh, das tut mir leid.«

Ein lang gezogenes Gähnen ertönte durch den Hörer.

»Haben Sie sie gesehen?«

»Wen?«

»Na, die Katze!«

Sie konnte das Augenrollen des Mannes quasi durch den Hörer spüren.

»Nein, bedaure.«

»Und warum rufen Sie dann an?«

»Na, weil …«

Ja, warum eigentlich?

»Hören Sie, ich habe einen wirklich anstrengenden Tag hinter mir. Hinzu kommt, dass ich meine Scully wirklich vermisse. Wenn Sie also bitte entschuldigen –«

»Sind Sie wirklich sicher, dass es eine Katze ist?«, unterbrach Tilla ihn.

Sie blickte zu Joos, der ihr Gespräch verfolgte. Zwischen den Brauen hatte sich eine steile Falte gebildet, die immer dann zum Vorschein kam, wenn er skeptisch war.

»Was denn sonst?«, schnaubte es ihr so laut entgegen, dass sie den Hörer vom Ohr halten musste, um keinen Hörsturz zu kriegen. »Ein Shetland-Pony? Natürlich ist es eine Katze!«

»Ich meinte vielmehr, ob Sie sicher sind, dass es nicht doch ein Kater ist.«

»Ich werde ja wohl eine Katze von einem Kater unterscheiden können!«

Tilla betrachtete noch einmal den zerknitterten Vermisstenzettel. Es gab keinen Zweifel.

»Anscheinend nicht.«

Einen Moment blieb es still in der Leitung. Gerade, als sie dachte, ihr Gesprächspartner hätte aufgelegt, legte er noch mal los.

»Was stimmt mit diesem Dorf eigentlich nicht? Kaum hängt man eine Vermisstenanzeige auf, wird einem wegen Wildplakatiererei der Staatsanwalt an den Hals gewünscht und lauter Bekloppte rufen an!«

Tilla spürte, wie ihr Blut in Wallung geriet.

Doch ihre Stimme blieb ruhig, als sie fragte: »Haben Sie mich gerade bekloppt genannt?«

Joos erhob sich vom Stuhl und schüttelte mahnend den Kopf. Tilla drehte sich von ihm weg.

»Sagen Sie mir das persönlich ins Gesicht, und ich schiebe Ihnen den verdammten Vermisstenzettel in den Hintern und zünde das herausragende Ende an! Ich – Hallo? Hallloooo?«

Sie starrte Joos an.

»Der Arsch hat aufgelegt.«

»Komisch, dabei warst du doch so nett zu ihm.«

Mit breitem Grinsen breitete Joos seinen Kartenstapel aus.

»Übrigens, Hand-*Rommé*. Ha, das nenn ich mal ein glückliches Händchen. Soll ich dir morgen im Dorf neue Spüllappen besorgen?«

Kapitel 8

Da ihr Transporter noch aufgebockt im Hof stand, musste sie Joos' Cabrio nehmen, um ins Dorf zu kommen. Auf dem Weg zur auf dem Vermisstenzettel angegebenen Adresse hatte sie insgesamt drei Schafen ausweichen müssen. Zwei davon standen mitten auf der Straße, das dritte fraß sich genüsslich an den Petunien satt, die in der Mitte des einzigen Verkehrskreisels von Elzbach im Frühjahr liebevoll von Bauer Hörnig angepflanzt worden waren.

Wenn das Schaf in diesem Tempo weiterfrisst, wird morgen nichts mehr von dem Beet übrig sein, dachte Tilla.

Das gesuchte Haus fand sie schnell. Sie parkte den Pallas auf dem Bordstein, direkt vor der Tür.

Da Joos' Wagen im ganzen Ort bekannt war, machte sie sich keine Sorgen, einen Strafzettel zu riskieren. Weder Marhöfer noch die Zuständigen vom Ordnungsamt, die im Maifeld patrouillierten, würden das wagen. Dafür waren sie viel zu stolz auf ihren berühmten Nachbarn, der sich ausgerechnet ihre Gegend als Altersruhesitz ausgesucht hatte. Auch wenn natürlich kaum jemand diese niederländische Krimiserie kannte. Doch allein schon, dass er im Nachbarland eine Berühmtheit war, weckte Sympathien für den Holländer.

Tilla war froh, dass sie sich dazu entschlossen hatte, sofort die Konfrontation zu suchen. Noch brannte die Wut in ihrem Inneren. Hätte sie dieses persönliche Aufeinandertreffen auf morgen verschoben, wäre sie womöglich nicht mehr ganz so zornig und um einiges sanftmütiger.

Sie drückte energisch den Finger auf die Klingel, woraufhin ein durchgängiger, schriller Ton die Stille zerriss. Spontan beschloss sie, den Finger einfach gedrückt zu halten.

Sie konnte es aus dem offen stehenden Fenster des Dachgeschosses fluchen hören und grinste tief zufrieden vor sich hin.

Nur einen Augenblick später ging das Licht im Hausflur an, und sie hörte jemanden mit schweren Schritten die Treppe nach unten poltern.

»Ja doch! Verdammt!«

Als die Haustüre aufflog, starrte Tilla in ein wütendes Gesicht.

Ein wütendes und *bekanntes* Gesicht.

Sie blinzelte.

»Du? Ich meine … Sie? Also …«

Ihr Gegenüber blinzelte zurück, dann zog es die Brauen nach oben.

»Dann warst du die Schnepfe am Telefon eben?«

»Nein! Ich meine … ja, aber …«

Ihre Wangen glühten auf.

Vor ihr stand der neue Polizeimeisteranwärter von heute Morgen.

»Äh, Herr …«

»Ben.«

Verlegen betrachtete sie seine karierte Schlafanzughose und die nackten Füße, die darunter hervorblitzten.

»Einfach nur Ben.«

»Tilla.«

»Ich weiß.«

Nachdem sie sich ziemlich lange ziemlich schweigend gegenübergestanden hatten, sagte Ben: »Es geht also um meine Katze.«

»Genau, um den Kater.«

Tilla nickte und schüttelte dann den Kopf. Ausgerechnet den neuen Polizisten hier anzutreffen brachte sie doch gehörig aus dem Konzept. Sie spürte, wie all die aufgestaute Wut in ihrem Inneren mit einem Schlag verflogen war. Zu dumm!

Ben fuhr sich mit einer lässigen Geste über den Bartschatten.

»Komm doch mit nach oben, dann können wir über alles reden.«

Tilla nickte knapp und folgte ihm.

Als sie die Wohnung betrat, schaute sie sich um. Überall standen noch Umzugskartons in den Ecken, was die kleine Dachgeschosswohnung nicht gerade wohnlicher wirken ließ. Ein schmaler Flur führte ins Wohnzimmer, das von einer riesigen Couchlandschaft und einem noch riesigeren Flachbildschirm an der Wand dominiert wurde. Auf dem Boden sah sie eine Hantelstange liegen. Daneben mehrere aufeinandergestapelte Gewichtsscheiben. Davon abgesehen gab es nichts. Nicht mal einen Couchtisch. Von einer spartanischen Einrichtung zu sprechen wäre noch wohlwollend ausgedrückt.

»Viele Möbel besitzt du ja nicht.«

»Ich hab's nicht so mit unnötigem Ballast. Außerdem habe ich nicht vor, länger als nötig hierzubleiben.«

»Wie lange bist du denn schon hier?«, fragte sie.

Er zuckte mit den Schultern.

»Drei, vier Monate.«

Tillas Augen wurden groß. Sie fragte sich, wie es dann sein konnte, dass sie beide sich gestern das erste Mal über den Weg gelaufen waren.

»Die meiste Zeit verbringe ich zu Hause … in meiner Stadt«, erklärte er, als hätte er ihren Gedanken aufgefangen. »Hier bin eigentlich nur zum Arbeiten.«

»Ah.«

Sie nickte ihm nonchalant zu, um ihm klarzumachen, dass sie das eigentlich überhaupt nicht interessierte. Dabei brannte ihr die Frage auf der Zunge, welche Stadt er denn meinte. Doch sie riss sich zusammen.

Sie sah sich weiter im Wohnzimmer um und erkannte hinter der Tür ein weiteres Möbelstück. Ebenfalls in überdimensionaler Größe. Ein Kratzbaum. Er sah noch ziemlich neu aus.

»Tse-tung«, sagte sie.

»Bitte was?«, fragte Ben irritiert.

Sie griff in ihre Hosentasche, faltete den Vermisstenzettel auseinander und hielt ihn ihm entgegen.

»Das da ist Tse-tung.«

Sie atmete tief ein und langsam wieder aus.

»Miau Tse-tung.«

Ben sah sie verständnislos an, dann lachte er laut los.

»Himmel, wer gibt einer Katze einen derart bescheuerten Namen?«

Tilla blieb ernst.

»Ich. Und es ist keine Katze, sondern ein Kater.«

Bens Lachen erstarb augenblicklich.

»Ähm.«

»Das auf dem Foto ist Miau Tse-tung.«

»Nein«, sagte er langsam. »*Das* ist meine Katze Scully.«

Tilla seufzte. Sie hatte das Gefühl, dass sie sich im Kreis drehten.

»Also gut, noch mal von vorn. Seit wann hast du den Kater?«

»Es ist eine Katze.«

Tilla winkte ab.

»Seit wann?«

Ben kratzte sich nachdenklich den Nacken.

»Seit etwa zwei, drei Monaten, kurz nachdem ich hier eingezogen bin.«

»Also ist er dir zugelaufen?«

»Sie. Ja.«

Tilla dachte nach. Das passte tatsächlich zu dem Zeitraum, in dem ihr Kater begonnen hatte, mehr durch die Gegend zu streunen.

»Deine *Scully* … Sie hinkt nicht zufällig ein bisschen, weil sie ihren rechten Hinterlauf ein wenig hinterherzieht?«

Er sah sie erstaunt an.

»Ähm, doch.«

Noch einmal blickte sie sich im kargen Wohnzimmer um. Was fand ihr Tse-tung nur so toll an diesem tristen Ort? Wie konnte ihr der Kater das bloß antun?

»Dann ist die Sache wohl geklärt.«

Ben neigte seinen Kopf.

»Was genau?«

»Dass du ein totaler Vollpfosten bist, der von Katzen und Katern überhaupt keine Ahnung hat.«

Belustigt sah sie, dass er den Kiefer zusammenpresste.

»Deine Katze ist mein Kater. Deine Scully ist mein Miau Tse-tung.«

»So ein Quatsch!«

Er versuchte, resolut zu klingen, doch Tilla hörte den Zweifel in seiner Stimme.

Sie griff noch einmal in die Hosentasche und zückte eine Handvoll Fotos hervor, die sie im letzten Jahr von Miau Tse-tung beim Spielen mit Apollo und den Ziegen auf der Wiese gemacht hatte. Bei diesem Anblick fühlte sie einen Kloß im Hals.

Ben betrachtete nachdenklich die Fotos.

»Ja«, sagte er schließlich resigniert, »das ist eindeutig Scully.«

»Nein, das ist eindeutig Tse-tung. Mein *Kater.*«

»Gut, so genau habe ich mir das Geschlecht vielleicht wirklich nicht angesehen.«

Tilla schüttelte missbilligend den Kopf über sein Unvermögen.

Wäre sie ehrlich gewesen, hätte sie zugeben müssen, dass Tse-tung ein kastrierter Kater war und ihm die Eier fehlten.

Aber sie mochte es, Ben das Gefühl zu geben, dass er keine Ahnung von Katzen und Katern hatte.

Sie blickte sich um.

»Ich kann wirklich nicht verstehen, warum er ausgerechnet *das hier* als zweites Zuhause auserkoren hat.«

»Vielleicht, weil er es bei dir nicht gut hatte?«

Er betrachtete sie herausfordernd.

Tillas Miene zog sich zusammen.

»Was gibst du ihm zu fressen?«

»Ähm … Katzenfutter?«

Tilla trat an Ben vorbei und ging schnurstracks in die Küche.

»Was machst du da?«

Ben stand im Türrahmen und sah ihr zu, wie sie den Spülschrank öffnete und den Mülleimer herauszog. Ohne ihm eine Antwort zu geben, durchwühlte sie den Inhalt, der hauptsächlich aus leeren Packungen von Fertigessen bestand, bis sie fand, wonach sie gesucht hatte. Triumphierend hielt sie ihm die kleine Dose hin.

»Du fütterst meinen Kater mit solch einem Dreck?«

Er hatte sich dicht vor sie gestellt und die Arme verschränkt.

»Was heißt denn hier Dreck? Das ist teures Markenfutter!«

Sie hielt ihm die Dose nun direkt vors Gesicht.

»Dann ist es teurer Dreck. Weißt du denn nicht, dass dieses Futter fast ausschließlich aus Zucker und Getreide besteht?«

Sie schüttelte den Kopf.

»Da kann ich Tse-tung ja noch lange auf Diät setzen, wenn er hier die Kalorien dosenweise serviert bekommt.«

»Die Katze wird wohl selbst am besten wissen, was gut für sie ist.«

»Der Kater. Und nein, leider eben nicht.«

Ben lachte auf.

»Stimmt, sonst wäre sie ja noch bei dir.«

Tilla blinzelte ihn herausfordernd an.
»Nun, bei dir ist er ja auch nicht mehr.«
Bens überhebliches Grinsen erstarb.
»Gutes Argument«, sagte er leise. »Also, wenn das stimmt, dass Scully auch dein Miau Tse-tung ist –«
»Es stimmt!«, fiel sie ihm ins Wort.
»Dann stellt sich noch immer die Frage, wo sie abgeblieben ist.«
Tilla schnaubte auf.
»Können wir uns zunächst darauf einigen, dass es EIN KATER IST UND KEINE GOTTVERDAMMTE KATZE?!«
Sie hatte es wirklich versucht, doch mitten im Satz war ihr der Geduldsfaden gerissen. Aber sie hatte auch schließlich allen Grund, um aus der Haut zu fahren.
»Und was machen wir, wenn ›der Kater‹ wieder da ist?«
»Zunächst mal hören wir damit auf, den Kater in Anführungszeichen zu setzen.«
»Sorry, dachte, es wäre witzig.«
»Nein, ist es überhaupt nicht.«
»Aber die Frage bleibt trotzdem im Raum stehen.«
»Da steht überhaupt nichts im Raum. Es ist mein Kater, ich kümmere mich von klein auf um ihn und bezahle alle seine Tierarztrechnungen. Wurmkuren, Impfungen, den Katzenernährungsberater.«
Ben lachte auf.
»Einen Katzenernährungsberater?«
Tilla hielt seinem Blick stand.
»Ja, seit ungefähr zwei Monaten übrigens.«
Er hob entschuldigend die Hände.
»Okay, einen Vorschlag zur Güte: Wir beide machen uns fortan gemeinsam auf die Suche nach der Katze – ich meine, dem Kater.«
»Hat der Herr Polizist denn für so etwas überhaupt Zeit?

Ich meine, das ganze Dorf wimmelt von entlaufenen Schafen, und dann gibt es da ja auch noch den Mord an Schäfer Fiete zu klären.«

»Ja, das mit dem Schäfer ist wirklich schlimm. Hätte ich von so einem abgelegenen Kaff echt nicht erwartet, als man mich hier hin...versetzt hat.«

Er schloss die Augen für eine Sekunde. Als er sie wieder öffnete, wirkte er wie ausgewechselt.

»Trotz allem, dieses Tier ... der Kater ... ist mir wirklich, wirklich wichtig.«

Er streckte ihr die Hand entgegen.

»Also? Machen wir uns gemeinsam auf die Suche?«

Tilla zögerte.

Mit dem Feind verbünden?

Sie sahen sich in die Augen.

Mit einem Feind, der zugegebenermaßen wirklich hübsche Grübchen hat.

Entschlossen ergriff sie seine Hand.

»Einverstanden.«

Kapitel 9

»Eiskalt ermordet haben sie ihn!«, schrie ihr der alte Entzer entgegen.

Dabei gestikulierte er so wild mit seinen Händen, dass Tilla befürchtete, er würde vor ihrer Verkaufsluke einen Herzinfarkt bekommen oder aber sein Gebiss verlieren.

»Ach!«

Eine Frau mit Gehhilfe fasste sich erschrocken an den Hals.

Tilla stand mit ihrem HY in der Einfahrt der Münstermaifelder Seniorenresidenz *Villa Auenwald* und versuchte, ihre Ware zu verkaufen. Doch das erwies sich heute als ziemlich schwierig, denn Tillas Verkaufswagen wurde als Umschlagplatz für den neuesten Tratsch und Klatsch in Sachen toter Schäfer zweckentfremdet.

Obwohl es noch früher Vormittag war, knallte die Sonne auf das Wellblechdach ihres Transporters. Tilla spürte, wie sich allmählich die Hitze in ihrem Wagen staute. Sie zupfte ein wenig an ihrer marinefarbenen, schulterfreien Bluse, damit sie nicht an ihrem schweißigen Rücken klebte. Zu ihrem Pech war auch noch die von Joos eingebaute Klimaanlage ausgefallen. Sie musste also zusehen, dass sie die verderbliche und schmelzende Ware wie Milch, Joghurt und Schokolade schnellstmöglich an die Kundschaft brachte.

»Aber warum tut man denn so was?«, fragte die alte Frau niemand bestimmten.

Mit beiden Händen hielt sie verkrampft ihr rotes Ledertäschchen fest, als befürchtete sie, irgendein Rüpel könnte es ihr im Vorbeigehen entreißen.

»Ja«, ereiferte sich eine andere Frau neben ihr.

Beide schienen denselben Friseur zu haben. Demnach war

die Kurzhaar-Dauerwelle wieder zurück – oder gar nicht erst aus dem Repertoire des Haarstudios verschwunden.

»Er war doch bloß ein Schäfer!«

Tilla betrachtete diese Frau eingehend und fand, dass sie in ihrer moosgrünen Kostümjacke ziemlich overdressed war.

»Den Hund sollen sie auch abgemurkst haben«, hörte Tilla jemanden rufen.

»Ach, es waren mehrere Täter?«

»Schwul soll er gewesen sein.«

»Der Täter?«

»Der Schäfer!«

»Ach so.«

Die Frau mit der roten Handtasche nickte langsam. Tilla schüttelte den Kopf. Dieses *Ach so* klang für sie verdächtig nach: *Das erklärt alles.*

»Schlimme Zeiten sind das«, sagte die andere Frau und schüttelte ebenfalls ihren Kopf.

Tilla konnte nicht umhin, dieses immense Doppelkinn anzustarren, das hin und her flog wie bei einem aufgeregt umherblickenden Truthahn.

»Ja«, stimmte Entzer zu. »Schlimme Zeiten sind das … Wenn sogar schon unschuldige Hirten geköpft werden.«

»Geköpft?«

Die Frau in der grünen Kostümjacke schlug sich die Hand vor den Mund.

Aus dem Verkaufswagen heraus und über die Leute hinweg konnte sie sehen, wie dieses Wort die Runde machte. Geköpft.

»Himmel, wer erzählt denn so einen Quatsch?!«, ranzte sie den alten Entzer an.

»Ach, bitte. Lassen Sie mir doch auch etwas Spaß. Ich liebe es, wenn die Leutchen sich so aufregen. Und außerdem ist das doch gut fürs Herz.«

Er zwinkerte ihr verschwörerisch zu.

»Und wer weiß? Vielleicht stimmt es ja doch?«

»Ich bin mir ziemlich sicher, dass er nicht geköpft wurde.«

Tilla senkte den Blick und arrangierte die Zeitschriften auf der Theke neu, weil sie nicht die geringste Lust verspürte, länger Teil dieser Tratschrunde zu sein.

»Also, der Herr, was darf es heute sein?«

»Na, dasselbe wie immer.«

Herr Entzer trat einen Schritt näher an den Wagen heran und reckte das Kinn in die Höhe.

»Und, haben Sie die Lieferung bekommen?«

Tilla taxierte ihn ein paar Sekunden, dann lächelte sie milde.

»Einen Augenblick, Herr Entzer.«

Sie wandte sich von ihm ab und öffnete eine schwergängige Schublade an der Regalwand, um eine Pralinenschachtel hervorzuziehen. Als sie die Schachtel auf den Tresen legte und den Deckel öffnete, betrachtete sie Herrn Entzers erfreutes Gesicht.

»Perfekt«, raunte er. »Sie sind wirklich spitzenklasse.«

Seine mit Altersflecken besprenkelte Hand strich beinahe liebevoll über die sorgfältig aneinandergereihten Zigarren, die Tilla behutsam in der Pralinenschachtel untergebracht hatte. Er pickte sich eine heraus und roch genüsslich dran.

Tilla lächelte.

»Für meine Kundschaft nur das Beste.«

Um die dunkelbraune Zigarre waren zwei schwarz-goldene Banderolen gewickelt. Es waren Domenico Grand Toro in der limitierten Version von 2014. Sündhaft teuer und außerordentlich schwer zu beziehen. Tilla hatte lange recherchieren müssen, bis sie einen Online-Händler ausfindig machen konnte, der sie belieferte. Zunächst hatte sie Skrupel, auf den ohnehin schon heftigen Preis noch ihre Marge draufzuschlagen, aber von irgendetwas musste sie schließlich leben.

»Die Leute sagen ja immer, kubanische Zigarren seien die besten.«

Herr Entzer legte die Stange behutsam zurück an ihren Platz und schloss den Deckel. Dann sah er zu Tilla auf.

»Aber das stimmt nicht. Die besten Zigarren kommen aus der Dominikanischen Republik. Jeder Zug ein Genuss.«

Er wackelte mit dem Zeigefinger in ihre Richtung.

»Lassen Sie sich niemals etwas anderes erzählen, Fräulein.«

Tilla nickte und machte sich dran, den Rest von Herrn Entzers Bestellung zusammenzusuchen. Blut- und Leberwurst von seinem Lieblingsmetzger in Monreal, die Jagdzeitschrift *Wild & Hund*, eine Packung Einwegrasierer, Tomatensaft in der Glasflasche und Jumbo-Erdnüsse, bei denen Tilla sich stets aufs Neue fragte, wie er sie mit seinem wackligen Gebiss überhaupt zerkaut bekam. Alles packte sie akkurat in eine braune Papiertüte und überreichte sie dem Mann, der ein überaus großzügiges Trinkgeld für die Zigarren springen ließ.

»Wirklich geköpft?«, fragte die Frau mit dem Handtäschchen vor der Brust, als Herr Entzer sich umdrehte und an ihr vorbeiging.

»Ja. Und den Hund auch.«

Von ihrem Logenplatz aus konnte Tilla den neckischen Ausdruck in Entzers Gesicht sehen, als er das zutiefst erschrockene Aufhecheln der älteren Frau vernahm. Da konnte selbst Tilla sich ein leichtes Grinsen nicht verkneifen.

»Also, die Dame, was darf es heute sein?«

Eigentlich mochte sie die *Villa Auenwald* und die meisten der Bewohner. Nicht zuletzt, weil sie hier die besten Geschäfte machte.

Wie beim Schmuggeln der sündhaft teuren Zigarren in Pralinenschachteln für Herrn Entzer. Nicht, dass das Rauchen in der *Villa Auenwald* generell verboten wäre. Aber wenn man der Schwiegervater der Heimleitung war, stand man eben doch unter ganz besonderer Bewachung. Und Tilla hatte wirklich keine Lust, es sich mit der Heimleitung zu verderben und ihre

Standortlizenz zu verlieren. Also waren sie auf die Idee mit dem Versteck in der Pralinenschachtel gekommen. Das klappte perfekt, und über die Pralinen freute sich Joos.

Allerdings liefen die Geschäfte heute nicht besonders gut. Bei all dem Tratsch hatten viele ihrer Stammkunden schlichtweg die Hälfte ihrer Einkäufe vergessen.

Gerade, als Tilla dabei war, die Verkaufsluke zu lösen und sie zuzuklappen, bemerkte sie, dass noch eine Kundin vor dem Wagen stand.

»Die Frau Metzler!«

Tilla freute sich, als sie die kleine Frau mit den gutmütigen Zügen vor sich stehen sah. Sie mochte Frau Metzler, denn sie war nett und überaus witzig, eine ruhige Person, die von Altersboshaftigkeit weit entfernt war. Heute trug sie ein Blumenkleid, hatte die für ältere Damen typische wellige Kurzhaarfrisur und eine große, runde Hornbrille, die ihre grauen Augen geradezu riesig erscheinen ließen. Bei ihrem Anblick musste Tilla immer an Sophia Petrillo von den *Golden Girls* denken.

Neben Frau Metzler hockte ihr Hund Humphrey, der ihr stets auf Schritt und Tritt folgte. Humphrey war ein reinrassiger Basset. Er hatte kleine, dicke Beinchen, einen langen, dackelförmigen Körper und riesige, superweiche Schlappohren. Sein Fell war zur einen Hälfte schwarz und braun und vom Bauch an beinahe völlig weiß, abgesehen von vereinzelten braunen Klecksen. Vielleicht war er ein wenig pummelig, was die langen hellbraunen Schlappohren aber nur noch mehr zur Geltung brachte.

»Sie habe ich ja schon lange nicht mehr gesehen. Wie geht es Ihnen?«

Die Frau lächelte nicht, schaute Tilla aber aufmerksam in die Augen. Ein kurzer Blick nach links, gefolgt von einem längeren Blick nach rechts.

»Man sagt, Sie können alles besorgen«, sagte sie zaghaft.

»Und ob!«

»Können Sie auch eine Knarre besorgen?«

Tilla runzelte die Stirn. Sie glaubte, sich verhört zu haben. Deshalb beugte sie sich nach vorn, um näher an Frau Metzler heranzukommen.

»Wie bitte?!«

Frau Metzler ging ihrerseits auf die Zehenspitzen, ihre Nasenspitze lugte gerade so über den Thekenrand.

»Ob Sie auch eine Knarre besorgen können?«, wiederholte sie ihre Frage. »Eine Wumme, einen Schießknüppel – wie nennt man die Dinger denn heutzutage?«

»Sie wollen, dass ich Ihnen eine Pistole besorge?«

Das faltige Gesicht hellte sich auf.

»Genau, das war das Wort, das ich gesucht habe.«

Tilla sah sie irritiert an.

Neben Frau Metzler bellte der Hund freudig auf, woraufhin er sofort von seinem Frauchen in die Schranken verwiesen wurde.

»Pscht, Humphrey, bist du wohl still!«

Der Hund wimmerte leise und duckte kurz den schweren Kopf. Dann sah er Tilla mit großen Augen und heraushängender Zunge an. Tilla wusste, dass er sie liebte. Nicht, weil sie ein besonderes Händchen für Hunde hatte – sie war ja auch eher der Katzenmensch –, sondern weil er von ihr stets ein Stück vom Fleischwurstkringel bekam, den sie ebenfalls beim Monrealer Metzger besorgte. Ebenso wie der Hund war ihre Kundschaft scharf auf diese gut gewürzte Wurst mit intensivem Knoblaucharoma.

»Darf er ein Stück Wurst haben?«, fragte Tilla und hoffte, das Thema Pistole damit erledigt zu haben.

Frau Metzler nickte.

»Ja, doch, aber haben Sie denn nun eine Pistole für mich?«

Wohl nicht.

Vor Hitze juckte es unter ihrem Bandana, und die Luft in der fahrenden Wellblechhütte wurde immer stickiger.

Tilla nahm den Kringel von der Holzstange und schnitt ein großzügiges Stück ab.

»Hier, mein Guter.«

Der Schwanz des Hundes schlug aus wie eine Wünschelrute.

Gezielt ließ sie das Stück vor dem Hund fallen. Humphrey bellte auf, schnappte danach und verfehlte sie um Haaresbreite. Sie konnte sehen, wie die Wurst unter den Wagen kullerte. Die schwarze Schnauze des Bassets suchte den Boden ab und verschwand schließlich ebenfalls unter dem HY.

»Was wollen Sie denn mit einer Pistole?«, fragte Tilla.

»Na, mich beschützen.«

Sie sahen sich in die Augen. Tilla suchte einen Funken Humor im Blick der alten Dame. Vergeblich.

Doch dann glaubte sie zu verstehen.

»Geht es um die Sache mit dem Schäfer?«, fragte sie geradewegs heraus. »Da müssen Sie wirklich keine Angst haben, ich glaube nicht, dass –«

»Das mit dem Schäfer ist mir so was von schnuppe!«, fuhr die alte Dame sie unwirsch an und erschrak dabei sichtlich über sich selbst. Sie schüttelte ihren Kopf und schloss die Augen. »Verstehen Sie mich nicht falsch, die Sache ist wirklich, wirklich tragisch, der arme junge Mann …«

Dann blickte sie zu Tilla auf und sah sie ernst an.

»Aber ich glaube, dass man mir nach dem Leben trachtet. Und in diesem Fall möchte ich entsprechend gewappnet sein. Also …«

Noch einmal ragte die Nasenspitze über den Thekenrand.

»Haben Sie nun eine Pistole für mich oder nicht?«

Der resolute Gesichtsausdruck ließ keinen Zweifel an der Ernsthaftigkeit ihrer Frage.

Tilla gab ein lang gezogenes »Hm« von sich. Sie machte sich Sorgen um die alte Frau und fürchtete um ihren Geisteszustand. Ob sie der Heimleitung von dieser mysteriösen Bitte berichten sollte? Bislang hatte Tilla nie den Eindruck gehabt, Frau Metzler sei senil. Aber was wusste sie schon über Demenz und Altersschizophrenie?

Unter ihren Füßen rumpelte und polterte es, dann hörte sie den Hund aufbellen.

»Humphrey! Kommst du wohl da unten raus!«

Tatsächlich kam im nächsten Augenblick der Kopf des Hundes zum Vorschein – mit der erbeuteten Wurst in der Schnauze. Der hellbraune Kopf war vollkommen staubig und rußverschmiert.

»Ich bin auch bereit, jeden Preis dafür zu zahlen. Also?«

Tilla wusste nicht recht, mit der Situation umzugehen, sie wollte die alte Frau keineswegs vor den Kopf stoßen.

Deshalb sagte sie: »Ich werde sehen, was ich für Sie tun kann, Frau Metzler. In Ordnung?«

Die kleine Frau nickte eifrig.

»Sehr gut, aber machen Sie bitte schnell!«

Tillas freundliches Lächeln erstarb, als Frau Metzler sich abwandte und den Hund an der Leine hinter sich herzog. Sie war derart in Gedanken versunken, dass es eine ganze Weile dauerte, bis das Intro von *Jailhouse Rock* zu ihr durchdrang. Der Klingelton ihres Handys. Das Display zeigte eine ihr fremde Nummer an.

»Hallo?«

»Hi, ich bin's.«

Sie hatte seine Stimme bereits beim *Hi* erkannt.

»Ben, du? Das ist ja eine Überraschung. Was gibt es denn?«

»Ich weiß, wo Miau Tse-tung ist.«

Kapitel 10

Tilla hatte noch nie in einem Streifenwagen gesessen. Und in den Momenten, in denen sie vermutet hatte, dass sie mal in einem landen könnte, hatte sie sich stets hinten sitzen sehen. Auf der vergitterten Rückbank. Nicht vorne auf dem Beifahrersitz. Schon gar nicht neben einem Polizisten wie Ben.

Er sah ziemlich gut aus in seiner Uniform, vielleicht ein wenig müde. Sein hellblaues Hemd war zerknittert. Normalerweise konnte Tilla kurzärmelige Hemden bei Männern nicht ausstehen. Doch wenn darunter braun gebrannte und ziemlich durchtrainierte Oberarme zum Vorschein kamen, konnte sie mal eine Ausnahme machen. Bens dunkle Polizeijacke und die Mütze lagen auf dem Rücksitz – obwohl es eine eigens dafür vorgesehene Halterung gab. Dieser Rebell!

»Und das geht wirklich in Ordnung, dass du während des Dienstes mit deinem Streifenwagen private Dinge erledigst?«

Er warf ihr einen belustigten Seitenblick zu.

»Im Grunde gehe ich ja einem Vermisstenfall nach.«

»Ja, dem einer Katze.«

»Du meinst Kater«, korrigierte er sie und schmunzelte.

Tilla schnappte nach Luft und verschränkte trotzig die Arme vor der Brust. Sie konnte es nicht leiden, mit ihren eigenen Waffen geschlagen zu werden.

»Und du glaubst, dass du im Ernstfall mit dieser Ausrede durchkommst?«

Ben zuckte gleichgültig mit den Schultern.

»Hab dem Marhöfer erzählt, dass ich noch mal bei diesem Waldschrat vorbeifahre, um ein paar weitere Fragen zu stellen. Mein Alibi ist hieb- und stichfest.«

»Er heißt Hölzi.«

»Das macht es nicht besser.«

Sie mochte es, wie er schelmisch vor sich hin grinste, wenngleich ihr selbst gar nicht zum Lachen zumute war. Sie hoffte inständig, dass es sich wirklich um ihren Miau Tse-tung handelte, den Frau Adenbach Ben am Telefon beschrieben hatte. Wenn ja, war der Ärmste versehentlich in einer Scheune eingeschlossen. Und das vermutlich schon seit Tagen.

Ben hatte richtig aufgeregt geklungen, als er schließlich Tilla angerufen hatte. Sie war gerührt, dass er tatsächlich Wort gehalten hatte und sich mit ihr gemeinsam auf die Suche nach dem verschollenen Kater begeben wollte.

Und nun saß sie hier, neben ihm, auf dem Weg zum Hof der Adenbachs.

Sie musste sich selbst eingestehen, dass die Fahrt in einem Polizeiwagen irgendwie … aufregend war. Sie vermochte allerdings nicht einzuschätzen, wie viel dieser Aufregung ihrer gut aussehenden Begleitung galt.

Und dann waren da noch all die vielen Gerätschaften und Knöpfe, die sie magisch anzogen. Ihr HY verfügte nur über das Notdürftigste. Tacho, Lenkrad, Radio mit Kassettendeck, Belüftungsschlitze. Das Armaturenbrett des Streifenwagens aber war gespickt mit Schaltern, Reglern und kleinen Bildschirmen. Sie kam sich beinahe vor, als säße sie im Cockpit eines Raumschiffes.

»Was ist das?«

»Das Funkgerät.«

»Aha. Und was macht das?«

Sie zeigte auf einen Kippschalter.

»Damit schaltet man die Kamera ein. Sie hängt hier oben.«

Den Blick weiter geradeaus gerichtet, tippte er gegen den Rückspiegel, an dem etwas angebracht war, das gut und gerne als Kamera durchgehen konnte.

»Und das da?«

»Damit spielen wir die Anhaltezeichen auf das digitale Display auf dem Dach.«

»Oh.«

Tilla war beeindruckt.

»So Sachen wie *Bitte folgen* und so?«

Ben nickte.

»Genau solche Sachen.«

»Und was macht der Knopf?«

»Der schaltet das Martinshorn an – he, Finger weg.«

»Autsch.«

Pikiert rieb sich Tilla die Handfläche. Dieser Kerl hatte ihr tatsächlich auf die Finger geschlagen, als wäre sie ein kleines Kind, das etwas Verbotenes anfassen wollte. Gut, ganz so weit hergeholt war dieser Vergleich nun nicht, aber … trotzdem!

Eine ganze Weile setzten sie die Fahrt schweigend fort. Ihr Umgang war aber noch nicht vertraut genug, als dass diese Ruhe nicht schon bald unbehaglich und schließlich ein wenig peinlich wurde.

Aus dem Augenwinkel beobachtete sie, wie Bens Mund sich mehrmals öffnete, aber kein einziges Wort folgte.

Seine Finger tippten nervös auf dem Lenkrad.

Sie ließ ihn schmoren.

»Und du kennst die Familie?«, fragte er schließlich.

Sie ließ sich zwei Sekunden Zeit mit der Antwort.

»Die Adenbachs? Kennen wäre zu viel gesagt. Hannes Adenbach ist der Bürgermeister von Elzbach. Seine Schwiegermutter ist eine Kundin von mir. Sie ist wirklich zuckersüß und ein echtes Herzchen. Schon weit über neunzig und munter wie ein junges Reh. Dabei hat die Arme mit schwerer Arthrose zu kämpfen, doch seitdem sie bei mir ihr Ha–«

Tilla biss sich so fest auf die Lippen, dass sie Blut schmeckte.

»Ihr was?«, hakte Ben beiläufig nach.

»Ach, nichts. Sie ist auf jeden Fall sehr alt und superlieb. Ihr Schwiegersohn ist jedoch leider das genaue Gegenteil.«

»Hannes Adenbach?«

»Genau der.«

»Aha.«

»Er führt ein Bauunternehmen, soweit ich weiß. Und der Sohn ist wohl ein Politiker, der es bis nach Berlin geschafft hat.«

»Der Glückliche.«

Tilla sah Ben an. An seinen Zügen ließ sich jedoch nicht erkennen, ob er das sarkastisch oder ernst gemeint hatte.

Wieder kam das Gespräch ins Stocken, was dazu führte, dass der Rest der Fahrt ziemlich zäh verlief. Und so war es beinahe eine Erlösung, als Ben irgendwann abbremste und in eine breite Hofeinfahrt abbog.

In Schrittgeschwindigkeit fuhren sie bis zu dem großen Haus, das wie die meisten Gebäude in dieser Region aus dunklem Vulkanstein gebaut war. Als sie neu in der Gegend war, war Tilla diese Optik befremdlich vorgekommen, weil sie sehr düster wirkte. Mittlerweile mochte sie den ganz besonderen Charme, der von diesen dunklen Gemäuern ausging. Auch dieser Hof lag – wie die Mühle – außerhalb von Elzbach und hatte ringsherum keine anliegende Nachbarschaft. Man sah ihm die weibliche Hand an, die sich um alles kümmerte – wenigstens in der einen Hälfte. Überall blühten Blumen, wuchsen Kräuter. Kunstvolle Accessoires waren liebevoll drapiert. Neben dem Treppenaufgang lehnte ein altes Kutschwagenrad, dessen Speichen vom wilden Efeu verschlungen wurden. Die andere Hälfte des Hofes bildete dazu einen drastischen Kontrast. Denn der gesamte Bereich vor der gegenüberliegenden großen Scheune wurde dominiert von abgestellten Gerätschaften und Baufahrzeugen wie Baggern, Kipplastern und Kränen in allen Größen.

Der Schotter knirschte unter den Reifen des Streifenwagens, als Ben direkt vor dem Eingang zum Stehen kam.

Es wartete bereits eine Frau am Hauseingang auf sie, die Tilla als Iris Adenbach wiedererkannte, die Frau des Bürgermeisters.

»Meine Güte, die Polizei?«

Der Frau stand die Verblüffung ins Gesicht geschrieben.

»Keine Sorge, Frau Adenbach, und guten Tag!«, sagte Tilla sofort. »Es geht um den vermissten Kater. Herr Engel und ich, wir …«

Sie stoppte, da sie nicht wusste, wie sie den Satz beenden sollte.

»… wir teilen uns sozusagen das Sorgerecht für den kleinen Tiger«, kam ihr Ben breit grinsend zur Hilfe.

Frau Adenbachs Züge entspannten sich rasch. Dennoch strich sie mit ihren Händen immer wieder den Saum ihrer Kittelschürze glatt. Dann schüttelte sie sich und stürmte förmlich die Stufen herunter, um erst Tilla, dann Ben überschwänglich zu begrüßen.

Tilla kannte Frau Adenbach nicht allzu gut. Mal hier und da ein netter Plausch bei der Bank oder beim Bäcker – und immer grüßten sie sich freundlich. Meist war das Thema die Mutter im Altersheim. Mehr Gemeinsamkeiten gab es zwischen ihnen nicht, was jedoch auf den Großteil der Elzbacher und Tilla zutraf. Frau Adenbach und sie schienen zumindest den Umstand gemeinsam zu haben, dass sie das Leben in der Abgeschiedenheit bevorzugten.

Dennoch überraschte es sie, Frau Adenbach derart wenig zurechtgemacht zu sehen. Vor ihr stand eine bodenständige Frau mittleren Alters, die sich kaum um ihr Aussehen zu scheren schien. Ausgelatschte Gartenschuhe, ein weites Sommerkleid mit einer umgebundenen Schürze und grau gesträhnte Haare. Im Dorf hingegen traf sie Frau Adenbach stets akkurat zurechtgemacht an – wie es sich eben für die Ehefrau des Bürgermeisters gehörte. Jedem, der es hören wollte, erzählte sie gerne von ihrem erfolgreichen Sohn, der drauf und dran war, die ganz große Karriere zu machen. Tilla fiel der Name des Sohnes nicht mehr ein. Auch wusste sie nicht, wie viel Wahrheitsgehalt in dieser Geschichte lag. Mit Politik hatte sie nichts am Hut, und was der Sohn des Bürgermeisters tat, interessierte sie schon zehnmal nicht. Aber sie empfand es sympathisch, dass sich diese Frau in ihrem privaten Umfeld derart normal präsentierte.

Und als hätte sie Tillas Gedanken erraten, sagte Frau Adenbach: »Entschuldigen Sie bitte meine Aufmachung.«

Sie strich noch einmal über ihre Kittelschürze.

»Aber ich bin am Backen. Hefeblechkuchen. Und als ich eben den Hefeteig aus der Scheune geholt habe – bei den mörderischen Temperaturen hier draußen würde er mir ja sonst explodieren –, hab ich dieses herzzerreißende Miauen gehört. Finden Sie nicht auch, dass es viel zu warm ist für die Jahreszeit?«

Sie wischte theatralisch mit der Handfläche über die trockene Stirn.

»Ich bin aber schon überrascht, dass Sie so schnell gekommen sind. Wir liegen schließlich ein wenig außerhalb, nicht wahr?«

Sie lachte herzlich auf.

»Schön! Ich sag ja immer: Wer Tiere liebt, kann kein schlechter Mensch sein. Kommen Sie mit, ich bring Sie zu dem armen Tier.«

In ihren ausgelatschten Schlappen watschelte sie im Entengang über den Hof, und Tilla und Ben folgten ihr.

»Ich bin mir nicht sicher«, raunte Tilla Ben zu, »aber ich glaube, dass Hefeteig bei zu hohen Temperaturen in sich zusammenfällt.«

Sie betraten die Scheune, in der es sauer nach Hefe und schwer nach altem Motorenöl roch. Tillas Augen brauchten eine Weile, um sich an das diffuse Licht zu gewöhnen. Von den löchrigen Dachgiebeln aus schnitten sich einzelne Sonnenstrahlen durch die staubige Luft.

»Sie müssen die Unordnung entschuldigen«, sagte Frau Adenbach bereits beim Betreten. »Mein Mann lagert hier alle möglichen Gerätschaften.«

Tatsächlich erkannte Tilla martialisch wirkende Baumaschinen, die dicht nebeneinanderstanden. Direkt vor ihr stand eine alte, vor sich hin rostende Raupe, deren ursprünglich gelbe Lackierung gerade noch zu erahnen war. Weiter hinten erblickte sie Anhänger, zwei alte Traktoren und jede Menge schweres Gerät, deren Verwendungszweck sich ihr nicht erschloss.

»Passen Sie auf, wo Sie hintreten, hier wimmelt es vor rostigen Nägeln und Schrauben und Gott weiß, was sonst noch allem.«

Sie gingen an der Raupe vorbei und blieben vor einer im Betonboden eingelassen Autogrube stehen.

»Da unten ist der Streuner.«

Sie zeigte mit dem Finger in den Graben, doch er war so tief, dass nichts zu erkennen war.

Ben nestelte an seinem Gürtel herum und löste eine Taschenlampe heraus. Als er sie in die Grube richtete und einschaltete, schrie Tilla laut auf. Dort saß er, Tse-tung, zusammengekauert in der Ecke. Die großen Augen leuchteten sie förmlich an.

»Ich hab versucht, ihn dort rauszuholen, aber es ist ein ziemlich kratzbürstiges Vieh.«

Sie hob den rechten Arm und zog den Stoffärmel ihres Kleides zurück. Unschöne rote Striemen kamen zum Vorschein.

»Hat sofort die Krallen ausgefahren.«

»Wie ist er denn bloß da reingekommen?«

Tilla ging auf die Knie und rief nach ihrem Kater. Ben stand dicht hinter ihr und führte den Lichtkegel durch die Grube.

»Vermutlich beim Mäusefangen hineingeplumpst«, sagte Frau Adenbach.

»Was, um Herrgottszeiten, ist denn hier los? Iris!«

Tilla erschrak so sehr, dass sie beinahe vorwärts in die Grube gestürzt wäre. Mit einem beherzten Griff hielt Ben sie am Arm fest.

»Hannes, Mensch!«, sagte Frau Adenbach. »Musst du so rumschreien?!«

Tilla hatte ihr Gleichgewicht wiedergefunden und drehte sich um.

»Hallo, Herr Adenbach.«

Sie streckte die Hand aus. Der Mann musterte sie. An seinem Blick konnte sie erkennen, dass er sie erkannte. Er ließ ihre Hand in der Luft schweben, bis Tilla sie langsam zurückzog. Ihr freundliches Lächeln aber haftete eisern in ihrem Gesicht.

»Sie«, sagte er nur.

Tilla war überrascht, wie viel Verachtung man in ein einziges Wort legen konnte.

»Was wollen Sie hier? Reicht es nicht, dass meine Schwiegermutter wöchentlich ein Vermögen in Ihrem Gemüsegarten lässt? Ich frage mich, wie man so viel Geld für Gemüse ausgeben kann …«

Tilla schluckte trocken und suchte fieberhaft nach einer passenden Antwort, da mischte sich Frau Adenbach ein.

»Er meint es nicht so, aber er und meine Mutter haben nicht gerade das beste Verhältnis miteinander.«

»Sei still, Iris. Das geht sie doch wohl wirklich nichts an.«

Die Frau dachte nicht im Traum daran, still zu sein.

»Außerdem scheint meiner Mama ihr Gemüse gutzutun.

Seitdem sie bei Ihnen einkauft, kommt es mir vor, als würde sie ihren dritten Frühling erleben.«

Tilla lächelte verkrampft.

»Na, das freut mich aber sehr zu hören.«

»Vermutlich liegt es an den alten Gemüsesorten, die Sie verkaufen.«

Tilla versuchte angestrengt, sich auf die Frau zu konzentrieren, doch sie spürte förmlich den stechenden Blick des Bürgermeisters, der leise aufschnaubte.

»Klar … von den Gemüsesorten!«

Drohend richtete sich sein Zeigefinger auf Tilla, als er sagte: »Irgendetwas stimmt mit ihrem Geschäftsmodell nicht, da können Sie mir erzählen, was sie wollen. Vielleicht sollte die Polizei da mal ein Auge drauf werfen. Man hört ja die merkwürdigsten Dinge im Dorf …«

Tillas Herz pochte.

Mit einer ruppigen Drehung wandte der Mann sich Ben zu.

»Überhaupt, warum steht ein Polizeiwagen in unserem Hof?«

»Wegen der Katze«, sagte Frau Adenbach.

»Welche Katze?«, fragte ihr Mann.

»Der Katze.«

Ben richtete den Strahl seiner Taschenlampe wieder in die Grube und fügte leise »Kater« hinzu, als er auf Tillas Blick traf.

Herr Adenbach trat an den Rand der Grube und schaute nach unten. Als er an Tilla vorbeischritt, fiel ihr auf, dass er stark humpelte und sein linkes Bein nachzog.

»Und was macht das Vieh in meiner Grube?«

»Sie muss durch das Scheunentor geschlichen sein und ist dann wohl in die Grube gefallen.«

Frau Adenbach hielt kurz inne, fügte dann jedoch einen vorwurfsvollen Kommentar hinzu.

»Hast wohl vergessen, es zu schließen.«

Der Mann grummelte etwas Unverständliches und blickte wieder zu Ben.

»Und das macht es zu einem Fall für die Polizei?«

Unabsichtlich richtete Ben den Strahl der Taschenlampe auf Herrn Adenbach, woraufhin sich dieser das Gesicht mit der Hand abschirmte.

»Nein«, sagte Ben mit einer autoritären Stimme, die Tilla überraschte. »Ich bin privat hier.«

Sein Kopf schwenkte kurz in ihre Richtung.

»Es ist unsere Katze.«

»Kater«, verbesserte Tilla ihn leise.

»Ah.«

Ohne ein weiteres Wort wandte sich der Mann von ihnen ab und verließ humpelnd die Scheune.

»Was ist mit Ihrem Bein?«, rief Ben.

»Arbeitsunfall«, erwiderte Adenbach kurz angebunden und tauchte in den schwarzen Schatten der rostigen Raupe ein.

Seine Frau seufzte lautstark auf.

»Sie müssen entschuldigen, mein Mann ist trotz seines ehrenwürdigen Amtes nicht so der Gesellige.«

»Alles gut«, versicherte Ben.

Tilla entriss ihm die Taschenlampe und suchte die Scheune nach einer Leiter ab. Als sie eine fand, zögerte sie keine Sekunde, schleppte sie zur Grube, stellte sie hinein und kletterte zu ihrem geliebten Kater hinunter.

Dieser kam ihr auf halbem Wege entgegengesprungen und ließ sich innig von ihr herzen.

»Du armer kleiner Kater.«

In ihren Armen beschwerte er sich lautstark über Gott und die Welt und die Ungerechtigkeit, die ihm zuteilgeworden war.

Er sah wirklich schrecklich aus. Sein dreifarbiges Fell war zerzaust, und er machte einen – für seine Verhältnisse – ziemlich abgemagerten Eindruck.

»Du hast bestimmt Durst. Und Hunger! Aber keine Sorge. Frauchen ist ja jetzt da.«

Sie kletterte mit dem Kater im Arm wieder aus der Grube hinaus. Ben reichte ihr eine Hand, als sie den Grubenrand erreicht hatte, und zog sie mit Schwung auf den Boden zurück.

»Na, da hast du ja noch mal Glück gehabt, was?«

Frau Adenbach nickte Tse-tung freundlich zu, fasste ihn aber nicht mehr an.

»Sie müssen meinen Mann wirklich entschuldigen«, flüsterte sie. »Aber er hat panische Angst davor, dass unser Erbe komplett an das Seniorenheim verscherbelt wird. Ich meine, meine Mutter wird immerhin fünfundneunzig, und seit einiger Zeit scheint sie förmlich aufzublühen und eher jünger statt älter zu werden.«

Die Frau betrachtete Tilla versonnen.

»Witzigerweise erst, seitdem Sie bei Ihnen einkaufen geht.«

Tilla glaubte, ein vergnügtes Glucksen aus dem Mund der Frau zu hören.

»Mir ist es recht«, fügte Frau Adenbach lächelnd hinzu. »Soll sie doch hundert Jahre alt werden.«

Dann wurde sie augenblicklich ernst.

»Wobei ich schon der Meinung bin, dass Sie den alten Leuten zu viel Geld abknöpfen.«

Tilla hob abwehrend die Hände, und Miau Tse-tung maulte auf, weil er weiter gestreichelt werden wollte. Ben nutzte die Gelegenheit, nahm ihr den Kater ab und begann, ihn zu kraulen, während er ihm liebevoll irgendwas ins Fell flüsterte. Tilla blieb kurz der Mund offen stehen, als sie sah, wie offensichtlich wohl Tse-tung sich bei ihm fühlte.

»Diese alten Gemüsesorten sind absolut bio und haben einen hohen Vitamingehalt«, versuchte sie sich vor Frau Adenbach zu rechtfertigen, nachdem sie die Sprache wiedergefunden hatte. »Außerdem verkaufe ich ja nicht nur Gemüse. Auch Zeitschriften, Hygiene-Artikel, hochwertige Pralinen …«

Die Frau winkte ab.

»Und wenn schon, ist ja nicht mein Geld. Und meine Mutter kann mit ihrem Ersparten tun und lassen, was sie will. Sie ist schließlich drei mal sieben Jahre alt.«

Sie lachte auf, und Tilla stimmte in ihr Lachen ein, auch wenn es sich verkrampft anfühlte.

»Tausend Dank, dass Sie uns angerufen haben.«

Überschwänglich schüttelte sie Frau Adenbachs Hand und wollte damit gar nicht mehr aufhören.

»Aber selbstredend. Wir hatten ja auch mal eine Katze, aber dann hat mein Sohn diese Katzenhaarallergie entwickelt, und wir mussten sie weggeben.«

Sie senkte den Kopf.

»Nun, da er in Berlin ist, habe ich schon oft darüber nachgedacht, mir wieder eine zuzulegen. Aber Hannes will davon nichts hören, wissen Sie? Er sagt immer, die Wildschweine, die unseren Garten auf links drehen, machen schon genug Ärger. Da braucht er nicht auch noch ein Vieh im Haus.«

Sie seufzte schicksalsergeben und betrachtete wehmütig den laut schnurrenden Kater in Bens Armen. Schließlich hob sie ihren Kopf und strahlte Tilla und Ben an.

»Aber wenn Sie noch ein Weilchen bleiben möchten, lade ich Sie herzlich zum Blechkuchenessen ein. Für die Katze könnte ich eine Dose Kondensmilch aufmachen.«

»Gern, aber leider geht das nicht«, entschuldigte Ben sich. »Wir müssen los.«

Dann wandte er sich, noch immer den Kater kraulend, an Tilla.

»Wenn ich mein Alibi aufrechterhalten will, sollte ich diesem Hölzi wirklich noch einen Besuch abstatten.«

Sie betrachtete Ben misstrauisch. Es gefiel ihr nicht, wie

sich Tse-tung in seinen Arm kuschelte und ihm genüsslich die Wange abschleckte. Es gefiel ihr ganz und gar nicht.

Und als hätte Ben ihren Blick lesen können, sagte er: »Bleibt vorher bloß noch eine Sache zu klären.«

Tilla blinzelte ihn herausfordernd an.

»So? Und die wäre?«

»Wer nimmt den Kater mit nach Hause?«

Kapitel 11

Dieser aufgeblasene Affe! Tilla war noch immer vollkommen außer sich. *Was bildet der Kerl sich denn ein? Dass er sich alles herausnehmen kann, bloß weil er bei Tse-tung einen Stein im Brett hat?*

Sie saß auf der bequemen Hollywoodschaukel im Innenhof der Mühle und fütterte ihren Kater mit seinen Lieblings-Leckerlis. Er lag auf dem Rücken, die Pfoten von sich gestreckt, und wirkte wie die Katzeninkarnation von Julius Caesar. Vielleicht sollte sie ihrem kleinen Pascha eine passende Katzentunika nähen. Einem Mann hätte sie dieses Verhalten nie und nimmer durchgehen lassen. Aber es gab wohl auch keinen Kerl auf dieser Welt, der auch nur im Ansatz an die Sweetness ihres Katers herangereicht hätte.

Dass sich dieser Ben tatsächlich erdreistet hatte, die Frage zu stellen, wer den Kater nun mit nach Hause nehmen sollte, war schlicht unverschämt. Schließlich war Miau Tse-tung ihr Kater. Basta!

Als sie ihm das letzte Leckerli aus der Packung serviert hatte, sprang er auf und stupste sie mehrmals an. Er gab sich erst zufrieden, als sie ihm die Schachtel zeigte und er sich selbst davon überzeugen konnte, dass sie tatsächlich leer war. Dann kuschelte er sich an ihre Kniekehle und ließ sich den Nacken kraulen. Dabei leckte er sich immer wieder ausgiebig die Pfoten und rieb sich damit über das Gesicht. Angefangen bei den spitzen Ohren bis zur Nasenspitze. Das tat er wieder und wieder, bis er eindöste.

Das monotone Schnurren versetzte auch Tilla in einen tranceähnlichen Zustand. Es war so ein schöner Tag. Der schattige Hof war trotz der Hitze des Tages angenehm kühl, und die wenigen Sonnenstrahlen, die es durch die Baumwipfel schafften, kitzelten ihre Nasenspitze. Tilla warf einen Blick auf die Uhr. Sie hatte heute alle Zeit der Welt, musste nichts mehr erledigen. Das Geschnurre des Katers und der warme Wind, der die Schaukel sanft vor- und zurückbewegte, lullten sie immer mehr ein. Sie spürte, wie ihre Glieder erschlafften und ihre Hand ruhig auf dem weichen Fell des Katers liegen blieb. Sie war drauf und dran, ins Reich der Träume abzudriften.

»Mäh!«

»Mäh!«

»Mäh!«

Tilla riss schlagartig die Augen auf, fühlte sich orientierungslos. War sie tatsächlich eingeschlafen?

Sie griff neben sich, und ihre Hand fasste ins Leere.

Ganz in ihrer Nähe hörte sie zwei Vögel singen. Sie saßen auf dem Brunnensims. Das hätten sie sich nicht getraut, wenn Miau Tse-tung noch da gewesen wäre.

Sie musste eine ganze Weile geschlafen haben, denn die Sonne war bereits hinter den Wipfeln der Tannen verschwunden.

Wieder blökte es rings um sie herum.

»Was zum …!?«

Sie erhob sich von der Hollywoodschaukel – so schnell, dass grelle Sterne vor ihren Augen explodierten – und drehte sich um in Richtung Tiergehege. Was sie sah, war ein Meer aus Wolle. Unzählige Schafe bevölkerten das Grundstück. Mittendrin stand Apollo, der nicht wusste, wie ihm geschah.

»Tilla!«

Hinter dem Esel kam plötzlich Hölzi hervor. Und sie sah Joos, der zwei Schafe vor sich her trieb.

Hölzi strahlte sie an und stakste mit ausladenden Schritten

durch das Wollmeer. Er hatte jedoch Mühe, das Gatter zu öffnen und die neugierigen Schafe zurückzuhalten.

Über den Freiheitsentzug beschwerten sie sich mit lautem Geblöke. Wer wollte es ihnen verübeln? Schließlich waren sie die letzten Tage ihre eigenen Herren und konnten sich frei bewegen – ohne Schäfer und Hirtenhund.

»Einhundertunddrei«, rief Joos ihr aufgebracht entgegen. »Von wegen ein paar Dutzend.«

Er schickte ein paar holländische Flüche hinterher, die Tilla nicht verstand. Dafür verstand sie aber den Grund seiner Aufregung.

Hinter dem Gehegezaun herrschte das reinste Gewusel. Aberdutzende schwarze Knopfaugen starrten sie an. Sie ging zum Zaun, um sich die Sache ganz genau anzuschauen. Jede ihrer Bewegungen wurde von den Schafen misstrauisch verfolgt. Hier und da blitzen die Hörner der Ziegen auf, die verwirrt mitwuselten. Der Esel wieherte wenig erfreut auf. Tilla konnte sehen, wie er mit seiner Schnauze ein Schaf, das sich gerade an seinem Trog bediente, recht rüde zur Seite schob.

»Ne, ne«, maulte Joos. »Das wird Apollo gar nicht gefallen.«

»Ach was!«

Hölzi schnalzte lässig mit der Zunge, während er auf Tilla zutrat.

»Der beruhigt sich schon. Ein bisschen Gesellschaft wird seinem Sozialverhalten sicherlich nicht schaden.«

Doch Tilla überkam eine Ahnung, dass weder Apollo noch sie oder Joos sich mit diesen lauten Tieren würden anfreunden können.

»Schön, dich zu sehen. Wie geht es dir?«

Tilla sah Hölzi an und blieb an den dunklen Schatten unter seinen Augen hängen. Davon abgesehen machte er einen besseren Eindruck als gestern. Er trug seine Lieblingsklamotten und sah wieder mal aus, als würde er auf eine Großwildsafari gehen.

»Alles gut«, erwiderte er viel zu schnell. »Muss ja. Morgen gebe ich ein Seminar für Siebtklässler im Vulkanpark-Kletterwald.«

Er rieb sich den Nacken.

»Vermutlich eine ganz gute Gelegenheit, um wieder reinzukommen.«

Tilla nickte zustimmend. Hölzi war ausgebildeter Erlebnispädagoge und hatte ein echtes Händchen im Umgang mit Kindern und Jugendlichen. Auch sie war sich sicher, dass dies die beste Therapie für ihn war, um den Schock vom Fund des toten Hirten zu verarbeiten.

»Das halte ich für eine hervorragende Idee.«

Sie lächelte ihm zu, um ihm Mut zu machen. Er erwiderte ihr Lächeln, doch es wirkte etwas gequält.

Sie kannte Hölzi und wusste besser als jeder andere, dass hinter dieser harten, robusten Schale ein weicher Kern zu finden war. Er hatte keine Probleme damit, Nächte in einsamer Wildnis zu verbringen, scheute keine Tiere und liebte das Abenteuer. Aber in einer dunklen Höhle auf eine übel zugerichtete Leiche zu stoßen – das würde wohl jeden umhauen. Und ganz besonders so einen empathischen Menschen wie Hölzi, der selbst Bäumen eine Seele zusprach.

Tilla senkte das Kinn.

»Das muss ja echt ein ziemlicher Schock für dich gewesen sein.«

»Es war schlimm.«

Hölzi spielte nicht den Harten. Zum einen, weil er es vor ihr nicht musste. Zum anderen, weil sie ihn ohnehin sofort durchschauen würde. Sie merkte aber, wie viel Kraft es ihn kostete, ihr in die Augen zu schauen.

Er schüttelte sich.

»Was ist das für eine Welt, Tilla? Wer macht so was?«

»Böse Menschen«, erwiderte sie reflexartig.

Hölzi fixierte einen Punkt hinter ihr. Vermutlich war er weiß und wollig.

»Es ist so verrückt. Ich habe mir wirklich lange Gedanken darüber gemacht. Diese Höhle, ich meine … Kaum jemand kennt sie, sie ist nirgendwo verzeichnet. Das ist doch merkwürdig.«

Tilla blinzelte ihn an.

»Was meinst du damit?«

Hölzi blieb stumm, doch sie konnte ihm ansehen, dass es in ihm rumorte. Wusste er etwas, über das er mit ihr nicht sprechen wollte oder durfte?

»Ich hab mit dem Marhöfer telefoniert«, sagte er schließlich.

»So?«

»Lässt mich ja auch nicht kalt, dieser Fall. Also hab ich ihn gefragt, ob es schon etwas Neues gibt.«

Tilla verschränkte die Arme und kehrte mit dem Fuß die Erde zusammen.

»Und, was hat er gesagt?«, fragte sie möglichst beiläufig, um ihre Neugier zu verbergen.

»Dass er eben nichts sagen kann. Der Ermittlungen wegen.«

»Ach.«

»Aber dann hat er doch noch was gesagt.«

Tilla blickte auf.

»Er hat gesagt, dass der Fundort von Fiete nicht der Tatort gewesen ist.«

Sie runzelte die Stirn. Sie verstand nicht, was das nun zu bedeuten hatte. Irgendwie liefen ihre Synapsen wohl nicht so ganz rund. Das Nachmittagsschläfchen war noch zu präsent in ihren Gliedern.

»Und das … bedeutet?«

»Das bedeutet, dass Fiete und sein Hund nicht in der Höhle erschlagen wurden. Man hat sie erst später dorthin gebracht.«

»Aber warum?«

»Na, um sie zu verstecken.«

»Oh.«

Tilla spitzte den Mund, während sie nachdachte. Das klang natürlich logisch.

Hölzi trat ein Stück an sie heran. Er roch intensiv nach Heu und Schafen.

»Und ich sag dir noch was.«

Er senkte die Stimme, als hätte er Angst, die Schafe könnten ihn belauschen.

»Ich bin mir absolut sicher, dass der Täter ortskundig ist. Die Höhle liegt so versteckt, dass man da nicht so einfach aus Zufall drauf stößt.«

Er sah Tilla intensiv in die Augen, während er tief Luft holte.

»Der Mörder stammt von hier, Tilla.«

Sie riss die Augen auf. Ungläubig und ängstlich.

Hölzi nickte.

»Da wusste jemand ganz genau, wo er die Leiche verstecken muss. Hätte ich mich nicht kurzerhand dazu entschlossen, sie zum ersten Mal in meinem Survival-Trip einzubauen, wäre Fietes Leiche dort vermutlich für lange Zeit verborgen geblieben.«

Er stieß einen tiefen Seufzer aus.

»So, wie es sicherlich der Plan des Mörders gewesen war.«

Tilla rang um Fassung. Das klang absolut verrückt und doch so logisch. Hölzi musste recht mit seiner Vermutung haben – was wiederum bedeutete, dass der Mörder vom Schäfer tatsächlich ein Einheimischer war. Vielleicht sogar jemand, den sie kannte? Sie spürte, wie sich ihr die Nackenhaare aufstellten.

»Hast du deine Vermutung der Polizei mitgeteilt?«

»Wollte ich ja. Aber bevor ich noch mal zur Wache konnte,

stand da heute Nachmittag dieser Neue vor meiner Haustür, dieser Eng-«

»Ben?«, fiel ihm Tilla rasch ins Wort, womit sie sich einen übellaunigen Blick von Hölzi einhandelte.

»Ach, per du seid ihr beide schon?«

Tilla schluckte trocken und zwang sich dazu, nicht die Augen zu verdrehen.

»Ja, wir sind per du, aber nicht so, wie du denkst.«

Sie wusste selbst nicht, warum sie sich auf einmal rechtfertigte.

»Ben … Er und ich haben da eine gemeinsame Sache mit Tse-tung laufen.«

Hölzi blickte sie verständnislos an, doch Tilla hatte keine Lust, ihm das zu erklären. Am liebsten wollte sie die ganze Sache möglichst schnell vergessen.

»Geht mich auch überhaupt nichts an«, erwiderte Hölzi trotzig.

Er lachte kurz auf.

»Ist ja nicht so, als wären wir beide noch ein Paar.«

Tilla senkte den Blick.

In ihren Augen waren sie nie ein Paar gewesen. Sie konnte ja nicht wissen, dass dieser Mann sich Hals über Kopf verliebte, bloß weil sie ein paar Mal miteinander ausgegangen waren und, ja gut, auch ein wenig miteinander rumgemacht hatten. Als sie bemerkt hatte, dass er ernste Gefühle für sie empfand, hatte sie sofort einen Schlussstrich unter diese Liaison gezogen. Doch vermutlich war es da bereits zu spät gewesen.

»Ist ja auch egal. Auf jeden Fall rede ich über so Sachen nicht mit einem Zugezogenen.«

»Ich bin auch eine Zugezogene!«

»Ja, aber das ist was anderes. Du verstehst schon.«

Tat sie nicht, nickte aber dennoch.

»Denn wenn ich recht habe, wird das wie ein Tornado in

Elzbach wirken. Das kann ich doch nicht irgend so einem dahergelaufenen Hilfspolizisten als Futter in den Rachen werfen.«

»Ben ist kein Hilfspolizist, sondern Polizeimeisteranwärter. Das ist ein himmelweiter Untersch–«

Bevor sie zu Ende sprechen konnte, rief Joos lautstark nach Hölzi und verlangte seine Hilfe.

Der zog die Nase hoch und winkte über ihren Kopf hinweg.

»Komme sofort!«

»Also, ich geh dann mal dem Joos weiter zur Hand. Wir müssen noch die nächste Fuhre Schafe einsammeln.«

Er grinste schräg.

»Ist ja nicht so, dass sie freiwillig in Joos' Gehege gehen.«

Doch ehe er wieder ins Gehege ging, reckte er noch einmal den Kopf in ihre Richtung.

»Wäre übrigens ein spitzen Zeitpunkt, mit dem Stricken anzufangen. An Wolle wird es euch ja nun nicht mehr mangeln.«

Kapitel 12

Tilla zwang sich zu lächeln, während sie krampfhaft versuchte, die Augen offen zu halten und sich auf die Bestellung zu konzentrieren, die ihr Herr Zech, ein alter, beinahe gehörloser Mann, entgegenschmetterte.

Radieschen sollten es sein. Und Karotten.

Zwar fragte sich Tilla, wie Herr Zech das ohne Zähne gekaut bekommen wollte, aber der Kunde war schließlich König, und so erfüllte sie ihm den Wunsch.

Das hatte sie nun von ihrem Nickerchen am Nachmittag. Die halbe Nacht hatte sie kein Auge zugemacht. Es hatte aber nicht nur an der fehlenden Müdigkeit gelegen. Sie hatte an den toten Schäfer und Hölzis Vermutung gedacht. Und dann waren da auch noch die Schafe gewesen, die ihr den letzten Nerv geraubt hatten. Der Soundtrack der Nacht war ein unaufhörliches Geblöke gewesen – durchbrochen vom übellaunigen Aufwiehern des Esels und dem Gemecker der Ziegen, die sich allesamt um ihre nächtliche Ruhe betrogen fühlten. Erst in den frühen Morgenstunden hatte sie in den Schlaf gefunden – mit dem Ergebnis, dass die Nacht viel zu schnell vorbei war und sie sich beim Aufstehen müder denn je fühlte.

Sie fragte sich, ob Schafe nachtaktiv waren. Wenn ja, stand sie vor einem ernsthaften Problem. Sie konnte bloß hoffen, dass dieser wollige Albtraum schnellstmöglich ein Ende fand.

Ihre Laune war auf dem Tiefpunkt. Zu allem Überfluss war ihr Kater heute Morgen nicht zum Frühstück erschienen. Bevor sie sich in den Transporter geschwungen hatte, hatte sie zwei Runden um die Mühle gedreht und nach Tse-tung gerufen. Geantwortet hatten ihr aber nur die dämlichen Schafe.

Passenderweise hatte sie sich selbst nur eine Katzenwäsche gegönnt, um noch ein paar Minuten einzusparen, in der sie das Internet nach Tipps und Tricks durchforstete, um herauszufinden, wie man streunende Kater dazu bewegen konnte, eben nicht mehr herumzustreunern. Kastration war die häufigste Antwort. Blöd nur, dass Tse-tung schon kastriert war. Half auch das nicht, konnte man als umsorgender und verständnisvoller Katzenbesitzer nichts weiter tun, als sein geliebtes Tier ziehen zu lassen. Aus purer Neugier hatte sie auch die Seiten angeklickt, die sich mit dem Thema beschäftigt hatten, Freigänger wieder zu Wohnungskatzen zu machen. Ein verlockender, wenngleich wenig tierfreundlicher Gedanke. Und die Vorstellung, wie ihr Kater die Decke hochgehen würde, wenn sie ihm plötzlich den Freigang verweigern würde, ließ sie diese Idee ganz schnell wieder verwerfen.

Sie warf einen Blick auf die Uhr, deren Zeiger wie festgeklebt wirkten. Es war kurz vor zehn. Seit dem letzten Blick hatten sie sich kaum merklich voneinander wegbewegt.

Dabei konnte sie es kaum erwarten, endlich zurück zur Mühle zu fahren, um zu schauen, ob Tse-tung wieder da war. Wenn nicht, würde sie sofort Ben anrufen. Sollte sich dann herausstellen, dass der Kater bei ihm war, würde sie … würde sie … Sie wusste nicht, was sie würde. Sie konnte ihrem Kater ja schlecht den Umgang mit diesem Kerl verbieten.

Wenigstens war heute verkaufstechnisch ein weitaus besserer Tag, was womöglich daran lag, dass es nicht mehr ganz so heiß war und das Wochenende vor der Tür stand. Stoisch nahm Tilla die Wünsche ihrer Kunden entgegen, packte Papiertüten, wog Obst und Gemüse ab und bückte sich immer wieder unter die Ladentheke, um ihr Zusatzgeschäft am Laufen zu halten. Dazu unverfängliche Small Talks, deren belanglose Inhalte sie sogleich wieder vergaß.

Nur gut, dass die *Villa Auenwald* heute ihr letzter Stopp war. Die *Auenwald*-Residenz war im Übrigen auch das einzige

Seniorenheim, das sie an zwei aufeinanderfolgenden Tagen anfuhr, um dem großen Andrang gerecht zu werden, den sie unmöglich in ihrem knappen Zeitfenster von einer Stunde bewältigt bekam. Die Terminierung ihrer Pflegeheime glich einer logistischen Meisterleistung. Nicht nur, dass sie ihren eigenen Kalender im Auge behalten musste, sie hatte sich auch auf die Freizeitaktivitäten einzurichten, die das jeweilige Seniorenheim seinen Bewohnern anbot. Sportkurse, Kulturnachmittage, gemeinsames Musizieren, backen, basteln, klönen. Jeder einzelne dieser Kurse war den Bewohnern heilig.

Frau Metzler war die Letzte in der Reihe.

»Guten Morgen, toll sehen Sie heute aus!«

Das war nicht gelogen. Die kleine Frau sah wirklich gut aus. Ihr Haar war frisch getönt und nun einige Nuancen dunkler, was sie um Jahre jünger wirken ließ.

Frau Metzler strich sich vorsichtig über die Frisur und wirkte sichtlich geschmeichelt.

»Vielen Dank, ich war heute früh schon beim Friseur.«

Tilla blickte nach unten, auf der Suche nach Humphrey, konnte ihn aber nirgends entdecken.

»Haben Sie das bekommen, wonach ich gefragt habe?«

»Ähm?«

Tilla stand auf dem Schlauch.

Die Frau hielt sich eine Hand vor den Mund. Sie sprach so leise, dass Tilla sie kaum verstand.

»Die Knarre!«, wiederholte sie mit erhobener Stimme. »Ich habe Sie doch gefragt, ob Sie mir eine Pistole besorgen können.«

Tillas Lächeln fühlte sich immer gequälter an.

»Nein, Frau Metzler, ich habe Ihnen keine Pistole besorgt. Nicht nur, dass ich nicht einmal wüsste, wo ich eine herbekommen könnte, ich finde es moralisch auch höchst verwerflich, Ihnen eine Schusswaffe zu verkaufen.«

»Aber ich hätte einen außerordentlich guten Preis bezahlt. Habe ich Ihnen nicht gesagt, dass es um Leben und Tod geht?«

Die hellen Augen hinter den dicken Brillengläsern sahen sie scharf an.

Allmählich machte Tilla sich ernsthafte Sorgen um sie.

»Haben Sie Streit mit jemanden?«

Frau Metzler schüttelte den Kopf

»Das tut überhaupt nichts zur Sache. Sie haben also keine Waffe für mich?«

»Nein.«

Frau Metzlers Kinn schob sich unwillkürlich nach vorn.

»Aber Sie können doch sonst immer alles besorgen. Glauben Sie, ich wüsste das nicht?«

»Ach«, sagte Tilla abwehrend. »Die Leute reden gerne viel.«

»Sie dealen doch auch mit Drogen!«, erwiderte Frau Metzler.

Tilla zuckte zusammen. Nun war sie es, die sich verstohlen umsah. Ihr war es gar nicht recht, dass ihre Geschäfte unterhalb der Ladentheke derart die Runde machten, dass selbst eine anständige Frau wie Rosel Metzler davon Wind bekam. Sie sollte ganz dringend ihre Verkaufstaktik überdenken.

»Da kann das Besorgen einer Knarre doch wohl kein Problem sein! Für eine … Geschäftsfrau wie Sie.«

»So ein Quatsch«, sagte Tilla und stieß einen verächtlichen Pfiff aus. »Drogen. Das sind getrocknete Kräuter, mit denen man so manches Wehwehchen lindern kann. Alles auf Naturheilbasis.«

Frau Metzler lächelte schmallippig.

»Ehrlich gesagt habe ich auch nicht wirklich damit gerechnet.«

Mit einem Mal ließ sie die Schultern fallen und wirkte damit noch zerbrechlicher. Es folgte ein tiefes, pfeifendes Seufzen.

»Dann ist jetzt ohnehin alles egal.«

Tilla wusste überhaupt nicht mit dieser Situation umzugehen. Was wollte diese liebe Frau mit einer Waffe? Ob sie jetzt nicht doch die Heimleitung informieren sollte? Andererseits mischte sie sich äußerst ungern in die Angelegenheit anderer Menschen ein.

Die Frau stand wie festgefroren vor der Verkaufsluke und blickte betreten zu Boden. Tilla tippelte nervös mit den Fingern auf der Theke herum.

»Aber ich habe Spargel im Angebot. Beste Maifelder Qualität, frisch gestochen.«

Frau Metzler sah langsam zu ihr auf, dann schürzte sie die Lippen.

»Also schön, dann hätte ich gerne zwei Pfund.«

»Gern.«

Und dann arbeitete sie ihre Einkaufsliste ab, während Tilla ihren Feierabend herbeisehnte.

»Das wäre dann alles«, sagte die alte Dame schließlich.

»Gern, das macht dann vierundfünfzig Euro und fünfundzwanzig Cent.«

Frau Metzler zerrte am Gurt ihrer Handtasche und öffnete sie. Es verging eine geschlagene Minute, in der sie sich durch den Inhalt wühlte.

»Ach, herrje … Wo ist es denn nur?«

»Alles in Ordnung, Frau Metzler?«

Diese blickte wehleidig zu ihr auf.

»Zu dumm, ich habe mein Portemonnaie vergessen.«

Tilla winkte ab.

»Ist doch nicht schlimm, dann begleichen Sie die Rechnung eben beim nächsten Mal.«

Doch die Frau schüttelte energisch den Kopf.

»Kommt nicht infrage. Ich bin dreiundachtzig Jahre durchs Leben geschritten, ohne auch nur einmal irgendwo anschreiben zu müssen.«

Sie schnalzte mit der Zunge und überprüfte erneut ihre Handtasche.

»Ach, Kindchen«, seufzte sie und blickte zu Tilla auf, »wären Sie vielleicht so gütig und würden an der Rezeption nachfragen, ob ich dort mein Portemonnaie habe liegen lassen? Es ist aus dunkelgrünem Leder.«

Tilla sah Frau Metzler ein paar Sekunden an. *Wirklich,* fragte ihr Blick. *Muss das sein?*

Anscheinend war Frau Metzler stark kurzsichtig, oder es war ihr schlichtweg schnurzpiepegal. Ihr bestimmtes Lächeln antwortete: *Ja, es muss sein!*

Zähneknirschend löste Tilla die Schleife ihrer Schürze und verließ den Wagen durch die Hintertür.

»An der Rezeption meinen Sie, ja?«

Frau Metzler nickte eifrig.

»Oder beim Friseur.«

»Also gut, bin gleich wieder da.«

Kopfschüttelnd schaute Tilla dabei zu, wie die alte Dame ihren Einkaufstrolley aufschnürte. Dann steuerte sie auf den Eingang der *Villa* zu.

»Es ist grün«, rief ihr Frau Metzler hinterher.

Tilla drehte sich noch einmal zu ihr um und sah, wie sie die abgepackten Spargelstangen im Trolley verstaute.

Tilla rieb sich das schmerzende Genick, während sie den mit Natursteinen gepflasterten Weg entlangeilte.

Am Empfang begrüßte sie ein gelangweilt dreinblickender, junger Mann, der nur halbherzig von seinem Smartphone aufsah.

»Guten Tag«, sagte Tilla. »Ich bin auf der Suche nach der Geldbörse von Frau Metzler.«

Augenblicklich erwachte der junge Mannes zum Leben. Er sprang förmlich vom Stuhl auf.

»Ich hab es nicht, ganz ehrlich. Und ich habe auch wirklich keine Lust, mir schon wieder vorwerfen zu lassen, dass ich die Alten hier beklauen würde. Bloß weil ich Student bin, heißt das nicht, dass ich am Hungertuch nage und Leute bestehlen muss.«

Er gab ein schnaubendes Geräusch von sich und ließ sich schwungvoll zurück in den Stuhl fallen.

»Das wird ja immer schöner hier. Echt jetzt! Diskriminierend ist das!«

Tilla grinste und hob die Hand.

»Nichts für ungut, ich frage dann mal im Friseursalon nach.«

Der junge Mann murmelte irgendwas undeutlich vor sich hin und widmete sich wieder dem bunten Bildschirm seines Smartphones.

Aber im kleinen Friseurladen war die Geldbörse von Frau Metzler auch nicht aufzufinden.

Also ging Tilla unverrichteter Dinge zurück zu ihrem Transporter, wo Frau Metzler mutterseelenallein vor der Verkaufsluke stand und geduldig wartete.

»Tut mir schrecklich leid, Frau Metzler, aber ihr Portemonnaie ist nirgends aufzufinden.«

»Bitte nicht böse sein, Kindchen. Aber ich hatte es die ganze Zeit bei mir – nur in der falschen Tasche.«

Sie wedelte mit einem dunkelgrünen Gegenstand in ihrer Hand.

»Tut mir leid für die Umstände, die ich Ihnen gemacht habe. Ich wollte Ihnen noch hinterher, aber momentan bin ich einfach nicht so gut zu Fuß.«

»Macht doch nichts.«

»Ich werde wirklich immer vergesslicher.«

Sie öffnete ihre Geldbörse und überreichte Tilla einen Fünfzig-Euro-Schein und dann noch einen Zehn-Euro-Schein.

»Hier, bitte schön, behalten Sie den Rest.«

»Danke sehr, das ist wirklich großzügig.«

Als die alte Frau mit ihren Einkäufen schließlich abdackelte, schaute Tilla ihr noch nach, bis sie in der Eingangstür der Residenz verschwunden war.

Alte Leute sind wirklich schrullig, dachte sie.

Schulterzuckend schloss sie die Verkaufsluke und stieg hinter das Steuer ihres HYs, um endlich zurück zur Mühle zu gelangen.

Sie wollte schlafen. Schlafen. Schlafen. Schlafen. Sie freute sich diebisch auf ein weiteres Nachmittagsnickerchen auf der Hollywoodschaukel – am liebsten mit ihrem Kater in den Armen, der hoffentlich bereits auf dem Hof auf sie wartete. Doch vorher musste sie unbedingt noch bei Florian vorbei, um ihre Vorräte aufzufüllen.

Kapitel 13

Florians Biobauernhof lag in dem kleinen Örtchen Bielsen hinter Münstermaifeld, nicht weit von der malerischen Burg Eltz entfernt, die jedoch von der Straße aus nicht zu sehen war, da sie in einem Tal und verborgen in einem dichten Wald lag. Obwohl sich zu dieser Burg jedes Jahr nicht abreißen wollende Touristenströme aufmachten, lag Bielsen so abgelegen, dass sich niemand zufällig dorthin verirrte. Und das war den hier angesiedelten Landwirten nur recht. Nicht, weil sie etwas zu verheimlichen hatten, sondern weil sie die Abgeschiedenheit der Natur, möglichst fernab der Zivilisation, schlicht allem anderen vorzogen.

Tilla genoss ihre Fahrten in dieses abgelegene Dörfchen, das umgeben war von endlos wirkenden Feldern, in denen in diesem Frühling abwechselnd der leuchtend gelbe Raps blühte und verschiedene Getreidearten wuchsen. Es war immer noch eine Region, deren Rhythmus von den Jahreszeiten der Feldarbeit bestimmt wurde.

Als sie mit ihrem HY auf Florians von Unkraut überwucherten Hof einbog, musste sie schmunzeln. Denn zumindest er hatte sehr wohl etwas zu verheimlichen, da er nicht nur auf die Ernte von heimischen Feldfrüchten spezialisiert war, sondern auch auf äußerst exklusive Pflanzen, die man nicht so ohne weiteres auf dem Markt verkaufen konnte.

Tilla wusste es nicht, doch sie ging davon aus, dass Florian irgendwo in den nahe gelegenen Wäldern seine eigene Hanfplantage betrieb. Und so genau *wollte* sie es eigentlich auch gar nicht wissen. Je weniger sie diese Sache thematisierten, desto weniger unwohl fühlte sie sich beim Geschäftemachen mit dem Biobauern. Und es waren gute Geschäfte. Nicht nur diejenigen, die er am Rande der Illegalität machte.

Hauptsächlich bot er wirklich erstklassiges Biogemüse an – frei von Kunstdünger, Pestiziden oder sonstigen Giften, die die Bauern für gewöhnlich hektoliterweise auf die Felder kippten. Florian vertrat die Meinung, dass eine Bodenfruchtbarkeit und Naturschutz Hand in Hand einhergehen konnten. Guter Humus anstelle von stinkender Übergüllung, die obendrein das Grundwasser verpestete. Der Erfolg gab ihm recht. Trotz Verzicht auf Chemie und Jauche hatte er von Jahr zu Jahr immer ertragreichere Ernten verbuchen können.

Er pflanzte auch Sorten an, die längst in Vergessenheit geraten waren, da die hiesigen Supermärkte sie schlichtweg nicht führten. Mairüben, Winterspargel, Topinambur, Gartenmelde, gelbe und lilafarbene Karotten und eine Kartoffelsorte mit blauer Schale und lilafarbenem Fleisch, die Tilla bis dahin nicht gekannt hatte. Ihre Kunden liebten dieses Gemüse, das sie noch aus ihren Kindheitstagen kannten. Die Sorten trugen allesamt witzige Namen, die sich Tilla nicht merken konnte. Lediglich Kuriositäten wie *Ackersegen* und *Hermanns Blaue* waren hängen geblieben, weil sie diese am meisten verkaufte. Allesamt gute alte Eifeler Kartoffelsorten, wie sie sich von ihrer Kundschaft hatte erzählen lassen.

Als Tilla in die breite Hofeinfahrt hineinfuhr, folgten ihr zwei große Hunde, die freudig mit dem Schwanz wedelten und sich heiser bellten. Sie parkte den HY direkt vor der großen Scheune, deren Tore weit offen standen. Sie sah Florians Traktor, einen kastenförmigen blassgrünen MB, dessen kantige Motorhaube nach oben aufgeklappt war.

»Hallo, Tilla.«

Florian trat hinter dem Motorblock hervor. In seinen ölverschmierten Händen hielt er einen riesigen Schraubenschlüssel, den er achtlos beiseitewarf. Er klemmte sich die Strähnen seiner langen dunklen Haare hinters Ohr, wobei er sich die Schläfen ebenfalls mit Öl beschmierte.

Florian war ein Bild von einem Mann. Groß gewachsen, kein Gramm Fett zu viel auf den Rippen und jeder einzelne Muskel ausdefiniert. Er war stolz auf seinen Körper und trug ihn bei jeder sich bietenden Gelegenheit zur Schau. Selbst im Spätherbst, wenn die Temperaturen steil nach unten stürzten, lief er bloß in einem Feinrippshirt herum.

»Du siehst müde aus.«

Er nahm sich einen Lappen und wischte sich die Hände ab.

»Ich *bin* müde.«

»Brauchst du Nachschub?«

Tilla nickte und kaute dabei auf der Innenseite ihrer Wange herum.

»Also schön, kommen wir direkt zur Sache.«

Er sah sie verschmitzt an, woraufhin sich ein dicker Kloß in ihrem Hals bildete. So war das immer, wenn sie sich unterhielten: Stets gab es diese Anzüglichkeiten zwischen den Zeilen. Und Florian war ein Mann, dem sie nur schwer widerstehen konnte – was wohl auch auf Gegenseitigkeit beruhte. Doch sie hielt sich inzwischen strikt an die Regel: *Trenne stets das Geschäftliche vom Privaten.* Außerdem wusste Tilla, dass sie für eine Beziehung schlicht zu unterschiedlich waren.

»Das Übliche?«, fragte Florian.

»Und gerne noch ein bisschen mehr.«

»Laufen gut, die Geschäfte, was?«

»Kann nicht klagen. Meine Kunden wissen deine Qualität wirklich sehr zu schätzen.«

»Interesse an Rhabarber? Damit könnte ich dich gerade totschmeißen.«

Tilla lächelte dankbar.

»Immer her damit. Und was hast du noch?«

»Radieschen, Rettich und echt leckere Blattsalate.«

»Ich nehme alles.«

»Und wie kam der Spargel an?«

»Er wurde mir förmlich aus den Händen gerissen.«

»Dann schauen wir doch mal, ob ich noch was locker machen kann für dich. Außerdem habe ich noch frischen Spinat und Frühlingskartoffeln.«

»Klingt gut.«

»Und die anderen Vorräte?«

»Gehen rasant zur Neige.«

Florian nickte, drehte sich um und stolzierte mit angespannter Brust an ihr vorbei.

Tilla folgte ihm unaufgefordert.

»Hast du das von dem Schäfer gehört?«, fragte er, als sie in Richtung Werkstatt gingen, wo Florian die Dinge aufbewahrte, die nicht für alle Augen bestimmt waren.

»Klar doch, das ganze Maifeld spricht davon.«

»Schlimme Sache.«

Kurz vor der Werkstatt blieb Florian stehen und drehte sich zu Tilla um.

»Ich kannte ihn, den Fiete. Er war ein guter Kerl. Er hat auch hin und wieder bei mir eingekauft.«

»Oh«, machte Tilla. »Das wusste ich nicht.«

»Ich kann einfach nicht verstehen, wer so etwas macht.«

»Hatte er womöglich Feinde?«

Florian sah sie an, als hätte sie etwas Dummes gesagt.

»Nein, nicht der Fiete. Jemanden wie ihn kann man nicht hassen.«

Tilla dachte nach.

»Man sagt, dass er schwul gewesen sein soll.«

Florian zuckte mit den Schultern.

»Und wenn schon. Oder glaubst du, dass das der Grund ist, weshalb man ihn …«

Tilla schüttelte den Kopf.

»Nein. Selbst auf dem Maifeld ist das nichts mehr, was irgendwen wirklich schockiert.«

»Oder glaubst du vielleicht, es ging um Drogen?«

»Was meinst du damit?«, fragte Florian argwöhnisch.

»Gar nichts. Ich überlege bloß, warum man einen Schäfer erschlagen hat. Und seinen Hund. Es muss einfach einen Grund geben. Und vielleicht war er ja in Drogengeschäfte verwickelt. Womöglich etwas Mafiöses?«

Tilla sah Florian mit großen Augen an. Der lachte laut und herzlich.

»Mafia. Hier auf dem Maifeld. Ja, klar!«

Gemeinsam betraten sie die Werkstatt, die vollgestellt war mit Werkzeug und Maschinen. An der hinteren Wand standen zwei verschmutzte Industrietiefkühltruhen, die jeweils mit einem schweren Zahlenschloss versehen waren. Florian trat auf die rechte zu und drehte an den Rädchen des Schlosses herum. Dann öffnete er den Deckel und wühlte sich durch die Truhe, bis er einen durchsichtigen Beutel mit grünem Inhalt gefunden hatte.

»Besser zwei«, sagte Tilla, womit sie Florian ein breites Grinsen abrang.

Er schloss den Deckel und drehte wieder am Zahlenschloss. Dann griff er in seine Hosentasche und zückte einen kleinen Beutel, den er ihr unter die Nase hielt.

»Ich gehe davon aus, dass du die Ware testen magst, bevor du investierst?«

Eine Viertelstunde später saßen sie beide im hohen Gras gegen die Scheunenwand gelehnt und betrachteten die schier unendlich wirkende Landschaft. Mit etwas Fantasie und der nötigen Portion Marihuana im Blut konnte man sich glatt fühlen wie ein Hobbit, der auf das Auenland blickte.

Florians Felder grenzten direkt an sein Grundstück. Hinter der Scheune hatte er ein riesiges Gewächshaus angelegt, das mit seinem halbkreisförmig gewölbten Glasdach wirkte wie ein durchsichtiger Flugzeughangar.

Tilla verlor sich im satten Grün des Weizens, der den Himmel zu berühren schien. Die Gräser waren gerade mal kniehoch, und es würde noch eine ganze Weile dauern, bis sich das Grün in ein goldenes Gelb verfärbte.

Florian reichte ihr den Joint, und sie nahm einen tiefen Zug. Den Rauch behielt sie tief in der Lunge, und mit jeder verstrichenen Sekunde wurde ihr leichter zumute. Beinahe so, als stünde sie kurz davor zu schweben. Sie schaffte es nicht mehr länger, die Augen offen zu halten, und gab sich für einen Moment der einlullenden Schwere hin. Dann riss sie sich zusammen und gab Florian den Joint zurück.

»Also, glaubst du nun, dass Fiete in Drogengeschäfte verstrickt war?«

Auch er nahm einen langen Zug und betrachtete beinahe wissenschaftlich die Glutspitze.

»Ich bestimme hier die Drogengeschäfte weit und breit. Glaub mir, ich kenne den Markt. Bis weit hinter Mayen gibt es keinen anderen Anbieter als mich. Ich befinde mich sozusagen in einem Blue Ocean.«

Sie lachte leise auf, denn diese Bemerkung war so typisch für ihn. In diesem Kerl steckten weit mehr Geheimnisse, als es sein schroffes Erscheinungsbild vermuten ließ. Er hatte jahrelang Marketing studiert, inklusive Auslandssemester, und war für eine Weile in einem großen Unternehmen in Koblenz beschäftigt gewesen, das hochwertige Fahrräder herstellte. Doch dann, als sein Vater überraschend gestorben war, hatte er, ohne zu murren, das Erbe angetreten und folgte seitdem seiner familiären Bestimmung: der des Agrarbauern.

»Ich befinde mich hier auf dem Maifeld in einem absolut unberührten Markt. Keine Konkurrenz. Keine Anfeindungen. Ich meine, hey, das hier ist weder Koblenz noch Bonn noch Köln.«

Er vollführte eine ausholende Geste.

»Weit und breit nur Felder und Wälder. Ein Paradies.«

Tilla nickte versonnen. Dieser verhältnismäßig unberührte Landstrich stellte nicht nur für sie, sondern auch für viele andere Menschen das kleine, ganz persönliche Paradies dar. Noch einmal ließ sie den Blick über die Felder schweifen, die sich vor ihnen ausbreiteten. Diese Weite, diese Stille.

»Nicht für Fiete«, wandte Tilla schwermütig ein, »und seinen Hund.«

»Nein«, stimmte Florian leise zu. »Nicht für die beiden.«

Sie gaben sich ihren Gedanken hin, bis Florian plötzlich aufschrak.

»Das hätte ich ja beinahe vergessen, dir zu erzählen! Neulich war der Adenbach hier und wollte wissen, was ich dir alles so verkaufe.«

Tilla richtete sich auf, starrte Florian panisch an.

»Bitte?«

Florian nickte.

»Hat mich auch total gewundert. Der lässt sich sonst nie hier blicken, kauft sein in Plastik abgepacktes Gemüse ja lieber im Supermarkt. Auf jeden Fall hat er sich ziemlich interessiert bei mir umgesehen. Hat mir förmlich Löcher in den Bauch gefragt, über dich. Hab natürlich nur das Nötigste erwidert und versucht, ihn schnellstmöglich wieder loszuwerden.«

Er verzog das Gesicht.

»Ein wirklich unangenehmer Typ.«

Tilla seufzte.

»Ja, ich weiß.«

»Der will dir irgendwas anhängen, das spüre ich.«

Florian reichte ihr den Joint für den letzten Zug. Ein absoluter Freundschaftsbeweis.

»Den solltest du im Auge behalten, nur so ein Tipp von mir.«

Kapitel 14

Dieser gottverdammte Kater! Da kümmerte sie sich aufopferungsvoll um ihn, den sie einst völlig verwahrlost vor dem Hungertod gerettet hatte, und zum Dank ließ dieses Vieh sich nicht mehr blicken.

Anstatt zu schlafen, war sie den ganzen Nachmittag durch die angrenzenden Wälder gestreift und hatte jede Ecke nach Tse-tung abgesucht. Er war ein Streuner, der für einen kastrierten Kater einen ziemlich großen Bewegungsradius hatte. Dennoch kannte sie seine Lieblingsplätze. Einer davon war in der Hütte des Esels gewesen. Doch seitdem die Schafe im Gehege eingezogen waren, war hier nichts mehr wie früher. Der Esel selbst hatte den Kampf mit den blökenden Schafen aufgegeben und sich unter die beiden Apfelbäume zurückgezogen.

Tilla hatte sich die Lunge nach Tse-tung aus dem Leib geschrien. Und schließlich, als sie müder denn je zurück zur Mühle gekommen war, ging sie dann doch dem Verdacht nach, den sie eigentlich hatte verdrängen wollen. Sie griff zum Telefon und wählte Bens Nummer, der ihre schlimmsten Befürchtungen bestätigte. Dieser treulose Tiger war wieder bei ihm.

»Und warum, verdammt noch mal, hast du nicht den Anstand, mir Bescheid zu sagen, dass er bei dir ist?«

Sie war außer sich. Außerdem war sie unendlich gekränkt, dass *er* tatsächlich wieder bei *ihm* war. Dabei tat sie doch alles, damit *er* sich bei *ihr* wohlfühlte.

»Bin eben erst aus der Wache raus, und da saß er vor der Tür. Entschuldige bitte, dass ich nicht gleich zum Hörer gegriffen und dich angerufen habe!«, fuhr Ben sie an.

»Da gibt es nichts zu entschuldigen«, keifte sie zurück.

»Gut. Soll ich ihm sagen, dass er nach Hause gehen soll? Oder magst du ihn vielleicht selbst sprechen? Warte, ich reiche dich mal rüber.«

Da hatte Tilla aufgelegt und ihren Tränen der Enttäuschung freien Lauf gelassen. Sollte der blöde Kater doch bei diesem noch blöderen Kerl bleiben. Vermutlich hatten sich die beiden gesucht und gefunden.

Dieser Trotz hatte genau eine halbe Stunde angehalten. Dann war sie noch einmal ins Dorf gefahren und hatte sich das beste Premium-Futter besorgt, das man für Geld auf dem Maifeld bekommen konnte. Sie würde ihren Kater nicht kampflos aufgeben. Nicht, bevor nicht alle Register gezogen waren.

Als sie wieder daheim war, hatte sie sich mit dem Monatsvorrat an Deluxe-Katzenfutter zu ihren Füßen das Notebook geschnappt und ihren Wochenverdienst in Online-Shops verschachert. Alles zum Wohle des Katers: eine Kratzlounge mit Katzenminze zum Drüberstreuen, ferngesteuerte Mäuse, eine Katzenhängematte mit gepolsterter Liegefläche und – als neue Abendlektüre für sie – ein Buch über Katzenpsychologie mit dem vielversprechenden Titel *Typisch Kater*.

Später am Abend lag Tilla lust- und kraftlos auf dem Bett in ihrem Zimmer und starrte die Decke an. Es war gerade mal kurz nach neun und sie so unendlich müde. Nicht, dass das die Schafe interessiert hätte, die wieder lauthals um die Wette blökten.

Unten im Wohnzimmer konnte sie Joos hören, wie er Möbel beiseiteräumte. Dann wurde es einen Augenblick still, bis Schleifgeräusche nach oben drangen. Joos hatte ein neues Hobby für sich entdeckt: die Schnitzerei. Dieser Leidenschaft widmete er sich an den Abenden, an denen er nicht mit seinen Freunden *Doppelkopf* oder mit Tilla *Rommé* spielte.

Sie aber musste morgen früh raus und gut gelaunt hinter ihrer fahrbaren Verkaufstheke stehen. Und leider gehörte Tilla zu den Personen, die unausstehlich sein konnten, wenn sie müde waren. Sie drückte ihren Kopf tief in das Kissen und versuchte, sich auf das Schlafen zu konzentrieren. In einer Millisekunde der geistigen Umnachtung begann sie damit, Schäfchen zu zählen, die über einen Weidenzaun hopsten, doch allein die Vorstellung dieser wolligen Untiere ließ ihren Puls in die Höhe schnellen. Der untreue Kater, an den sie sofort wieder denken musste, dieses gottverdammte Geblöke der Schafe vor ihrem Fenster und das schabende Geräusch aus dem Wohnzimmer unter ihr taten ihr Übriges.

Seit sie die Zivilisation hinter sich gelassen hatte und mitten im wäldlichen Nirgendwo wohnte, reagierte sie hyperempfindlich auf alle Geräusche. Um einschlafen zu können, benötigte sie inzwischen die absolute Ruhe.

Doch die hatte sie nicht. Jede einzelne Nervenzelle konzentrierte sich stattdessen auf die Geräuschkulisse. Das Schaben. Das Blöken. Das Schaben und das Blöken. Mit jedem weiteren »Mäh!« pochte das Blut wie ein Trommelschlag in ihren Ohren.

Als sie es nicht mehr aushielt und aufsprang, knarzte der Kirschholzdielenboden unter ihren Füßen bedrohlich. Mit drei Schritten war sie am Fenster und zerrte es so ruckartig auf, dass die zartviolette Kapprimel mitsamt Topf scheppernd auf dem Holzboden landete. Der Keramiktopf zersprang in zwei gleich große Scherbenstücke.

Sie lehnte sich weit aus dem offenen Fenster: »IHR HERRGOTTSVERDAMMTEN MISTBÖCKE, HALTET ENDLICH EURE GOTTVERFLUCHTE FRESSE, ODER ICH MACH SCHAFSGULASCH AUS EUCH!!!«

Sie liebte es, Gott in ihre Flüche einzubeziehen. Das hatte sie von ihrer Oma.

Das letzte Wort hatte sie so laut geschrien, dass ihr die Stimmbänder wehtaten.

Aber: Die Schafe waren still. Nur ganz kurz wieherte der Esel wie zur Bestätigung auf. Dann war Ruhe. Selbst Joos hatte seine Schnitzarbeiten eingestellt.

Endlich.

»Geht doch!«, schrie sie noch schnell hinterher, ehe sie das Fenster schloss, mit dem nackten Fuß in eine der Keramikscherben trat und laut fluchend zurück ins Bett humpelte.

Sie rieb sich über den schmerzenden Fuß und war erleichtert, dass sie nicht blutete. Sie fühlte sich zurückversetzt in ihre Kindheit, wenn sie versehentlich auf eine ihrer Barbies getreten war. Langsam, aber stetig ebbte der Schmerz ab.

Und es war immer noch still.

Allmählich verlangsamte sich ihr Herzschlag.

Sie hatte es den Schafen gezeigt. *Yeeeha!*

Ihre Augenlider fielen zu. Immer ruhiger werdend, lauschte sie in die Abendstille hinein. Alle schlimmen Gedanken verflüchtigten sich nach und nach. Ganz weit weg waren die blöden Schafe, der blöde Ben und der allerblödeste Kater der Welt. In ihrem Kopf war nur noch Platz für dieses weiche Bett und die Müdigkeit, die drauf und dran war, sie ins wunderschöne Reich der Träume zu entführen.

Doch dann wimmerte und jaulte es herzergreifend.

Tilla riss die Augen wieder auf, war sich nicht sicher, ob sich die Realität mit einem Traum vermischt hatte. Sie horchte.

Und da war es wieder. Ein jaulendes Geräusch, das unmöglich von den Schafen kommen konnte.

Es pochte an der Tür, und ehe Tilla etwas sagen konnte, lugte auch schon Joos' Kopf durch den aufgezogenen Türspalt.

»Hörst du das auch?«, fragte er.

Noch immer barfuß, eilte sie mit Joos im Schlepptau die Treppe hinunter und hinaus auf den Hof. Hier war das Jaulen ungleich lauter. Es klang schrecklich, und für einen Augenblick dachte Tilla, es könnte von einem Baby stammen.

»Von woher kommt das denn?«, fragte Joos.

Tilla schloss die Augen, drehte sich im Kreis.

Da war das Geräusch wieder.

»Hallo?«, rief sie. »Hallo? Ist da jemand?«

Das Jaulen erstarb und wich einem schabenden, beinahe kratzenden Geräusch. Ganz in ihrer Nähe.

»Das kommt doch aus dem Wagen!«

Joos eilte zum HY.

Er hatte recht.

»Aber …«

Sie eilte dem Holländer hinterher, der sein Ohr gegen die Wellblech-Karosserie hielt.

»Das kommt eindeutig von hier drinnen.«

Tilla ging zum Heck des Wagens und wollte die Tür öffnen.

»Warte!«, schrie Joos auf.

Tilla blickte ihn verdutzt an.

»Was, wenn es ein wildes Tier ist? Ein Bär oder so?«

Sie zog die Stirn kraus.

»Klar doch. Hier in der Eifel. In meinem HY.«

»Ich meinte ja auch einen Waschbären, Miss Oberklug!«

Kopfschüttelnd drückte Tilla die Klinke hinunter und zog die Tür auf. Nur für den Fall, dass womöglich doch ein wildes Tier mit einem Satz herausgesprungen kam, um erst sie und dann Joos zu zerfleischen, sprang sie flugs zur Seite.

Aber es kam nichts herausgesprungen. Stattdessen tat sich gar nichts.

Joos und Tilla tauschten fragende Blicke aus. Dann vollführte Joos Handzeichen, die einem Navy-Seal-Soldaten zur Ehre gereicht hätten. Nahezu gleichzeitig lugten sie von links und rechts in das Innere des Transporters – wo ein hechelnder Hund saß und sie schwanzwedelnd begrüßte.

»Ein Hund?«, stieß Joos überrascht aus.

»Humphrey?«

Tilla war nicht weniger überrascht.

Der Hund bellte einmal heiser auf.

»Ihr kennt euch?«

»Nein … ja … Ich meine … Das ist der Hund von der Metzler. Humphrey.«

Auf Joos' fragenden Blick hin erklärte sie knapp: »Eine Kundin von mir.«

Wieder bellte der Hund, diesmal so laut, dass der Esel mit einem Wiehern antwortete, woraufhin sich erst ein Schaf anschloss. Und dann noch eines. Und noch eines. Schließlich blökte es aus einhundertunddrei Mäulern.

Der Hund stand langsam auf und näherte sich den beiden behäbig. Er hatte den großen, schweren Kopf etwas angehoben und sah mit seinen hängenden Lefzen und dunklen Augen unendlich traurig aus. Tilla streckte ihre Hand aus, der Hund schnüffelte und leckte daran, während er noch stärker mit dem Schwanz wedelte. Dann sprang er umständlich aus dem Wagen und stolperte auf die angrenzende Wiese zu.

»Okay, alles mal ganz langsam«, bat Joos.

Er hatte die Brauen so angestrengt zusammengezogen, dass sich eine steile Falte dazwischen bildete.

»Was macht der Hund dieser Metzler in deinem Transporter?«

Tilla starrte den Hund an, der sich neugierig seine Umgebung erschnüffelte. Ihr fiel auf, dass er ziemlich wackelig auf den Beinen war. Beinahe so, als wäre er gerade erst aufgewacht.

»Wenn ich das wüsste.«

Als Joos' Blick nicht von ihr abließ, fügte sie hinzu: »Wie gesagt, sie ist eine Kundin von mir, von der *Villa Auenwald*, dem Seniorenheim in Münstermaifeld.«

»Ah, ja, kenn ich. Und ihr gehört der …«, er betrachtete den Hund genauer, »es ist ein Basset, richtig?«

»Ja, und er heißt Humphrey.«

»Und warum ist er nun noch gleich in deinem Wagen?«

Tilla seufzte.

»Keine Ahnung. Vermutlich ist er heute Morgen hineingesprungen, und ich habe es nicht bemerkt.«

»Und was machen wir jetzt mit ihm?«

Ratlos betrachteten sie den Hund, der gravierende Probleme damit hatte, seine vier kurzen Beinchen geordnet zu bekommen.

»Er wackelt ganz schön arg«, sagte Joos. »Hat er sich womöglich an deinem Doppelherz-Vorrat bedient?«

»Iwo, die sind doch alle fest verschlossen.«

Sicherheitshalber spähte sie dennoch in den Transporter, doch das Regal mit den alkoholhaltigen Tonika wie Klosterfrau Melissengeist, Tai Ginseng und Doppelherz, die ihre Kundschaft so liebten, war vollkommen unberührt.

Auf dem Boden erblickte sie die Überreste zweier Fleischwurstkringel.

»Hunger dürfte er jedenfalls keinen mehr haben.«

Fasziniert und ungläubig betrachtete sie wieder den Basset, von dem sie wusste, dass er das Ein und Alles der alten Frau war, seitdem sie ihren Mann verloren hatte.

»Ich glaub das einfach nicht. Ich hätte das doch bemerkt, wenn ein Hund in meinem Wagen mitfährt.«

Sie ließ ihren gesamten Tag Revue passieren. Versuchte sich daran zu erinnern, wie sie das Seniorenheim verlassen hatte. Der Abstecher zu Florian, dann die Fahrt zurück nach Elzbach. Gut, sie hatte Elvis voll aufgedreht, einen bellenden Hund hätte sie aber dennoch gehört.

»Ist dir denn überhaupt nichts Ungewöhnliches aufgefallen?«

Joos hatte das Kinn gereckt und sah sie auf eine Art und Weise an, wie er es stets in seinen Kriminalfilmen getan hatte, wenn er einen Zeugen befragte. Dabei hielt er das Kinn mit

Daumen und Zeigefinger fest und kratzte leicht über seine grauen Bartstoppeln.

»Nein«, erwiderte Tilla.

Doch dann kam ihr tatsächlich etwas in den Sinn.

»Doch.«

Sie sprach leise und mehr zu sich selbst als an Joos gewandt.

»Die grüne Geldbörse!«

»Ich verstehe nicht.«

»Musst du auch nicht. Frau Metzler hat ihr Portemonnaie gesucht und mich in die Villa gejagt, um danach zu suchen.«

»Aha.«

Und auf einmal fielen ihr weitere Details ein.

Als Frau Metzler vor ihrer Verkaufsluke stand, hatte sie ihren Hund gar nicht bei sich gehabt. Warum war ihr das nicht schon heute Morgen aufgefallen? Dabei hatte sie die alte Frau noch nie ohne Humphrey gesehen. Dafür war da aber dieser Einkaufstrolley, der – als Tilla etwas länger darüber nachdachte – von Anfang an ziemlich gefüllt aussah. Sie versuchte, sich an den Trolley zu erinnern, als Frau Metzler zurück in die Villa ging. Sie hatte all ihre Einkäufe in dem Handwagen verstaut.

Humphrey hob ein Bein, um sich auf der Wiese zu erleichtern – und kippte einfach um. Als hätte ihn eine unsichtbare Hand geschubst.

Tilla und Joos sahen sich an.

»Ich habe da so eine Vermutung«, sagte Joos langsam.

Tilla nickte.

»Ich bin mir ziemlich sicher, dass die alte Frau den Hund absichtlich in meinem Wagen versteckt hat. Die Sache mit dem Portemonnaie war bloß ein Ablenkungsmanöver.«

»Aber warum?«, stellte Joos die einzig logische Frage.

Tilla zuckte mit den Schultern und sah zu, wie Humphrey sich mühsam aufrappelte.

»Auf jeden Fall wirkt der Hund, als hätte er gesoffen.«

Sie beide beobachteten, wie Humphrey einen neuen Versuch unternahm, sich zu erleichtern. Diesmal mit Erfolg.

»Gut erzogener Hund«, lobte Tilla ihn.

Sie war froh, dass er sich nicht in ihrem Wagen erleichtert hatte.

Tilla konnte das Kratzen über die Bartstoppeln hören, während sich Joos weiter darüberstrich.

»Dieses Torkeln …«, dachte er laut nach. »Als wäre er aus einer Art … Narkose erwacht.«

»Du meinst … man hat ihm ein Beruhigungsmittel verabreicht, damit er ruhig gestellt ist und ich ihn nicht bemerke?«

»Möglich wäre das. Auf jeden Fall steht da jetzt ein Hund auf meiner Wiese und pinkelt meine Petunien an.«

»Das ist natürlicher Dünger, das schadet denen nicht.«

Beide starrten schweigend den vor sich hin pieselnden Hund an.

»Und was machen wir jetzt?«, fragte Joos.

»Na, ihn erst mal hierbehalten. Und dann bringe ich ihn morgen früh zurück.«

Joos nickte zustimmend.

»Mach das.«

Tilla seufzte.

Was, wenn der Kater es sich anders überlegen und vielleicht doch noch heute Nacht zu ihr zurückkommen würde? Die Anwesenheit eines Hundes würde ihm vermutlich überhaupt nicht gefallen.

Schwerfällig schlurfte Joos zurück ins Haus. Im Mondschein konnte Tilla sehen, wie er den Kopf schüttelte.

»Erst die Schafe. Dann ein Hund. Was wird das hier? Ein Streichelzoo?!«

Kapitel 15

Ich komme dich holen! Und den Hund gleich mit!

Die Sätze hallten zwischen ihren Ohren, ließen sie nicht mehr klar denken. Es war die letzte Nachricht, die sie von *ihm* erhalten hatte. Und nun wartete sie darauf, dass er seine Drohung wahrmachte.

Glücklicherweise hatte sie es geschafft, Humphrey in Sicherheit zu bringen. Wenigstens das. Dennoch vermisste sie ihren geliebten Basset sehr. Er war schließlich immer da gewesen, seit diesem … Unfall ihres Mannes. Es war die erste Nacht seit nunmehr zwei Jahren ohne ihren Hund. Und damit war es die erste Nacht seit Jahrzehnten, die sie völlig allein verbrachte.

Rosel Metzler lachte freudlos auf, während sie die Decke über ihrem Bett anstarrte. Sie hatte keine guten Augen mehr. Und im Dunkeln war es erst recht eine Katastrophe. Die Deckenfarbe hätte gelb oder grün oder türkisblau sein können. Sie konnte es nicht mehr erkennen.

Ihre Augen waren nicht mehr gut. Aber ihre Ohren dafür umso besser. Und nur deswegen saß sie jetzt in der Falle. Wäre ihr Gehör genauso schlecht gewesen wie ihre Augen, wäre ihr der Klang des uralten Sekretärs, als sie das mittlere Schubfach zugezogen hatte, niemals aufgefallen. Dieser merkwürdige, hohle Ton, als würden zwei leere Kästen gegeneinanderschlagen. Dann hätte sie auch vermutlich niemals die Briefe gefunden, die ihr Mann vor ihr verborgen gehalten hatte.

Ihre Hände ballten sich zu festen Fäusten, als sie den Blick von der Decke schweifen ließ und in ihr kleines Gefängnis starrte.

Früher hatte sie ein großes Haus mit Terrasse und Garten gehabt. Allein in das Wohnzimmer hätte dieser Raum zehnmal reingepasst. Und dann hatte sie von einem Augenblick auf den anderen alles verloren. Die Liebe ihres Lebens, ihr Zuhause. Alles Geld, das sie und ihr Mann vermeintlich angespart hatten, war schon vorher weg gewesen. Das hatte sie unmittelbar nach dem Besuch der beiden Polizisten erfahren müssen, die ihr die Nachricht vom Unfalltod ihres Mannes überbracht hatten.

Franz, ihr fürsorglicher Mann, hatte nämlich ein Leben voller Geheimnisse geführt. Er war spielsüchtig gewesen. Hochgradig. Automaten, wie sie heute wusste. Spielautomaten, wie sie überall zu finden waren. In Gaststätten. An Tankstellen und in diesen Casinos, die es mittlerweile am Rande jedes Gewerbegebietes in der Eifel gab. Franz hatte all ihr Geld in die Schlitze der Automaten geschoben und noch viel mehr. Er hatte nicht nur all ihren Besitz verspielt, sondern auch noch enorme Schulden angehäuft.

Doch ihr Franz hatte einen Plan gehabt. Einen guten, wie Rosel festgestellt hatte, nachdem sie sein Geheimfach gefunden hatte. Bloß war er aufgrund des »Unfalls« nicht mehr dazu gekommen, ihn zu vollenden.

Also lag es an ihr, das Vorhaben ihres Mannes zu Ende zu bringen. Was war auch schon dabei? Ein, zwei Briefe an die richtige Adresse, um den nötigen Druck aufzubauen. Die Forderung nach Schweigegeld. Eine große Summe, die sicherlich weh tat, doch für den Adressaten zu verkraften war.

Damals dachte sie, dass dies die Lösung für all ihre Probleme sein könnte. Und nicht nur für sie, sondern auch für ihre Tochter, die seit der Trennung ihres Mannes an ihrem eigenen Schuldenberg zu knabbern hatte.

Damit hätte sie vielleicht die Jahre des Schweigens, der Sturheit zwischen ihr und ihrer Tochter wiedergutmachen können. Sie hatte sich so sehr einen Neuanfang gewünscht, es sich immer und immer wieder in pastelligen Farben ausgemalt. Wie sie ihrer Tochter das Geld überreichen würde, mit einer einzigen Bitte: lebenslanges Wohnrecht für Humphrey und sie im Hause ihrer Tochter, das diese sich von dem erpressten Geld würde bauen können. Keine finanziellen Sorgen mehr für ihre Tochter. Keine Einsamkeit mehr für sie selbst. Es wäre ein gutes Geschäft gewesen. Für sie beide.

Endlich der Haupttücke des Alters ein Schnippchen schlagen: dem Alleinsein. Denn das war schlimmer als jedes Wehwehchen, verheerender als jede Krankheit.

Und ausgerechnet sie, die das Alleinsein so sehr fürchtete, war es nun. Vollkommen allein.

Sie hatte keinen Menschen mehr – und nun nicht mal mehr ihren Humphrey.

Sie dachte kurz an ihre Zimmernachbarin, doch die beiden verband mehr eine Zweckgemeinschaft als eine Freundschaft. Sie mochte diese überdrehte Frau Bergweiler nicht einmal besonders.

Aber Tilla, die mochte sie. Vom ersten Augenblick an, als sie sie in ihrem Verkaufswagen gesehen hatte, hatte sie gespürt, dass dieses farbenfrohe Persönchen das Herz am rechten Fleck hatte. Und dann, als es schließlich kein Zurück mehr gab, weil sie zu weit vorgeprescht war, war ihr schnell klar, dass nur sie als neues Frauchen von Humphrey infrage kam.

Rosel Metzler musste angestrengt schlucken, als sie über ihr Leben nachdachte. In ihrer Brust schmerzte es. Vor Wehmut und Zorn. Vor Trauer. Aus Furcht. Bei Gott, sie hatte Angst.

Dabei hatte sie sich alles selbst eingebrockt. Sie hätte es besser wissen müssen. Nach alldem, was passiert war. Nein, sie törichtes Ding hatte sich auf einen Tanz mit dem Teufel eingelassen, hatte geglaubt, ihn überlisten zu können.

Eine bleierne Müdigkeit überfiel sie. Resultierend aus dem Cocktail aus Schlaf- und Schmerztabletten. Nicht genug, um sie umzubringen. Aber genug, um nicht allzu viel davon mitzubekommen, wenn es so weit war.

Denselben Cocktail hatte sie ihrem Hund verabreicht, wenn auch in geringerer Dosis. Sie konnte nur hoffen, dass er die Betäubung gut verkraftet hatte und wieder wohlauf war.

Sie lag da, mit halb offenen Augen und wartete. Lauschte in die Nacht hinein. Wartete und wartete.

Und dann hörte sie es.

Ein Kratzen auf dem Balkon.

Kapitel 16

Mit dem Basset auf dem Beifahrersitz fuhr Tilla über die L82 nach Münstermaifeld. In ihrem Kopf spukten die Gedanken wild umher. Alles war so merkwürdig. Der Basset war ihr seit gestern Abend keinen Meter von der Seite gewichen und hatte sogar in ihrem Bett übernachtet.

Es war etwas anderes, einen Hund im Bett liegen zu haben als eine Katze. Während ihr Kater sich mit der unteren Betthälfte zufriedengab, hatte Humphrey ihre Nähe gesucht und sich dicht an ihren Hintern gekuschelt. Er entpuppte sich als äußerst einnehmendes Wesen, das im Verlauf der Nacht die Hoheit über das Bett erlangt hatte.

Als Tilla ihre Bettlektüre zur Seite gelegt und das Licht ausgeknipst hatte, hatte Humphrey begonnen zu wimmern. Zunächst leise, schließlich immer lauter. Erst als Tilla ihn fest an sich drückte und hinter den Ohren kraulte, wurde der Hund ruhig. Sie konnte hören, wie sein Atmen immer gleichmäßiger und schwerer wurde, doch sobald sie mit den Streicheleinheiten aufhörte, begann er wieder zu wimmern. So ging es eine ganze Weile, bis der Hund endlich in den Schlaf gefunden hatte. Erleichtert hatte sie versucht, ebenfalls zu schlafen. Doch dann wechselte das schwere Atmen in ein monotones Schnarchen. Allem Anschein nach hatte der Hund ein ausgewachsenes Nasennebenhöhlenproblem. Irgendwann musste aber auch Tilla trotz der Geräuschkulisse eingedöst sein.

Als sie viel zu früh am Morgen vom Wecker aus dem Schlaf gerissen wurde, lag sie sehr nah an der Bettkante, während der Hund mehr als die Hälfte des Bettes beanspruchte. Zudem hatte er es geschafft, ihr in der Nacht die Decke wegzuziehen, in die er nun molligwarm eingehüllt war.

Sie hatte ihn mit wüstem Geschimpfe geweckt, doch mit dem ersten Augenaufschlag bewies der Hund eine absolute Morgenfreundlichkeit. Er war sogleich aufgesprungen und hatte sich schwanzwedelnd an Tilla gerieben, die sich seiner Attacke kaum erwehren konnte. Zumindest konnte sie ihm nicht länger böse sein.

Und auch nun, verharrend auf dem Beifahrersitz, ließ er den Blick nicht von ihr ab und schaute sie hechelnd an.

Während sie die wenig befahrene Straße entlangfuhr, fragte sich Tilla immer wieder, was sich diese Frau Metzler nur dabei gedacht hatte, als sie ihr den Hund untergeschoben hatte. War es eine Form der Alterssenilität? Oder hatte sie sich einen Scherz erlaubt?

Als sie die Villa erreichte, parkte sie den HY auf dem Besucherparkplatz, band dem Basset die zweckentfremdete Eselsleine um und ließ sich von ihm zum Empfang zerren. Er war völlig außer Rand und Band und konnte es anscheinend kaum erwarten, zurück zu seinem Frauchen zu kommen. Die krummen Beine trugen seinen quadratisch wirkenden Körper mit Leichtigkeit die Einfahrt hoch.

Als Tilla durch die breite Schiebetür trat, empfing sie ein Geruch, der sich aus schwerem Altfrauen-Parfüm, Mensaessen und Zahnarztpraxis zusammensetzte. Sie blickte sich kurz um und war überrascht von dem Trubel, der schon so frühmorgens in einem Altersheim herrschte.

Von allen Seiten eilten Menschen herbei, Pfleger in lilafarbenen Schlupfhemden schoben Servierwagen durch die Gegend, ein Gärtner kümmerte sich um die schweren Kübelpflanzen im Foyer, aus denen das Grün nur so herausquoll, und überall waren alte Leute, die auf ihren Rollatoren ruhten, auf Stühlen und Sitzbänken saßen und dem regen Treiben zusahen.

»Guten Morgen«, begrüßte Tilla den jungen Mann am

Empfang, der wie auch gestern schon recht desinteressiert von seinem Smartphone aufblickte und ihren Gruß mit einem genervten »Ja?« erwiderte.

»Ich bringe den Hund von Frau Metzler zurück.«

Zur Bestätigung ihrer Worte nahm sie Humphrey auf den Arm und setzte ihn auf dem Tresen ab.

»Oh«, machte der junge Mann und betrachtete die Fellnase auf dem Tresen eingehender.

»Das ist ja Humphrey.«

Er stand auf und streichelte über das samtige Fell des Hundes.

»Wir haben ihn schon überall gesucht.«

»Tja, tadaaa, hier ist er!«

Gut gelaunt vollführte Tilla eine Geste, als hätte sie ihn gerade aus einem Zylinder hervorgezaubert.

Doch der junge Mann wirkte überhaupt nicht gut gelaunt. Eher ein wenig zerknirscht.

»Das ist jetzt echt tragisch«, stammelte er leise vor sich hin und strich dabei wie ferngesteuert immer wieder über das Fell von Humphrey.

»Was genau meinen Sie damit?«

»Ach, ich …«

Er sah über sie hinweg.

»Frau Linnemann, könnten Sie mal kurz …?«

Tilla folgte seinem Blick und sah eine Frau in einem eleganten bordeauxfarbenen Hosenanzug auf den Empfang zukommen.

»Diese Gemüsetante hat Humphrey dabei.«

Gemüsetante?! Tilla wollte dem Jungen gerade die Leviten lesen, aber das einnehmende Lächeln der Frau im Hosenanzug hielt sie davon ab.

»Guten Morgen, ähm …«

»Tilla«, sagte sie und ergriff die ausgestreckte Hand. »Tilla

Sturm, die Gemüsetante. Ich meine … Ach, Sie wissen schon. Ich stehe hier zwei Tage die Woche mit meinem Verkaufswagen.«

»Ah … Das freut mich sehr, Sie endlich einmal persönlich kennenzulernen. Unsere Gäste schwärmen ja in den höchsten Tönen von Ihrem Service. Ganz besonders mein Schwiegervater.«

Hatte die Frau ihr gerade verschwörerisch zugezwinkert?

»Ich bin Heike Linnemann, ich leite diese Einrichtung.«

Sie war eine gut aussehende Frau, vielleicht Anfang vierzig. Ihr Haar war dunkel und mittellang, sie war schlank und hatte leuchtende Augen, die Tilla interessiert-freundlich musterten.

»Freut mich ebenfalls«, erwiderte Tilla. »Ich möchte Sie auch gar nicht länger aufhalten. Ich bin bloß hier, um Humphrey zurückzubringen, den Hund von Frau Metzler.«

Frau Linnemann ließ Tillas Hand los, während sie den Hund auf dem Tresen musterte, der den jungen Mann energisch anstupste, um weiter gekrault zu werden.

»Ja.«

Mit einem Mal klang Frau Linnemanns Stimme unendlich schwer.

»Wir haben ihn schon überall gesucht.«

»Und jetzt ist er wieder da.«

Tilla konnte sich nicht helfen, aber irgendwie kam ihr die Situation befremdlich vor.

»Soll ich ihn persönlich zu Frau Metzler bringen, oder reicht es, wenn ich ihn hier abgebe? Wissen Sie, ich möchte wirklich nicht unhöflich erscheinen, aber auf mich wartet heute noch eine Menge Arbeit und –«

»Frau Metzler ist heute Nacht verstorben.«,

Tilla starrte sie an. Sie konnte spüren, wie ihre Mundwinkel zuckten.

»Bitte?«

»Wir können es uns selbst nicht so recht erklären. Eigentlich erfreute sie sich bester Gesundheit.«

Schwerfällig hob sie die Schultern.

»Aber so ist das nun einmal bei alten Menschen. Da kann es ganz schnell vorbei sein.«

»Aber … aber«, stammelte Tilla. »Sie kann nicht tot sein. Erst gestern hat sie noch bei mir …«

Sie brach mitten im Satz ab, weil sie selbst wusste, wie idiotisch das klang.

Frau Linnemann versuchte sich an einem aufmunternden Lächeln.

»Sie ist friedlich im Schlaf verstorben. Eigentlich so, wie wir alle es für uns selbst wünschen, nicht wahr?«

»Frau Metzler ist tot.«

Tilla konnte es noch immer nicht fassen.

»War Sie denn krank?«

»Alte Menschen sterben, das ist völlig normal. Da bedarf es keiner Krankheit.«

Sie senkte den Kopf, als betrachtete sie ihre Füße.

»Auch wenn ich zugegeben muss, dass das Dahinscheiden von Frau Metzler für uns alle äußerst überraschend kam. Gerade erst hatte sie sich von einer langwierigen Grippe erholt und wirkte wie ausgewechselt.«

Sie bedachte Tilla mit einem ernsten Blick.

»So ist das Leben eben. Es steckt voller Überraschungen.«

»Aber … aber der Hund. Was wird denn nun mit Humphrey?«

»Es ist tragisch. Frau Metzlers Tochter hat uns deutlich zu verstehen gegeben, dass sie kein Interesse an den Hinterlassenschaften ihrer Mutter hat. Weder an den materiellen Dingen noch am Hund. Also werden wir ihn wohl ins Tierheim geben müssen.«

Sie seufzte auf.

»Wenn sich nicht irgendwer erbarmt und den kleinen Racker bei sich aufnimmt.«

Sie sah Tilla fragend an.

Die stierte zurück.

»Sie meinen, ich soll …?«

Wie auf Kommando wühlte sich Humphreys Schnauze zwischen sie, und der Hund schmiegte sich dicht an Tilla.

Frau Linnemann quittierte diese Geste mit einem wohlwollenden Lächeln.

»Er scheint Sie zu mögen.«

»Ja, aber … Wie stellen Sie sich das vor? Ich meine … Ich habe einen Kater, ich kann unmöglich einen Hund bei mir aufnehmen. Außerdem sind doch gerade erst hundert Schafe bei uns eingezogen.«

Die Brauen der Heimleiterin schoben sich zusammen, doch sie stellte die Frage nicht, die ihr sichtbar auf der Zunge lag.

»Nach diesem Verlust braucht der Hund eine treusorgende Person. Und ich bin mir sicher, dass Sie …«

Tilla hob die Hände.

»Oh, nein. So leid es mir für Humphrey tut, aber ich kann da wirklich nicht helfen.«

Kapitel 17

Der Basset lag ruhig auf Tillas Schoß und ließ sich die langen Ohren kraulen. Gemeinsam mit Joos saß sie im Hof auf der Hollywoodschaukel, um den gleißenden Strahlen der Mittagssonne zu entfliehen.

Sie war froh, dass der Hund sich endlich beruhigt hatte. Die Fahrt von der *Villa Auenwald* zurück zur Mühle war der reinste Horror gewesen. Als Humphrey klar wurde, dass man ihn nicht zurück zu seinem geliebten Frauchen bringen würde, gab er sich einem kläglichen Jaulen hin, mit dem er gar nicht mehr aufhören wollte. Dieses Gejaule war so herzergreifend, dass Tilla die Tränen in die Augen geschossen waren und sie ihn wieder mitgenommen hatte. Aber erst, als sie die Mühle erreicht hatten und sie ihm ein großes Stück von Joos' Leberwurst in Tse-tungs Napf gelegt hatte, schien er besänftigt. Seitdem war er ihr nicht mehr von der Seite gewichen.

»Und was sagst du dazu?«

Joos saß dicht neben ihr auf der Hollywoodschaukel und stopfte seine neue Pfeife.

Sie war heute Morgen mit der Post gekommen – ein exklusives Geschenk an sich selbst. Er hatte sie gekauft, weil er fand, dass ein Mann in seinem Alter eben Pfeife zu rauchen hatte. Tilla hingegen fand das äußerst merkwürdig, da sie Joos noch nie hatte rauchen sehen.

Und nun saß er da und hatte ein ganzes Arsenal an Pfeifenequipment um sich herum verteilt. Pfeifentabak, Pfeifenhölzer, chirurgisch aussehendes Besteck, Pfeifenreiniger und eine elegant geschwungene Pfeife mit glatter bernsteinfarbener Oberfläche und pianolackschwarzem Mundstück.

»Sie war alt.«

Tilla seufzte.

»Alte Menschen sterben.«

Joos schüttelte missbilligend den Kopf.

»Komm schon, Tilla. Etwas mehr Kreativität bitte.«

Er steckte sich das Pfeifenende in den Mund und zündete es umständlich an.

»Ich finde es merkwürdig«, sagte sie schließlich.

Ein würziges Vanillearoma stieg ihr in die Nase. Der Geruch war nicht direkt unangenehm, aber eine Spur zu penetrant.

»Erst die Frage nach einer Waffe. Dann versteckt sie Humphrey in meinem Wagen, und am nächsten Tag ist sie tot. Das ist wirklich äußerst … merkwürdig.«

Joos nickte zufrieden und begann zu husten. Dennoch zog er noch einmal an der Pfeife.

»Und genau das ist doch der Punkt«, sagte er mit kratziger Stimme. »All diese mysteriösen Ereignisse innerhalb so kurzer Zeit regen zum Nachdenken an.«

»Sie war alt«, sagte Tilla noch einmal. »Vielleicht wurde sie senil, litt an Demenz … Wer weiß das schon?«

Joos nickte nachdenklich, betrachtete seine Pfeife, schüttelte angewidert den Kopf und legte sie schließlich beiseite.

»Nö, ich glaube, das ist nichts für mich.«

Er machte sich gar nicht erst die Mühe, all die Utensilien ordentlich zurück in die Geschenkbox zu räumen. Hastig klaubte er alles zusammen, klappte den Deckel zu, der sich nicht mehr richtig schließen ließ, und stellte die vor sich hin qualmende Box auf den Boden.

»Wenigstens die Pfeife hättest du ausmachen können.«

Sie kraulte den Hund zwischen den Ohren.

Joos winkte gelangweilt ab.

»Die geht irgendwann schon ganz von allein aus.«

Humphrey räkelte sich auf Tillas Schoß und schnarchte leise vor sich hin.

Irgendetwas kitzelte auf ihrem Oberarm. Sie wischte mit der Hand darüber, ohne großartig darüber nachzudenken.

»Und was hast du jetzt vor? Mit dem Hund?«

Tilla zuckte mit den Schultern.

»Weiß ich noch nicht. Vielleicht nimmt Florian ihn auf. Er hat ja schon zwei Hunde. Da kommt es auf einen mehr auch nicht mehr an.«

»Dennoch, für mich klingt das alles äußerst mysteriös. Als hätte die alte Dame gewusst …«

»… dass sie sterben würde?«, vollendete Tilla den Satz.

Joos nickte langsam. Sein Gesicht hatte sich der Box zugewandt, aus der immer dichterer Rauch hervorquoll.

»Vielleicht. Ja.«

Tilla gluckste.

»Womöglich hast du aber auch einfach in zu vielen Krimis mitgespielt und vermutest nun hinter jeder Ecke einen Mordfall.«

»Komm schon, bei der Sache mit Fiete habe ich mich bislang doch ziemlich bedeckt gehalten!«

Das stimmte, und es war Tilla bereits äußerst merkwürdig vorgekommen. Sie schob es jedoch auf den Umstand, dass Joos dadurch unfreiwillig zum Besitzer von einhundertdrei Schafen geworden war, die seinem kleinen Gehege einiges abverlangten. Vom Esel ganz zu schweigen. Zumindest die Ziegen schienen sich mit der neuen Situation arrangiert zu haben.

»Ich glaube, dass die Ruhe auf dem Maifeld nicht mehr allzu lange anhalten wird.«

Er nickte, um seine Worte zu bekräftigen.

»Ich kann das förmlich spüren.«

Tilla dachte über seine Worte nach. Wieder kitzelte es sie, diesmal auf der Handfläche. Als sie ihre Hand betrachtete, entdeckte sie einen kleinen dunklen Punkt, der sich darauf bewegte. Sie betrachtete ihn fasziniert. Als sie mit der Hand dagegentippte, blieb der Punkt stehen.

»Vielleicht wünschst du dir aber einfach nur, dass hier etwas passiert, weil dir die Decke auf den Kopf fällt.«

Joos schnaubte auf. Ein Schnauben, das alles bedeuten könnte. *So ein Quatsch!* Oder: *Damit hast du verdammt recht!*

Als Tilla noch einmal gegen den Punkt tippte, machte dieser einen Satz und sprang im hohen Bogen auf ihren Unterarm. Tilla schrie auf. Humphreys Ohren wackelten alarmiert in alle Richtungen, und er schaffte es gerade noch, von Tillas Schoß zu springen und auf die kurzen Beine zu kommen, bevor sie aufsprang.

»Flöhe!«, fuhr sie Joos an, als ob er etwas dafürkonnte.

Der lachte laut auf, während er Tilla dabei beobachtete, wie sie ihre Arme absuchte.

»Iwo, wo soll der Hund denn Flöhe herhaben? Der kommt doch aus dem Altersheim.«

»Aber da war einer. Auf meinem Arm.«

Joos zuckte mit den Schultern.

»Wie leben hier in der freien Natur. Der kann vorher schon auf der Schaukel gewesen sein.«

»Genau. Oder in Humphreys Fell.«

Tilla sah ihn Hilfe suchend an.

»Ist einem alten Mann nicht mal mehr die Mittagsruhe vergönnt?«

Seine hellen Augen fixierten Tilla.

»Ich soll nachsehen, ja?«

Tilla nickte.

Also packte er Humphrey mit einem lauten Seufzer und ging mit ihm in Richtung Haus. Sich überall kratzend folgte Tilla den beiden in die Küche, wo Joos den nervösen Hund auf dem Tisch absetzte und die herunterziehbare Küchenlampe auf ihn richtete.

»Na, dann kann ich dich auch gleich mal nach Zecken absuchen.«

Mit fachmännischem Auge durchforstete er das Fell des Hundes.

Joos hatte einen guten Draht zu Tieren und kannte sich ziemlich gut mit allen möglichen Vierbeinern aus. Katzen, Hunde, Ziegen, Esel – es musste schon wirklich ernst sein, bevor Joos zum Hörer griff, um Richard anzurufen. Darüber wunderte Tilla sich nicht, denn der Holländer war auf einem Bauernhof aufgewachsen und hatte es nie lange ohne Tiere in seinem Leben ausgehalten. Damals war man nicht gleich für jede Kleinigkeit zum Tierarzt gelaufen und hatte sich selbst zu helfen gewusst.

Joos setzte sich seine Lesebrille auf die Nase und inspizierte den Rücken des Hundes, der die Prozedur bereitwillig über sich ergehen ließ. Tilla stellte sich vor den Hund, hielt seinen Kopf und kraulte ihn beruhigend hinter den Ohren. Sie waren so schön flauschig und groß, so ganz anders als bei ihrem Kater. Humphrey dankte es ihr, indem er mit seiner riesigen weichen Zunge immer wieder über ihre Hände schleckte.

Nach einer Weile gab der Holländer ein schmatzendes Geräusch von sich und nickte Tilla zu.

»Da, siehst du? Nur Dreck. Wahrscheinlich Stroh. War er eben nicht erst in der Nähe des Geheges und hat sich dort im Heu gewälzt?«

»Ja, schon.«

Mit Daumen und Zeigefinger teilte Joos Humphreys Fell, um Tilla den besagten Dreck zu zeigen. Sie beugte sich dicht über den Hund und inspizierte die Stelle. Das vermeintliche Stroh wuselte sich durch das Fell.

»Mhm«, machte sie schließlich. »Ziemlich schnelles Stroh, was?«

Joos brummte auf.

»Du hast zu fest ausgeatmet, deshalb ist es davongeflogen.«

Nun suchten sie gemeinsam das kurze Fell ab.

»Da!«, sagte Tilla wenig später. »Das sind Nissen, siehst du? Die kenne ich von Tse-tung.«

Joos schnaubte wieder genervt auf.

»Gut, hat der Hund eben Flöhe. Dann verpassen wir ihm eine Ladung Bolfo, und damit hat es si-«

Etwas anderes schien Joos' Aufmerksamkeit auf sich zu ziehen.

»Was ist denn das?«

Alarmiert beugte sich auch Tilla vor.

»Die Flohkönigin?«

»Quatsch. Flöhe haben doch gar keine Königin.«

Seine Finger wuselten sich weiter durch das Fell.

»Glaub ich wenigstens … Ich meine das hier.«

Ohne aufzuschauen, griff er nach der Hängelampe und zog sie ein Stück weiter nach unten, um Humphreys Kopf anzuleuchten. Tilla verstand erst überhaupt nicht, doch dann klappte Joos ein Ohr nach hinten.

»Oh.«

»Das ist eine Tätowierung«, sagte er.

Er hatte recht. Das Innere des Ohrs war bedeckt mit weichem Flaum, und aufgrund der dunklen Haut musste Tilla ganz genau hinschauen, doch dann erkannte sie Buchstaben und Zahlen. Es war eindeutig blaue Farbe.

»Eine Tasso-Tätowierung?«

Joos überlegte kurz, doch dann schüttelte er den Kopf.

»Kann ich mir nicht vorstellen. Die sind nie und nimmer so lang.«

Er klappte auch das andere Ohr nach hinten und gab einen schnalzenden Laut von sich.

»Dieses Ohr ist auch tätowiert.«

Stirnrunzelnd betrachtete er Tilla, aber er sagte nichts weiter.

»Auf den ersten Blick ist sie gar nicht zu erkennen.«

Joos nickte langsam.

»Ja, sieht beinahe so aus, als hätte man gar nicht gewollt, dass man sie direkt lesen kann. Schau mal hier.«

Er klappte das Ohr noch ein Stück weit nach hinten und ging mit seinem Gesicht ganz dicht heran. Humphrey winselte ängstlich auf.

»N 50«, las er leise vor. »33.2 – ist das ein Kreis?«

Tilla beugte sich nach vorn.

»Schwer zu erkennen.«

»Gib mir doch mal Stift und Papier.«

Tilla ging zur Krimskramsschublade, die es wohl in jeder Küche der Welt gab, und kramte sich durch Einmachgummis, Feuerzeuge, leere Batterien und alte Handys, bis sie das Gewünschte hervorbeförderte.

Ohne eine Erklärung riss Joos ihr den Stift und den Klebezettel aus der Hand und begann zu schreiben.

»Was ist das?«, fragte Tilla, als Joos fertig war und ihr den Zettel hinhielt.

»Das, meine Liebe, sind Koordinaten.«

Sie runzelte die Stirn.

»Bist du dir sicher?«

»Himmelsrichtung, Breitengrad …«

Er tippte auf die Zahlen und Nummern, als wäre damit alles gesagt.

»Ganz sicher.«

Tilla verstand noch weniger als überhaupt nichts mehr.

»Und warum sollten die von Tasso Geokoordinaten in Humphreys Ohr tätowieren?«

Joos begann zu lachen und strich Tilla über den Kopf.

»Weil das ganz sicher nicht die von Tasso waren.«

»Okay, wer dann?«, fragte Tilla schmollend.

»Das kann ich dir auch nicht sagen.«

Nachdenklich rieb er sich das Kinn.

»Aber ich wüsste ich zu gerne, wo uns diese Koordinaten hinführen.«

Tilla nahm den verängstigend wirkenden Hund auf den Arm und drückte ihn an sich.

»Ts, wer macht denn bloß so was und tätowiert einem armen, unschuldigen Hund solche Sachen in die Ohren?«

Joos wirkte ebenso ratlos wie sie selbst. Doch da war noch etwas anderes in seinem Gesichtsausdruck.

Sie hatte nicht viele Folgen dieser holländischen Krimiserie gesehen, in denen er über so viele Jahre hinweg die Hauptrolle gespielt hatte. Nicht, weil sie es nicht gewollt hatte, aber Joos hasste es, sich selbst im Fernsehen zu sehen. Jedes Mal musste sie reinste Überzeugungsarbeit leisten, damit er ihr eine Folge aus seiner Videosammlung vorspielte. Viele waren es nicht gewesen. Aber genug, um diesen Blick zu kennen, den er auch nun in sein Gesicht gekleistert hatte.

Einmal mehr fragte sich Tilla, ob all die Jahre des Kriminalkommissar-Spielens nicht doch ein wenig auf Joos' Charakter abgefärbt hatte.

»Was?«, fragte sie herausfordernd und fühlte sich in ihren Gedanken bestätigt, als er sagte: »Ich finde bloß, dass da etwas faul ist an der Sache.«

Sie schwieg und vergrub ungeachtet der Flöhe ihr Gesicht in Humphreys Fell.

»Vielleicht gibt es einen Grund dafür, dass diese Frau dir den Hund untergejubelt hat. Vielleicht wusste sie, dass sie in Gefahr war. Deshalb hat sie nach der Waffe gefragt. Und sie wollte den Hund verstecken. Vielleicht vor irgendjemandem.«

Tilla sah ihn mit blankem Entsetzen an, unschlüssig, ob sie glauben sollte, dass bei ihrem Mister nun endgültig alle Sicherungen durchgebrannt waren oder ob er womöglich sogar recht hatte.

»Und vielleicht spielen diese Koordinaten in seinen Ohren eine wichtige Rolle dabei.«

»Das ist doch Schwachsinn«, erwiderte Tilla wenig überzeugend.

Denn auch in ihrem Gehirn ratterte es unaufhörlich. Es waren zu viele Zufälle und Ungereimtheiten auf einmal.

»Weiß man's?«

Joos betrachtete erst sie und dann den Hund in ihren Armen.

»Also gut«, sagte sie schließlich. »Ich werde morgen zu Hölzi fahren, der kennt sich mit so einem Quatsch aus. Der wird bestimmt wissen, was es mit diesen Koordinaten auf sich hat.«

Joos hob die Brauen.

»Ich halte das für keine gute Idee.«

»Warum? Was stimmt mit Hölzi nicht?«

»Hölzi ist spitze«, lenkte Joos sofort ein. »Ich mag ihn. Ich finde bloß … Wenn es wirklich stimmt, was wir uns da zusammenreimen, sollten wir es nicht an die große Glocke hängen, dass der Hund bei uns ist.«

»Okaaaay«, sagte Tilla gedehnt.

»Versteh mich nicht falsch. Ich bin dafür, dass du Hölzi nach den Koordinaten fragst.«

Er zwinkerte ihr zu, dann lächelte er spitzbübisch.

»Aber stell es doch einfach ein wenig … geschickter an. Wenn du verstehst, was ich meine.«

Nein, Tilla verstand noch immer überhaupt nichts mehr. Erst der Hund, dann Frau Metzlers Tod. Nun diese dunklen Vorahnungen von Joos. Das Schlimme daran war, dass der

Holländer wirklich äußerst gut im logischen Denken war. Oftmals hatte er bereits Zusammenhänge erkannt, wo Tilla noch völlig im Dunklen tappte. Gut, bei den meisten Sachen ging es um Wehwehchen ihres HYs oder um Zankereien von den Dörflern. Oder um Frauen, die ein Problem mit ihr hatten. Doch niemals um so etwas Ernstes – womöglich Mord an einer alten Dame … Es schüttelte sie innerlich, weil all dies so abwegig war.

»Glaubst du, wir könnten in Gefahr sein?«

»Nein, vermutlich nicht. Aber ein wenig Vorsicht kann bestimmt nicht schaden.«

Er sah sie eindringlich an.

»Bis wir einfach mehr wissen, in Ordnung?«

Sie senkte den Kopf und drückte den Hund fest an sich, um ihn zu beruhigen. Oder sich selbst. Ganz sicher war sie sich da nicht.

Dankbar über die Zuwendung schleckte Humphrey über Tillas Gesicht, und in diesem Augenblick spürte sie, dass ihr der Hund allmählich ans Herz wuchs.

Augenscheinlich war sie nicht die Einzige, die das spüren konnte. Wenn es wirklich Tiere gab, die über einen sechsten Sinn verfügten, dann waren es Katzen. Oder eben – Kater.

Gerade, als sie Humphrey fest an ihre Brust gedrückt hatte, schlenderte Miau Tse-tung in die Küche. Dann blieb er wie angewurzelt stehen und betrachtete erst Joos, dann Tilla. Schließlich den Hund. Seine Augen wurden immer größer. Wie in Zeitlupe richteten sich die Haare des Katers auf, und er vollführte einen ausgewachsenen Katzenbuckel, begleitet von einem wütenden, angriffslustigen Fauchen.

»Katerchen«, versuchte Tilla Tse-tung zu beruhigen. »Es ist nicht das, wonach es aussieht.«

Sie stellte den Hund, der den Kater seinerseits seelenruhig betrachtete, wieder auf den Tisch und machte einen vorsichtigen Schritt auf Tse-tung zu, doch der Kater kreischte laut auf, fauchte noch lauter und raste aus der Küche.

»Tja«, sagte Joos. »In flagranti erwischt. Das war's dann wohl mit dir und deinem Kater. Schätze, er hat dir gerade den Laufpass erteilt.«

Kapitel 18

»Ich bin wirklich gespannt, was wir dort finden werden.«

Die Vorfreude stand ihm förmlich ins Gesicht geschrieben, als er sich gut gelaunt zu ihr umdrehte.

Tilla erwiderte das Lächeln, auch wenn ihr überhaupt nicht danach zumute war.

»Vielleicht sogar einen Schatz!«

»Wer weiß.«

Tillas Grinsen fühlte sich immer verkrampfter an. Bereits seit einer halben Stunde bereute sie die Entscheidung, Hölzi wegen der Koordinaten um Hilfe gebeten zu haben. Genau genommen seit dem Moment, als sie den gemütlichen Traumpfad verlassen hatten und sich durch die Büsche schlugen, weil »ich eine Abkürzung kenne«, wie Hölzi ihr versichert hatte. Außerdem konnte er diese »Wanderautobahnen«, wie er sie nannte, nicht leiden und sah sie als eine Vergewaltigung der Natur an.

Tilla hatte dazu keine Meinung.

Aber zu den Disteln und Dornbüschen, durch die sie streiften, hatte sie eine. Allerdings eine, die mit extremen Kraftausdrücken verbunden war.

Die schwüle Hitze stand im Wald und machte nicht nur jeden Schritt, sondern auch das Atmen schwer. Die Nacht zuvor hatte es stark geregnet, was den Boden aufgeweicht und in eine Sumpflandschaft verwandelt hatte.

»Ich hätte ich mir echt nicht träumen lassen, dass wir beide mal gemeinsam eine Geocaching-Tour machen und nach einem Schatz suchen.«

»Es geschehen noch Zeichen und Wunder.«

Ganze drei Stunden waren sie nun schon unterwegs.

Sie verfluchte sich, dass sie sich ausgerechnet heute für kurze Jeans-Shorts entschieden hatte, da das hüfthohe Gestrüpp, durch das sie wateten, ihr die Haut aufriss. Dazu kamen immer wieder Brennnesseln, die ihre Beine streiften und dicke, schmerzende Quaddeln hinterließen.

Nach dem Regen war die Natur förmlich explodiert. Überall blühte, sprießte und wucherte es. Ein Paradies für Stechmücken und Zecken.

Hölzi merkte man die Walderfahrung an. Er trug eine lange Hose und festes Schuhwerk und war so vorausschauend, ihr den Weg freizutreten, wenn die Brennnesseln, Disteln und Dornenranken zu sehr über den schmalen Pfad wucherten. Dabei achtete er akribisch darauf, die heruntergedrückten Pflanzen nicht zu beschädigen.

Tilla wünschte sich indessen eine Machete zur Hand.

»Ist das nicht faszinierend?«, fragte er. »Überall im Wald findest du diese alten Wege, die schon seit Jahrzehnten kaum noch genutzt werden. Ja, vielleicht sogar schon seit über hundert Jahren nicht mehr.«

»Ja, faszinierend.«

Wehleidig rieb Tilla sich die rechte Wade, auf der sich ein halbes Dutzend feuerroter Pusteln hervordrückten.

»Früher hatten die Menschen eine ganze andere Bindung zu den Wäldern. Er war für sie gleichermaßen Rohstoff- wie Nahrungsquelle. Heute gehen die Leute ja bloß noch zur Erholung in den Wald oder um Sport zu machen.«

Tilla sah, wie sich sein Kopf senkte und er den Gegenstand in seiner Hand inspizierte. Dann reckte er sein grellgelb eingefasstes GPS-Gerät empor. Schließlich drehte er sich strahlend zu ihr um.

»Oder zum Geocaching.«

Sie grinste verbissen zurück.

»Ja, ein Traum.«

Als der Weg vor ihnen etwas breiter wurde, trat Hölzi neben sie und zeigte auf das Gerät.

»Siehst du, dieser Pfeil, das sind wir. Und hier, der aufblinkende Punkt, das ist unser Ziel.«

Tilla nickte, obwohl sie nicht viel erkennen konnte. Lediglich einen grünen, pixeligen Kartenausschnitt, eine Kompassnadel und ebendiesen riesigen Pfeil, der ihre Position anzeigte.

»Woher denn der plötzliche Sinneswandel? Bislang hatte ich nie das Gefühl, dass du dir sonderlich viel aus Geocaching machst.«

Das ist die Untertreibung des Jahrhunderts!

Tilla zuckte mit den Schultern.

»Weiß nicht, wollte einfach mal raus ... an die frische Luft.«

»Stinken die Schafe euch den ganzen Hof voll?«

Hölzi stupste sie feixend an, doch Tilla stieg nicht drauf ein. Die Schafe waren tatsächliche eine Sache, die sie und Joos zunehmend Nerven kostete.

»Allzu weit kann es eigentlich nicht mehr sein.«

»Das ist gut.«

»Ich bin wirklich gespannt, was wir dort finden werden.«

Tilla hatte Hölzi den Bären aufgebunden, dass sie diese Koordinaten erst neulich in einem Gästezimmer beim Aufräumen gefunden hatte. Wie erwartet war Hölzi sofort auf diese Geschichte aufgesprungen, als sie ihm den zerknitterten Zettel mit den Zahlen und Buchstaben aushändigte. Und ja, ein kleines bisschen hatte sie auch mit ihm geflirtet und ihm durch die Blume zu verstehen gegeben, dass sie wirklich Lust darauf hatte, gemeinsam mit ihm einen Nachmittag im Wald zu verbringen.

Dabei hatte sie noch so vieles zu erledigen. Sie musste ihre morgige Tour vorbereiten. Zusehen, dass sie ihren Kater besänftigt bekam. Ein neues Zuhause für Humphrey suchen.

Warum war ihr Leben auf einmal so stressig? Sie dachte angestrengt darüber nach, wann der Zeitpunkt war, als ihr ruhiges Dasein aus dem Ruder gelaufen war. Als sie länger darüber grübelte, kam sie zu der Erkenntnis, dass es der Moment war, als sie zum ersten Mal Ben getroffen hatte – und das Theater mit Tse-tung losging.

»Schau!«

Ruckartig schoss Hölzis Arm nach vorne.

»Da vorne müsste es sein.«

Sie traten aus dem Gebüsch heraus und befanden sich auf einer kleinen, halbmondförmigen Lichtung.

Tilla war völlig außer Puste, beugte sich vor und legte die Hände auf die Knie, um tief durchatmen zu können. Als sie an sich hinunterblickte, sah sie mit Entsetzen, dass ihre Beine komplett mit Bläschen und roten Striemen überzogen waren. Manche davon so tief, dass sie bluteten.

»So gerne ich den Anblick deiner hübschen Beine auch mag, aber du hättest dir wirklich eine lange Hose anziehen sollen.«

Tilla bedachte Hölzi mit einem vernichtenden Blick.

»Oooookay, ich geh dann mal nach dem Geo-Schatz suchen.«

Tilla verstand nicht viel von diesem Geocaching-Kram, aber Hölzi hatte ihr erklärt, dass der Weg das Ziel sei und am Ende des Weges immer eine kleine Überraschung wartete. Gut versteckt, aber nicht so gut, dass man sie nicht finden konnte. Die Aufgabe bestand dann darin, sich in dem Koordinatenbuch, das dem Schatz beigelegt war, mit Namen und Datum zu verewigen, sich etwas von dem Schatz zu nehmen, dafür aber einen eigenen Schatz zu hinterlassen. Dies waren meist Kleinigkeiten, wie ein Schlüsselanhänger, eine Spielfigur, Würfel, Radiergummi und all solcher Firlefanz.

Schwer keuchend beobachtete sie Hölzi, der von einer Stelle zur anderen tigerte und jeden Stein umdrehte und die umliegenden Baumstämme genau inspizierte.

»Hier irgendwo«, rief er freudig erregt, »muss der Schatz sein. Suchst du mit?«

Sie stellte sich aufrecht hin und streckte ihr Kreuz durch, das mit einem bedrohlichen Knacken lautstark protestierte.

Tilla war enttäuscht. Sie wusste nicht, was sie genau erwartet hatte. Aber ganz bestimmt nicht nichts.

Ohne zu wissen, wonach sie suchte, schaute sie sich die Umgebung an, entdeckte aber absolut nichts Ungewöhnliches, das nicht in einen Wald gehörte. Bäume, Gebüsch, gefällte Baumstämme. Sofern sie es beurteilen konnte, wirkte dieser Ort so, als sei er seit Jahren nicht mehr von Menschen betreten worden. Die abgeholzten Baumstümpfe waren an den Seiten dicht mit Moos bewachsen. Der ganze Boden war bedeckt mit einem dichten Laubteppich und Gras. Sie befanden sich auf einer kleinen Lichtung, wie es sie alle hundert Meter gab.

Warum – um alles in der Welt – wurden ausgerechnet die Koordinaten dieses Platzes in Humphreys Ohren verewigt? Irgendetwas musste hier sein.

Irgendwas!

Hölzi tigerte immer mutloser um sie herum.

»Ts, da hat jemand den Sinn von Geocaching überhaupt nicht verstanden. Ich meine, warum hinterlässt man Koordinaten, wenn man keinen Schatz am Ziel hinterlegt? Oder ihn so gut versteckt, dass er nicht auffindbar ist.«

Auch Tilla war mit ihrem Latein am Ende. Hatte sie diese ganze Strapaze für nichts und wieder nichts auf sich genommen? Irgendetwas musste doch hier sein! Warum sonst sollte sich jemand diese Mühe machen und … Sie dachte scharf nach. Was, wenn diese Zahlen- und Buchstabenkombination gar keine Koordinaten waren, sondern etwas anderes? Nein, sie schüttelte den Gedanken von sich ab. Joos und Hölzi waren sofort davon überzeugt gewesen, dass es sich nur um Koordinaten handeln konnte.

Die Antwort musste also hier irgendwo zu finden sein.

Sie streifte durch das Unterholz, entfernte sich vom Mittelpunkt der kleinen Lichtung und somit von den Koordinaten.

Die Enttäuschung in ihr wuchs mit jedem weiteren Schritt, den sie in das Laub setzte.

»Hast du was?«, hörte sie Hölzi etwas weiter weg rufen.

»Nein.«

»Ich auch nicht.«

Lichtstrahlen, die sich durch das Blätterdach kämpften, durchschnitten die aufgewirbelte Luft.

Und dann erkannte sie tatsächlich etwas.

Reifenspuren, die sich in den weichen Boden gedrückt hatten. Es waren die Abdrücke großer Reifen, vielleicht die von einem Traktor. Ihr Blick folgte den Spuren, und was sie dann sah, ließ sie erst den Mund aufklappen und dann wütend werden. Furchtbar wütend.

»Hölzi?«

»Ja, Tilla?«

»Was ist das dort?«

Mit großen Schritten kam er auf sie zu. Dann folgte er ihrer ausgestreckten Hand.

»Was meinst du genau?«

»Das da!«

Sie stocherte mit dem ausgestreckten Zeigefinger in der Luft herum.

»Ist das ein Weg?«

Er räusperte sich.

»Ähm, ja.«

»Ganz genau, Hölzi. Ja. Ein Weg, der so breit ist, dass wir mit deinem Jeep locker hätten hierherfahren können.«

Er rieb sich über das Genick.

»Schätze schon.«

»UND WARUM JAGST DU MICH HERRGOTTVERDAMMT-NOCHMAL MITTEN DURCH DAS UNTERHOLZ?!«

»Noch mal: Nicht alle Geländewagen sind Jeeps. Das ist eine eigene Automarke …«

Doch Hölzi ruderte schnell zurück, als er bemerkte, dass Tilla so gar nicht in Stimmung für Belehrungen war.

Angestrengt erklärte er: »Klar hätten wir auch mit meinem Feroza hierhinfahren können, aber wo wäre denn dann der Spaß geblieben? Du wolltest doch unbedingt ein Geocaching-Abenteuer.«

Er hob theatralisch die Hände, um sie im nächsten Moment kraftlos fallen zu lassen.

»Da versteh einer die Frauen.«

Sie überlegte kurz, ihm an die Gurgel zu gehen, aber stattdessen stapfte sie mit einem wütenden Schnauben an ihm vorbei. Sie hatte genug von ihrem Waldausflug, der sie ins Nirgendwo geführt hatte und weder Antworten noch sonst was lieferte. Bloß geschundene Beine und die Aussicht, in den nächsten Wochen weder Rock, Shorts noch Minikleider tragen zu können, weil ihre Stelzen aussahen, als wären sie von einer Horde tollwütiger Waschbären als Kratzbaum missbraucht worden.

»Tilla, warte doch!«

Sie hörte nicht auf ihn, ging wütend weiter.

»Tilla!«, rief Hölzi nun inbrünstiger. »Warte!«

Irgendetwas Dringliches in seiner Stimme ließ sie tatsächlich innehalten.

Sie drehte sich um und wunderte sich über Hölzis erstarrte Miene. Er sah beinahe so aus, als hätte er einen Geist gesehen.

»Alles in Ordnung?«

Hölzi sagte nichts mehr, sondern richtete den Blick stur nach unten.

»Da ist was.«

Tillas Herzschlag beschleunigte sich. Sie machte auf dem Absatz kehrt und eilte mit pochendem Herzen auf Hölzi zu, der einen auf dem Boden liegenden Gegenstand fixierte.

»Was ist das?«

»Ein Stock.«

Sie gingen gleichzeitig in die Hocke, und Tilla betrachtete nervös, wie Hölzi das umliegende Laub beiseiteschob. Es offenbarte sich ihnen ein ziemlich langer Stock aus hellem, glattem Holz, mindestens zwei Meter lang. Das eine Ende war zu einem Halbkreis gebogen. Tilla erkannte aufwändige Verzierungen ... und noch etwas anderes. Der Holzstock war besprenkelt mit dunklen Flecken.

»Was ist das denn für ein Zeug, das da überall dranklebt?«

Hölzi stützte sich auf den Handflächen ab und näherte sich dem Stock. Dann begann er daran zu schnüffeln und inspizierte die Flecken aus der Nähe. Nach wenigen Sekunden zog er erschrocken das Gesicht zurück.

»Das ist Blut. Getrocknetes Blut.«

Die beiden wichen vor Schreck zurück, als wäre dieses Stück Holz eine just zum Leben erwachte Schlange, die drauf und dran war, sich auf sie zu stürzen.

»Ich weiß, was das ist.«

Hölzi stieß ein undeutliches Schnaufen aus und wartete gar nicht erst auf eine Reaktion von Tilla.

»Das ist ein Stab.«

Er blickte Tilla mit weit aufgerissenen Augen an.

»Fietes Hirtenstab.«

»Das bedeutet ... das bedeutet ...«

Tilla schluckte trocken.

Hölzi nickte.

»Das bedeutet, dass wir den Tatort gefunden haben.«

Kapitel 19

Tilla ertappte sich dabei, wie sie den Refrain von *Suspicious Minds* vor sich hin summte, während sie sich fragte, was sie eigentlich hier tat. Sie war sich selbst überhaupt nicht mehr sicher, was sie dazu bewogen hatte, bei ihm vorbeizuschauen zu wollen.

Der dringlichste und logischste Grund war natürlich der Fund des Hirtenstabs. Aber es war nicht der einzige Antrieb. Denn das hätte sie auch auf der Dienststelle erledigen können.

Dann war da der Kater, der sich nicht mehr bei ihr blicken ließ, seit er sie dabei erwischt hatte, wie sie Humphrey in der Küche im Arm gehalten hatte. Sie versuchte, sich in das Tier hineinzuversetzen, und konnte sein Verhalten tatsächlich ein wenig verstehen. Erst waren da die einhundertdrei blökenden Schafe, die jedem im Umkreis von fünfhundert Metern mit ihrem Lärm und Gestank den letzten Nerv raubten. Dazu dann noch ein Hund. Und nicht nur das, nein, sie war sogar so dumm gewesen, sich dabei ertappen zu lassen, wie sie mit dem Todfeind kuschelte. Am heiligen Ort der Nahrungsaufnahme! Tilla konnte es drehen und wenden, wie sie wollte: Sie hatte es mit ihrem Kater gründlich verbockt.

Entsprechend zittrig fühlte sich der Zeigefinger an, mit dem sie auf die Türklingel drückte.

Es dauerte eine ganze Weile, bis jemand die Stufen des Hausflurs heruntergeeilt kam.

»Wenn nicht bald dieser beschissene Türsummer repariert wird …!«, hörte sie Ben keifen.

Als sich die Haustür öffnete, stand er mit nassen Haaren und Jeans, aber ohne Oberteil vor ihr. Anscheinend hatte sie ihn gerade aus der Dusche geholt. Bei diesem Anblick sprang sofort ihr Kopfkino an.

»Du?«, fragte er überrascht.

Tilla war ebenso perplex wie er – so sehr, dass ihr erst mal die Worte fehlten.

Sie ärgerte sich, dass sie sich nicht noch wenigstens so viel Zeit genommen hatte, um aus ihren Outdoor-Klamotten zu schlüpfen und sich etwas *Flotteres* anzuziehen. So stand sie da, verschwitzt und schmutzig in ihren Shorts mit den geschundenen Beinen und dem verwaschenen Holzfällerhemd, das ihr zwei Nummern zu groß war.

»Du spielst Gitarre?«, fragte sie schließlich, als sie das Tattoo einer alten Gretsch auf seiner Brust erkannte.

Er wirkte kurz irritiert, winkte dann aber lässig ab.

»Schon lange nicht mehr.«

Sein Kopf neigte sich ein wenig.

»Du bist aber nicht hier, um über meine Tattoos zu sprechen.«

Tattoos. Ihr Gehirn registrierte die Verwendung des Plurals, und ihre Augen scannten das vor ihr stehende Objekt in rasender Geschwindigkeit nach weiteren Hautbildern ab. Ergebnislos. Sie schüttelte sich kurz, um den Anblick von diesem athletischen Körper abwenden zu können.

Als sie den Kopf hob und in Bens braune Augen sah, konnte sie noch immer nicht sprechen. Nur stammeln.

»Ich … ähm … also.«

Ben sah sie amüsiert an.

»Hast du was getrunken?«

»Was?«

Tilla riss die Augen auf.

»Nein! Nein … Ich war im Wald«, sagte sie, als erkläre das alles.

Und tatsächlich nickte Ben verständnisvoll.

»Ach, na dann.«

Tilla nickte auch, und so standen sie sich eine Weile stumm

gegenüber. Ben, der sich die Haare trocken wuschelte. Sie, die fasziniert das Spiel seiner Brustmuskeln beobachtete.

»Darf ich vielleicht … reinkommen?«

»Klar, natürlich. Wo bleiben meine Manieren?!«

Mit einem einnehmenden Grinsen trat er zur Seite und machte eine einladende Handbewegung.

Sie trat an ihm vorbei und stieg die Treppenstufen hinauf. Er war dicht hinter ihr. Das machte sie ein wenig nervös.

Als sie schließlich im Dachgeschoss angekommen waren und er die Tür hinter ihnen geschlossen hatte, folgte er ihr nicht, sondern tauchte ins Schlafzimmer ab.

»Geh doch schon mal ins Wohnzimmer, ich ziehe mir nur schnell was über.«

Musst du nicht, dachte Tilla, aber sie sagte: »Klaro!«

Ihr fiel auf, dass Ben noch immer nicht die Kartons ausgepackt hatte. Anscheinend war es ihm ernst, dass er diese Station seiner Polizeilaufbahn nur als Übergangssituation sah und so schnell wie möglich wieder von Elzbach fortwollte.

Umso besser, dachte sie. *Je schneller du wieder fort bist, desto eher habe ich meinen Kater wieder ganz für mich allein.*

Tatsächlich wurde sie just in diesem Moment von einem missbilligenden Miauen begrüßt. Ihr Kater lag ausgestreckt auf der Couch und betrachtete sie missbilligend.

»Du!«, sagte sie erbost.

»Miau!«, erwiderte ihr Kater nicht weniger vorwurfsvoll.

Schließlich tat er das, was alle eingeschnappten Katzen dieser Welt taten: Sie straften ihr Gegenüber mit Nichtachtung. Unbeirrt wandte der Kater den Kopf von ihr ab und leckte sich betont gleichgültig die Pfote, um sie wieder und wieder über die Ohren zu streifen.

Tilla war außer sich. Ihr Kater ignorierte sie!

»In der Küche habe ich frischen Kaffee aufgesetzt«, hörte sie Bens Stimme, nun aus dem Badezimmer. »Ist aber nur Filterkaffee. Ich werde mit all dem Automatengedöns irgendwie nicht warm.«

Tilla nahm auf der Couch Platz, ganz dicht neben dem Kater, und klopfte sich auf die Oberschenkel.

»Na, komm schon, Süßer. Ich hab dich ja so vermisst.«

»Redest du mit mir?«, fragte Ben gut gelaunt.

Sie beachtete ihn nicht.

Exakt so, wie ihr Kater sie nicht beachtete. Mit einem Satz sprang er von der Couch und stolzierte aus dem Zimmer hinaus.

Tilla gab es auf. Aktuell war bei diesem Tier kein Blumentopf zu gewinnen.

Stattdessen vertrieb sie sich die Zeit des Wartens damit, sich ausgiebig umzuschauen. Viel zu sehen gab es nicht. An der Gardinenstange hing ein Kleiderbügel mit einem Polizeihemd und einer Polizeijacke. Die Polizeimütze lag auf einer monströsen Lautsprecherbox. Neben dem Flachbildfernseher mit seinen gigantischen Ausmaßen standen zwei CD-Türme in der Form von Wolkenkratzern. Hauptsächlich waren sie befüllt mit CDs von Rockbands wie Motörhead, Metallica und Volbeat. Nicht unbedingt Tillas Geschmack, aber okay. Wenigstens kein Mainstream. Zwischen den Rockscheiben entdeckte sie tatsächlich zwei BRAVO-Kuschelrock-CDs, was sie innerlich auflachen ließ. Sie konnte sich nur zu gut vorstellen, wann die zum Einsatz kamen. Sie nahm eine in die Hand und sah sich die Liedliste an.

»Ach ja, der Kater.«

Tilla zuckte vor Schreck zusammen, als sie plötzlich Bens Stimme ganz nah hinter sich vernahm. Schnell steckte sie die Kuschelrock-CD zurück ins Regalfach und drehte sich um.

»Er kam gestern am späten Abend, und seitdem ist er auch nicht mehr gegangen.«

Ben wirkte tatsächlich so, als würde das schlechte Gewissen an ihm nagen.

»Ich weiß, ich hätte dich anrufen sollen, aber …«

Er verstummte, als Tilla den Kopf schüttelte.

Tilla war inzwischen klar, dass er am wenigsten Schuld daran trug, dass sie und ihr Kater sich auseinandergelebt hatten. So war das eben mit ihr und den Männern. Sie war einfach nicht geschaffen für längere Beziehungen.

Ben zupfte an seinem frisch übergestreiften Shirt herum – ein grau meliertes, etwas verwaschenes Shirt mit der roten Rolling-Stones-Zunge. Seine Haare waren immer noch nass, aber ordentlich zurechtgelegt.

»Ich wollte dich heute noch anrufen, damit du dir keine Sorgen machen musst. Wirklich.«

Sie sah ihn an und zuckte traurig mit den Schultern.

»Er fühlt sich eben wohl bei dir.«

Ben ließ sich auf der Couch nieder. Der Kater kam sofort zurück ins Wohnzimmer, sprang auf die Couch und reckte ihm genüsslich den Kopf entgegen, um das Kinn gekrault zu bekommen.

Dieser Verräter!

»Also«, fragte Ben. »Warum bist du hier?«

Sie überlegte kurz, ob sie sich wieder setzen sollte, entschied sich dann aber dagegen. Einen Moment lang sah sie betreten dabei zu, wie dieser Mann ihren Kater kraulte. Eine beinahe greifbare Eifersucht machte sich in ihr breit. Dann wandte sie ihren Blick ab und musterte den Fußboden vor der Couch, auf dem eine Fernbedienung, eine Fernsehzeitung und zwei verschlossene Bierflaschen standen.

»Ein Couchtisch würde deinem Wohnzimmer guttun.«

Ben zog die Stirn kraus.

»Und du bist hier, um mir das mitzuteilen?«

»Nein, ich bin hier, weil wir etwas gefunden haben.«

Und so erzählte sie Ben von dem Ort im Wald und den Blutspuren am Hirtenstab. Was sie großzügig außen vor ließ, war die Sache, wie sie auf den Ort gestoßen war. Sie wusste nicht so recht, warum sie es ihm nicht erzählte. Schließlich war er Polizist. Doch irgendwie hatte Joos die Paranoia in ihr geschürt, dass es besser wäre, wenn so wenige Leute wie nötig davon wussten, dass sie im Besitz von Frau Metzlers Basset war.

Ben hörte ihr schweigend und interessiert zu.

Schließlich fragte er: »Und wie zum Teufel bist du auf diesen Platz gestoßen?«

Tilla biss sich auf die Innenseite ihrer Wange. Sie hatte mit dieser Frage gerechnet, sich aber noch keine passende Ausrede zurechtgelegt.

»Ich war mit Hölzi im Wald … spazieren.«

»Aha«, machte Ben nur.

Dann fuhr er sich über seine angetrockneten Haare und rubbelte sie noch mal ordentlich durch. Die zuvor zurechtgemachte Frisur war dahin.

»Spielt ja auch keine Rolle.«

Täuschte Tilla sich, oder klang er ein wenig eingeschnappt?

»Aber du wirst mir den Platz zeigen müssen. Und dann sollten wir schnellstmöglich die Spusi hinzuziehen.«

Der Kater hatte sich auf den Rücken gerollt und streckte die Beine weit von sich, damit Ben ihm den Bauch kraulen konnte. Tilla war sich sicher, dass er das nur tat, um sie zu verletzen.

»Die was?«

Im selben Moment erinnerte sie sich an das Gespräch mit Joos und Hölzi und lachte entschuldigend.

»Ach so, die Spurensicherung.«

»Vielleicht lassen sich trotz des Regens ein paar Spuren finden, die Aufschluss über den Tathergang geben.«

»Klingt gut«, sagte Tilla.

Ben hörte auf, den Kater zu kraulen, woraufhin dieser meckernd miaute, doch Ben beachtete ihn nicht. Er richtete sich auf und sah Tilla eindringlich an.

»Aber mal ehrlich, ich wüsste nun doch zu gerne, wie ihr diesen Ort gefunden habt. Ich meine, man stößt ja nicht einfach so mitten in einem riesigen Waldgebiet auf den vermeintlichen Tatort.«

»Es war eben Zufall«, erwiderte Tilla schnell.

Viel zu schnell.

Eine Weile schaffte sie es, dem Blick seiner stechend dunklen Augen standzuhalten, rang aber innerlich mit sich, ob sie ihm alles erzählen sollte. Schließlich seufzte sie lautstark und berichtete auch von Humphrey.

Vorsicht hin oder her. Ben war Polizist und kein Massenmörder. Außerdem konnte sie ihm so aufs Brot schmieren, dass es einen Grund gab, warum der Kater bei ihm war und nicht bei ihr.

Nachdem sie mit ihrem Bericht fertig war, blieb Ben eine ganze Weile stumm.

»Das klingt echt verrückt«, sagte er schließlich.

»Ich weiß.«

»Du glaubst wirklich, dass der Kater nur bei mir ist, weil bei euch zu Hause einhundert Schafe eingezogen sind?«

Tilla starrte ihn verständnislos an. Wollte er sie veräppeln? Gerade hatte sie ihm mitgeteilt, dass eine auf unerklärliche Weise verstorbene Frau ihr einen Hund untergejubelt hatte, der die Koordinaten eines Mordtatorts in den Ohren eintätowiert hatte, und er wollte nichts weiter als klarstellen, dass Tsetung bei ihm ist, weil der das bessere Herrchen sei?

Der Kater rappelte sich auf und tapste mit vorsichtigen Schritten auf Bens Schoß, um sich dort einzukuscheln.

In diesem Moment wurden ihr zwei Dinge klar: Hinter seiner zugegeben durchaus ansehnlichen Schale war dieser Mann ein kompletter Vollpfosten. Und sie hatte ihren geliebten Kater endgültig an diesen Vollpfosten verloren.

»Das ist alles, was du dazu zu sagen hast?«

Sie blinzelte ihn wütend an.

»Nein«, sagte er rasch. »Wenn das wirklich stimmt, was du da gerade gesagt hast …«

»Es stimmt!«

»… dann sind das wirklich ein paar Zufälle zu viel.«

Tilla spürte die Erleichterung in sich aufsteigen, dass Ben es genauso sah wie sie.

»Warum sollte jemand einem Hund die Koordinaten des Tatorts vom Mord an einem Schäfer in die Ohren tätowieren?«

»Das weiß ich nicht.«

»Tja, und ich glaube nicht, dass wir da den richtigen Schluss ziehen.«

Tilla sah ihn mit großen Augen an. *Hatte er gerade* wir *gesagt?*

»Du glaubst also auch, dass es einen Zusammenhang geben muss?«

»Könnte schon sein. Aber das heißt noch lange nicht, dass die alte Frau umgebracht wurde.«

»Aber da stimmt etwas nicht«, sagte sie. »Das stimmt etwas ganz und gar nicht.«

»Mag ja sein.«

Tilla nickte.

»Ganz genau. Und nun?«

»Was – und nun?«

»Was machen wir jetzt?«

»Na ja, ich rede da morgen mit dem Marhöfer, und dann fahren wir im Heim vorbei und schauen uns da mal um. Parallel kann Marhöfer die Spusi aus Koblenz informieren, damit sie den vermeintlichen Tatort untersuchen.«

»Warum erst morgen?«

Sie konnte sehen, dass er sich Mühe gab, nicht die Augen zu verdrehen.

»Weil ich eine Nachtschicht hinter mir und jetzt frei habe?!«

Er fuhr sich mit der Hand übers Gesicht und sah mit einem Mal tatsächlich ziemlich müde aus.

»Hast du eine Ahnung, was eine Nachtschicht auf dem Land bedeutet? Was da alles passiert?«

Er wartete ihre Antwort gar nicht erst ab.

»Nichts. Überhaupt nichts. Es ist das Langweiligste, was du dir vorstellen kannst. Nicht ein einziger Anruf. Keine Mail. Üüüberhaupt nichts! Ich bin platt und fertig und brauche jetzt meine Ruhe.«

Tilla stapfte vor Wut mit dem Fuß auf den Holzboden auf.

»Aber es ist doch dringend! Hier geht um Mord. Womöglich sogar um einen Doppelmord!«

»Das läuft uns ja nicht weg.«

»Das können wir doch überhaupt nicht wissen. Vielleicht werden gerade jetzt wichtige Spuren beseitigt und –«

Ben hob die Hände.

»Was willst du von mir?«, fragte er scharf. »Dass ich augenblicklich alles stehen und liegen lasse, mich in meine Uniform schwinge und mit dir in dieses Seniorenheim fahre?«

»Ja. Genau das!«

»Vergiss es. Ich schaue mir jetzt in Ruhe die Aufzeichnung des Champions-League-Spiels von gestern Abend an und trinke dabei mein Feierabend-Bierchen.«

Seine Arme verschränkten sich vor der Brust.

»Mich bekommst du heute nirgendwo mehr hin. So!«

Kapitel 20

Keine halbe Stunde später standen Tilla und Ben vor der Rezeption der *Villa Auenwald* und warteten darauf, dass sie von Frau Linnemann in Empfang genommen wurden.

Tilla hatte darauf bestanden, dass Ben seine Polizei-Uniform anzog. Zunächst hatte er sich geweigert, doch Tilla konnte sehr hartnäckig sein. Zuerst hatte sie ihm mit einer Anzeige gedroht, von wegen Diebstahl des Katers oder zumindest wegen der unrechtmäßigen Aneignung eines Lebewesens. Als er daraufhin lauthals zu lachen begann, hatte sie ihn so lange vernichtend angesehen, bis er schließlich klein beigab und wütend das glatt gebügelte Hemd vom Haken gerissen hatte.

Und nun konnte sie nicht anders, als immer wieder einen unauffälligen Blick zur Seite zu werfen, um Ben in seiner Uniform zu betrachten. Sie war wahrlich kein Freund von Autoritätspersonen. Aber dieser Mann sah in seinem dunklen, hochoffiziellen Dress einfach unglaublich gut aus. Beinahe wie ein Stripper, der bloß den Polizisten spielte, um sich im nächsten Augenblick Stück für Stück seiner Kleidung zu entledigen. Sie verlor sich in der Vorstellung, und ihr Hirn tat ihr den Gefallen, den passenden Soundtrack dazu abzuspielen.

»Guten Tag!«

Abrupt wurde sie von Frau Linnemanns dunkler Stimme aus der Traumwelt gerissen.

Die Heimleiterin stand bereits vor ihnen und lächelte sie freundlich an.

Tilla lächelte zurück.

Beim Anblick der adrett gekleideten Frau – heute trug sie ein elegantes Business-Kostüm in hellem Braun – fühlte Tilla sich in ihrem Wanderlook einmal mehr deutlich underdressed.

»Guten Tag, Frau Linnemann«, ergriff Ben das Wort und gleichzeitig auch die Hand der Heimleiterin. »Entschuldigen Sie bitte, dass wir hier unangekündigt reinschneien. Mein Name ist Ben Engel.«

»Keine Ursache, wir haben hier nichts zu verbergen.«

Sie lächelte unbeirrt weiter.

»Es geht um Ihre verstorbene Bewohnerin, Frau ...«

»Metzler«, kam Tilla zu Hilfe.

»Genau, Frau Metzler.«

»Oh«, machte Frau Linnemann überrascht. »Stimmt denn etwas nicht mit der Sterbeurkunde, oder –«

»Nein«, erwiderte Ben eilig. »Mit der ist alles in Ordnung ... schätze ich.«

Er warf Tilla einen fragenden Blick zu und runzelte die Stirn. Sie verdrehte aufgrund seines fehlenden Bluff-Talents die Augen.

»Vielmehr haben wir ein paar Fragen in Bezug auf Frau Metzlers ... nun ja, Ableben.«

Wieder sagte er *wir*, doch für Tilla klang es nicht so, als wäre es ein *Wir*, das sie beide verband. Vielmehr war es ein polizeiliches *Wir*, was sie ein wenig pikierte.

Und so sagte sie: »Ja, *wir* glauben nämlich, dass –«

Weiter kam sie nicht, weil sich Ben tatsächlich mit einem dezenten Schritt vor sie stellte, um ihr das Wort abzuschneiden.

»Es sind reine Routinefragen, die ich Ihnen stellen möchte, Frau ...«

»Linnemann,« rief Tilla in Bens Rücken.

»Genau. Ich würde mir gerne noch einmal die Sterbeurkunde anschauen und ein paar Fragen zu Frau Metzler stellen. Reine Routine.«

Die Heimleiterin hielt einen Augenblick inne, bevor sie zur Antwort ansetzte. Ihr wacher Blick wechselte zwischen

Tilla, die über Bens Schulter linste, und Ben hin und her. Tilla konnte ihr ansehen, dass sie sich fragte, was dieses ungleiche Gespann wirklich von ihr wollte.

»Aber gerne doch«, sagte sie schließlich. »Am besten gehen wir dazu in mein Büro.«

Sie drehte sich zur Seite und wies einmal quer durch das Foyer.

»Wenn Sie mir folgen würden.«

Ben nickte. Tilla nickte.

Ben setzte sich in Bewegung. Tilla setzte sich in Bewegung.

Dann blieb Ben jäh stehen und drehte sich zu Tilla um.

»Was wird denn das?«, zischte er sie flüsternd an.

Tilla verstand nicht.

»Was denn? Sie meinte doch, dass wir ihr ins Büro –«

Wieder konnte sie den Satz nicht vollenden, da Ben ihr das Wort mit einer nachdrücklichen Handbewegung abschnitt.

»*Du* wirst gar nichts tun, sondern schön warten, bis ich wieder da bin. Das hier sind polizeiliche Ermittlungen. Da hast du nichts zu suchen!«

»Was? Aber …«

Nun war es Bens stechender Blick, der sie zum Schweigen brachte.

Dann drehte er sich mit einem Ruck um und eilte Frau Linnemann hinterher.

Tilla ließ er stehen, doch bevor sie um die Ecke bogen, vergewisserte er sich mit einem kurzen Blick über die Schulter, ob sie seinen *polizeilichen* Anordnungen Folge leistete.

Pah! Tilla kochte innerlich. Was erlaubte dieser Kerl sich? Schließlich war sie es, die hier womöglich ein Verbrechen aufgedeckt hatte. Und obendrein den Hund der Metzler an der Backe hatte.

Eine Weile blieb sie unschlüssig stehen und sah sich um. Aber Warten war noch nie ihre Stärke gewesen, Ungeduld hatte sie von ihrer Mutter geerbt. Ohnehin fühlte sie sich nicht besonders wohl in Altersheimen. Es lag nicht an den alten Menschen, die mochte sie. Nein, vielmehr war es die morbide Stimmung, die in der Luft lag. Außerdem mochte sie den Geruch von Altersheimen nicht. Er erinnerte sie zu sehr an schlechtes Essen und Krankenhäuser.

»Nanu? Was machen Sie denn hier, Kindchen?«

Tilla fuhr herum.

»Haben Sie jetzt auch Zimmerservice?«

»Bitte, was?«

Sie sah die alte Frau im Rollstuhl verständnislos an, dann erkannte sie sie.

Es war Leni Malis, ebenfalls eine ihrer Kundinnen, die jedoch nur sporadisch bei ihr einkaufen kam. Die Fußstützen des Rollstuhls waren nach oben geklappt, damit sie sich mithilfe ihrer Beine und den Händen an den Rädern schneller fortbewegen konnte.

Sie ergriff die beiden ausgestreckten Hände und drückte sanft zu.

»Schön, Sie mal wieder zu sehen, Frau Malis. Und nein, ich liefere nicht in die Zimmer – noch nicht«, sagte sie und zwinkerte der alten Dame zu. »Wobei die Idee gar nicht schlecht ist. Ich bin hier wegen …«

Zunächst wusste sie gar nicht, was sie sagen sollte, doch dann hatte sie einen Einfall. Sie ging in die Knie, um mit der alten Frau im Rollstuhl auf Augenhöhe zu sein. Ihre Hände umfassten sich noch immer.

»Sagen Sie, die Frau Metzler, die neulich gestorben ist …«

»Ja, die Ärmste.«

Frau Malis Stimme verkam zu einem heiseren Krächzen.

»Sie wissen nicht zufällig, in welchem Stock sie gewohnt hat?«

Der Fahrstuhl spuckte Tilla in der dritten Etage aus. Sie folgte der Beschilderung zum Zimmer 311, die nach rechts führte, vorbei am Aufenthaltsraum des Pflegepersonals. Es herrschte eine angenehm ruhige Atmosphäre. Aus unsichtbaren Lautsprechern waberte Entspannungsmusik. Tilla vernahm das Rauschen eines Baches und Vogelgezwitscher. In den Ecken und auf kleinen Tischchen standen überall blühende Blumen und hübsche Grünpflanzen. An den Wänden hingen große Kunstdrucke von Malern wie Monet, Rembrandt und Rubens – sofern sie sie richtig zuordnete. Mit ihrem Kunstverständnis war es nicht so weit her. Auf diesem Stockwerk erinnerte sie selbst der Geruch nicht mehr an ein Krankenhaus, der süßlich-erdige Duft der Blumengewächse lag in der Luft.

Der freundlich ausgeleuchtete Flur führte sie an einem Damengrüppchen vorbei, das zu viert *Mensch ärgere dich nicht* spielte. Es handelte sich um eine XXL-Version mit einem Spielbrett, das gut und gerne einen Meter Durchmesser hatte. Die bunten Spielfiguren waren faustgroß.

Als sie an ihnen vorbeiging, hielten die Frauen mit dem Spielen inne und musterten sie argwöhnisch. Anscheinend bekamen sie Fremde hier nicht allzu oft zu Gesicht.

»Das ist doch die Tilla!«

»Guten Tag, Frau Schmelzer.«

Tilla lächelte die Frau mit dem riesigen Würfel in der Hand freundlich an.

»Schön, Sie zu sehen.«

Winkend marschierte sie strammen Schrittes vorbei an dem Grüppchen. Sie hatte weder Zeit noch Lust auf einen Small Talk. Und schließlich stand sie vor dem Zimmer 311.

Frau Metzlers Zimmer.

Das Ziel hatte sie erreicht, doch nun, da sie vor der Tür stand, fragte sie sich, was sie hier eigentlich wollte. Worauf hatte sie gehofft? Auf ein Bekennerschreiben des vermeintlichen Mörders, für jeden sichtbar an die Tür gepinnt?

Doch da war nichts. Bloß der Zimmername und ein leeres Kästchen neben dem schwarzen Klingelknopf, an dem vermutlich gestern noch der Name *Metzler* zu lesen gewesen war.

Sie rümpfte missbilligend die Nase über das schnelle Vorgehen der Heimleitung und empfand dieses Verhalten als ungemein pietätlos gegenüber der armen verstorbenen Frau. Wahrscheinlich war das Zimmer sogar schon neu vermittelt worden.

Sie legte ihre Hand auf den kalten Griff und drückte die Klinke herunter. Doch die Tür war verschlossen. Natürlich.

»Was tun Sie denn hier?«

Aufgeschreckt ließ Tilla die Klinke los und fuhr herum.

Das Herz klopfte ihr bis zum Hals, als wäre sie bei etwas Verbotenem erwischt worden. Was ja auch in etwa den Tatsachen entsprach.

»Die Frau Metzler lebt hier nicht mehr.«

Eine kleine Frau, die sich optisch ohne Weiteres im Alter zwischen fünfundsiebzig und einhundertzwanzig Jahren befinden konnte, schaute sie durch die dicken Brillengläser einer beigefarbenen Hornbrille an. Sie gab ein schmatzendes Geräusch von sich, als sich ihr Unterkiefer bewegte.

»Genau genommen lebt sie ja eigentlich überhaupt nicht mehr.«

»Ich weiß«, erwiderte Tilla und musste den traurigen Gesichtsausdruck nicht spielen.

Sie streckte ihre Hand aus.

»Ich bin Tilla, die Frau mit dem rollenden Gemüsegarten. Frau Metzler war eine Kundin von mir.«

»Ach, Sie sind das? Verzeihen Sie bitte, dass ich Sie so schroff angegangen bin, aber Sie müssen verstehen – da steht plötzlich eine Frau mit feuerroten Haaren und hat überall diese bunten Bilder auf der Haut …«

»Tattoos, ja.«

»In den heutigen Zeiten weiß man ja nie.«

Die Frau tat ihr nicht den Gefallen, näher zu erklären, was man in den heutigen Zeiten nie wusste, und so lächelte Tilla sie einfach nur an. Sie war sich voll und ganz darüber im Klaren, dass ihre Erscheinung bei älteren Menschen für Skepsis sorgen konnte.

»Frau Metzler hat mir viel von Ihnen erzählt.«

Eine knochige Hand schlängelte sich förmlich in Tillas Hand und drückte unerwartet kraftvoll zu.

»Und seien Sie bitte nicht böse, dass ich nicht bei Ihnen einkaufen gehe. Aber meine Tochter versorgt mich immer mit allem, was ich so brauche.«

»Aber das ist doch schön, Frau …«

»Bergweiler. Aber Sie können mich gerne Brigitte nennen.«

»Gern.«

Frau Bergweiler dachte nicht im Traum daran, Tillas Hand loszulassen. Nicht, dass Tilla es nicht versucht hätte, aber die alte Frau ließ sie einfach nicht frei.

»Und warum sind Sie hier?«

Ungewöhnlich wache Augen fixierten sie.

»Ich … wollte mich verabschieden, von Frau Metzler.«

»Nun, Sie kommen zu spät.«

»Ja, ich weiß.«

Frau Bergweiler schüttelte den Kopf.

»Wirklich tragisch ist das.«

»Ja, das ist es.«

Plötzlich hielt Tilla inne und musterte die Frau.

»Kannten Sie Frau Metzler denn gut?«

Ein warmherziges Lächeln breitete sich im Gesicht der alten Frau aus.

»Aber natürlich. Rosel und ich sind Zimmernachbarn.«

Als ihr klar wurde, was sie gesagt hatte, senkte sie den Blick.

»Das heißt natürlich: Wir waren es.«

Sie nickte nach links.

»Da wohne ich, Zimmer 309. Wir haben uns dreimal die Woche zum *Backgammon* getroffen.«

Auf einmal blitzte es in ihren Augen auf.

»Wollen Sie nicht auf einen Tee mit reinkommen, und ich erzähle Ihnen was von Rosel?«

Und ob Tilla wollte.

Wenig später fand sie sich in der kleinen Wohnung von Brigitte Bergweiler wieder. Sie saßen auf einem winzigen Balkon an einem runden Plastiktisch auf den dazu passenden Plastikstühlen.

»Ist es nicht herrlich hier draußen?«, fragte Frau Bergweiler über den Rand ihrer Teetasse hinweg.

In Tillas Tasse befand sich ein dünner Tee mit nicht zu deutender Färbung. Das Papier-Etikett des Beutels hing lieblos über den Rand und war so verblasst, dass sie unmöglich sagen konnte, um welche Sorte es sich handelte. Dem Geruch nach zu urteilen, irgendetwas mit Geranien. Dies konnte aber auch von den üppigen Balkonpflanzen kommen, die in prächtigen Rot- und Lilatönen über dem Geländer hingen.

Tilla machte sich nicht sonderlich viel aus Tee. Im Gegenteil. Sie verachtete dieses Getränk und nahm es nur zu sich, wenn sie unter einer schwerwiegenden Magen-Darm-Erkrankung litt und Cola und Salzstangen nicht mehr weiterhalfen. Und dann auch nur unter Protest und mit größtem Widerwillen. Ein handfester Schnaps wäre ihr durchaus gelegener gekommen.

Doch davon abgesehen war es ein schöner Platz mit Blick auf die Einfahrt des Seniorenheimes und die sich dahinter erstreckende Landschaft. Auf dem Beistelltisch des Balkons stand ein ziemlich großes und leicht abgenutzt wirkendes Fernglas.

»Ich habe Sie eben schon kommen sehen. Mit dem Polizisten im Schlepptau«, sagte Frau Bergweiler, als sie Tillas Blick auf das Fernglas bemerkte, und schürzte die Lippen. »Ein wirklich schmucker Mann – ist das Ihr Freund?«

Tilla verschluckte sich am Tee.

»Ähm, nein.«

»Warum nicht? Er ist wirklich fesch«, hauchte Frau Bergweiler doppeldeutig, was aufgrund ihrer brüchigen Stimme etwas plump klang.

Tilla sah sie über den Rand der Teetasse hinweg schmunzeln.

»Geradezu adonisch. Wenn ich noch mal siebzig wäre und Sex haben könnte, würde ich mich sofort an ihn ranwerfen.«

Tilla rutschte nervös auf dem Plastikstuhl herum.

»Aber wissen Sie, seit der Entnahme meiner Gebärmutter und den Eierstöcken leide ich an einer trock–«

Tilla hustete panisch auf. Doch anscheinend nicht eklatant genug, da die alte Frau unbeirrt weiter ausholte.

»Ich werd einfach nicht mehr feu–«

»Und Sie und Frau Metzler standen sich nahe?«, grätschte Tilla ihr ins Wort.

Frau Bergweiler schluckte angestrengt und gab wieder dieses Schmatzen von sich. Vermutlich saß ihr Gebiss nicht gut.

»Nun, womöglich bin ich dem, was man eine beste Freundin nennt, am nächsten gekommen. Dabei war das wirklich schwierig bei Rosel. Sie war niemand, der großartig Kontakt zu den anderen Bewohnern gesucht hatte. Warum auch?«

Brigitte Bergweilers schmale Schultern schoben sich nach vorn.

»Sie hatte ja ihren Hund, Humphrey. Ihr Ein und Alles.«

»Ja, ein toller Hund«, bestätigte Tilla und nippte vorsichtig an dem brühend heißen Tee, der nach nichts weiter als siedendem Wasser schmeckte.

»War sie denn gesundheitlich angeschlagen?«

Frau Bergweiler schüttelte derart heftig den Kopf, dass sie etwas von ihrem Tee verschüttete.

»Sie meinen, abgesehen von den üblichen Wehwehchen, die das hohe Alter mit sich bringt?«

»Genau.«

»Nein. Rosel erfreute sich bester Gesundheit. Zumindest körperlich.«

Tilla rutsche nach vorn.

»Wie meinen Sie das?«

»Nun ja«, die alte Frau zögerte mit der Antwort, wählte die Worte mit Bedacht, »in letzter Zeit wirkte sie ein wenig … nun ja, schizophren.«

Als sie Tillas irritierten Gesichtsausdruck bemerkte, ruderte sie sofort zurück.

»Vielleicht ist es das falsche Wort, und man soll ja nicht schlecht über tote Menschen reden.«

Frau Bergweiler bekreuzigte sich eilig.

»Aber auf mich machte es den Eindruck, als litt sie unter Verfolgungswahn. Wirklich, in letzter Zeit war sie sehr schreckhaft und nicht mehr so recht mit den Gedanken bei sich. Hat auch viel wirres Zeug geredet, das so gar keinen Sinn mehr ergab.«

»Das ist ja merkwürdig.«

»Ja, zunächst habe ich das auch alles belächelt. Aber dann wurde es immer schlimmer. Die letzten Wochen stand sie wie ein Geist neben sich.«

Nun beugte sich die alte Dame weiter über den Tisch und begann zu flüstern.

»Bei der letzten *Backgammon*-Runde vor wenigen Tagen hat sie ganz merkwürdige Andeutungen gemacht und über ihren Tod gesprochen. Beinahe so, als hätte sie eine Vorahnung gehabt. Da habe ich es wirklich mit der Angst zu tun bekommen.«

Mit einem Mal breitete sich eine dichte Gänsehaut auf Tillas Armen aus.

»Wissen Sie, vielleicht muss ich hier ein wenig weiter ausholen. Nämlich bis zu ihrem Mann. Kannten Sie ihn?«

Tilla schüttelte den Kopf.

»Ihr Mann war Arzt und ein passionierter Hobbyjäger. Ein ziemlich guter obendrein. Eine Weile, nachdem wir uns angefreundet hatten, hat Rosel mir einen ziemlich düsteren Verdacht anvertraut.«

»Nämlich?«

Tilla war ganz Ohr und nippte an ihrem Tee.

»Es ging um die Art, wie ihr Mann gestorben war. Nämlich bei einem Jagdunfall. Angeblich. Doch Rosel hat mir ziemlich deutlich zu verstehen gegeben, dass sie nicht an einen Unfall geglaubt hat. Nie. Und wie erst der arme Hund gelitten hat.«

»Humphrey.«

»Genau. Der muss außerordentlich mit dem Verlust seines geliebten Herrchens zu kämpfen gehabt haben. Und ganz ehrlich, so ein Heimleben ist für einen Jagdhund doch auch nicht das Wahre. Sicherlich hat er die Streifzüge durch die Wälder mit seinem Herrchen sehr vermisst. Der Ärmste.«

Tilla erinnerte sich an ein zurückliegendes Gespräch mit Frau Metzler.

»Tatsächlich hatte sie mir gegenüber mal erwähnt, dass es eigentlich der Hund ihres Mannes sei.«

»Genauso war es.«

Sie hingen ihren Gedanken nach und betrachteten versonnen die Hofeinfahrt des Seniorenheims.

»Sie meinen also, Frau Metzler war fest davon überzeugt, dass ihr Mann umgebracht wurde?«

Frau Bergweiler sah sie an und ließ sich lange Zeit mit ihrer Antwort.

»Ich meine dazu gar nichts und sage bloß, was Rosel mir

erzählt hat. Aber ich kann Ihnen noch etwas verraten. In der Nacht, in der sie gestorben ist, bin ich aufgewacht, weil ich ein merkwürdiges Poltern nebenan gehört habe.«

Sie nickte in Richtung des Nachbarzimmers.

»Wissen Sie, ich habe einen sehr leichten Schlaf und ein brandneues Hörgerät, das so klein ist, dass ich abends gelegentlich vergesse, es auszuziehen. Außerdem ist es noch nicht richtig eingestellt. Einmal bin ich sogar von meinem eigenen Geschnarche wach geworden.«

Zur Bestätigung zog sie an ihrem Ohrläppchen, was Tilla schmunzeln ließ.

»Zunächst habe ich mir überhaupt nichts dabei gedacht. Glaubte, es wäre vielleicht der Hund, der irgendetwas umgeworfen hat.«

Tilla nickte verständnisvoll, aber sie wusste es besser. Denn da hatte Humphrey bereits bei ihr im Bett gelegen und mit seinem Schnarchen den ganzen Wald abgesägt.

»Doch es blieb nicht beim einmaligen Poltern. Noch ein-, zweimal waren da diese merkwürdigen Geräusche. Ich kann sie Ihnen leider nicht wirklich beschreiben. Ich wollte schon aufstehen und rübergehen. Aber Sie kennen das bestimmt. Man liegt im Bett und lauscht diesen ungewöhnlichen Geräuschen. Und wenn es dann wieder ruhig wird, bildet man sich ein, dass alles bloß ein Traum war, und schläft wieder ein.«

»Klar kenne ich das.«

»Und als ich dann am nächsten Morgen erfahren habe, dass Rosel tot …«

Sie hielt inne, wirkte mitgenommen von den schlimmen Ereignissen.

»Da ist es mir wieder eingefallen. Dieses Poltern in der Nacht.«

Sie lehnte sich zurück und stellte ihre Tasse auf den Unterteller. Tilla fiel auf, dass sie auf einmal leicht zitterte.

»Ich bin eine alte Frau – und was weiß ich schon? Aber friedlich im Schlaf zu sterben stelle ich mir persönlich doch um einiges … ruhiger vor.«

Beklommen fixierte Tilla die schmale Person, die auf einmal so verängstigt und unsicher wirkte. Sie versuchte, sich einen Reim aus dem Erzählten zu machen. Diese Geräusche, die Frau Bergweiler gehört hatte, konnten alles Mögliche gewesen sein. Aber andererseits …

»Was ich Ihnen nun verrate, muss wirklich unter uns bleiben. Versprechen Sie mir das?«

Tilla nickte.

»Selbstverständlich.«

»Rosel war fest davon überzeugt, dass sie schon bald aus dem Heim rauskommt und mit ihrer Tochter zusammenwohnen wird. Dabei hat die sich hier noch nie blicken lassen. Hab natürlich gefragt, wie sie auf dieses schmale Brett kommt. Und da hat sie mir etwas von einem Geheimversteck im Sekretär ihres Mannes erzählt, auf das sie erst kürzlich gestoßen war. Wissen Sie, was ein Sekretär ist?«

Ehe Tilla etwas erwidern konnte, gab sich Frau Bergweiler die Antwort selbst.

»Ach, natürlich wissen Sie das. Auf jeden Fall ist es eines der wenigen Möbelstücke, die sie mit ins Heim genommen hat.«

»Ein Geheimversteck?«

Frau Bergweiler winkte ungeduldig ab.

»Sie wissen schon, eine geheime Schublade, ein Geheimfach. So was in der Art.«

Tilla verstand. Frau Bergweiler wollte ihre Geschichte an den Mann bringen und dabei nicht unterbrochen werden. Also blieb sie still und hörte zu.

»Dort hatte sie wohl etwas gefunden, das dafür sorgen würde, dass sie sich um das Finanzielle für den Rest ihres Lebens keine Sorgen mehr machen müsse. Sie sprach von irgendwelchen ziemlich brisanten Briefen. Damit fing dann übrigens auch diese Schizophrenie an, dieser Verfolgungswahn.«

»Hat Ihnen Rosel denn auch erzählt, was sie genau gefunden hat?«

»Nein«, erwiderte Frau Bergweiler zögernd. »Natürlich habe ich sie danach gefragt. Aber sie sagte bloß, dass sie mich nicht in Gefahr bringen wolle.«

Sie lachte tonlos auf.

»Himmel, wenn man es laut ausspricht, klingt das wirklich alles paranoid, nicht wahr? Sie müssen sicherlich denken, dass wir alten Leute nicht mehr alle beieinanderhaben.«

Tilla lächelte Frau Bergweiler liebevoll an. Tatsächlich wusste sie überhaupt nicht mehr, was sie denken sollte. Das alles klang zu abstrus und merkwürdig, als dass sie noch imstande wäre zu sagen, was real und was Einbildung war. Tatsache war aber, dass Frau Metzler tot war und ihr Humphrey untergejubelt hatte. Für beides musste es einen triftigen Grund geben.

»Hach, ich weiß gar nicht, warum ich Ihnen das alles erzähle.«

»Ich danke Ihnen sehr dafür, Frau Bergweiler. Wirklich.«

Tilla legte ihre Hand auf die der alten Frau und streichelte sie sanft.

»Sie sollen mich doch Brigitte nennen.«

»Aber gern, Brigitte.«

Die Frau lächelte sie an.

»Sie spielen nicht zufällig *Backgammon*?«

Tilla schüttelte den Kopf.

»Bedaure.«

Das Lächeln der Frau wurde eine Spur milder.

»Aber ein Schnäpschen trinken Sie doch bestimmt mit mir!«

Kapitel 21

»Ich dachte schon, du wärst verschwunden«, fuhr Ben sie übellaunig an.

Tilla schirmte sich die Augen ab, weil ihr das Licht auf einmal so grell vorkam.

»Trotzdem nett, dass du auf mich gewartet hast.«

Ben schnaubte.

»Null Problemo. Ich stehe gerne sinnlos rum wie so ein Depp und lasse mir von alten Männern erzählen, was im deutschen Polizeiwesen so alles schiefläuft.«

Tilla strahlte ihn an.

»Schön, dass du Spaß hattest.«

»Und dann meinte einer von denen tatsächlich, eine Anzeige bei mir aufgeben zu können, weil ihm ein anderer Mitbewohner den Rollator gestohlen hätte.«

»Ernsthaft? Da werden Rollatoren geklaut?«

»Nein, jemand hatte ihn mit seinem Rollator verwechselt und dann einfach irgendwo anders abgestellt. Aber darum geht es jetzt doch gar nicht.«

Tilla war beeindruckt. Da ließ man Ben gerade mal eine halbe Stunde im Seniorenheim allein, und schon löste er einen Fall. Vielleicht war er doch kein so schlechter Polizist.

»Und nicht nur, dass du abhaust und mich vollkommen alleine lässt. Nein, du hast dich auch noch am helllichten Tag abgeschossen.«

»Ich hab mich nicht abgeschossen!«, protestierte Tilla lautstark und mit schwerer Zunge.

Ich habe mich abschießen lassen, fügte sie in Gedanken hinzu.

Brigitte Bergweiler war gnadenlos gewesen. Sie hatte die

wohl größten Schnapsgläser des Universums hervorgekramt, und dann musste es auch noch ein hochprozentiger Marillenschnaps sein. Ausgerechnet.

Aber Tilla war hart im Nehmen. Da musste schon mehr kommen als sieben Gläser dieses klebrig-süßen Branntweins, um sie aus den Socken zu hauen. Obendrein hatte Tilla schnell gemerkt, dass die alte Dame umso gesprächiger wurde, je mehr Schnaps sie intus hatte. Und sie hatte einen ordentlichen Zug drauf. Von nun an hatte das Wort »Druckbetankung« für Tilla eine völlig neue Bedeutung.

Mit einer Flasche Wasser in der Hand kauerte sie wie ein Häufchen Elend auf dem Beifahrersitz des HY und hasste Ben für jede Kurve. Sie machte ihn für jedes Schlagloch der Eifelstraße höchstpersönlich verantwortlich.

»Fahr nicht so schnell!«

Sonst geschieht ein Unglück, und das wollen wir beide wirklich nicht!

Sie versuchte, mit regelmäßigen Schlucken Wasser den Alkoholgehalt in ihrem Blut zu kompensieren. Tatsächlich aber sorgte die Kohlensäure für ein bedrohliches Gluckern im Magen.

»Und dass du dich wirklich noch hinter das Steuer klemmen wolltest! Unfassbar!«

Ben schüttelte verständnislos den Kopf.

»Du weißt schon, dass ich Polizist bin und dir ohne Weiteres den Führerschein entziehen kann?«

»Uhuuu!«

Tilla streckte die Arme aus und drehte die Handflächen nach oben.

»Vielleicht möchten Sie mich ja verhaften, Herr Polizist.«

Sie zwinkerte ihm aufreizend zu, doch irgendwas fühlte sich falsch in ihrem Gesicht an. Hatte sie beide Augen zusammengekniffen?

Als Ben ihr einen genervten Seitenblick zuwarf, wurde ihr klar, wie dämlich sie sich verhielt, und sie spürte augenblicklich die Schamesröte in ihre Wangen schießen. Anscheinend hatte sie noch nicht genug von diesem Marillenschnaps getrunken.

»Der Wagen ist eben ziemlich speziell. Damit kommt nun mal nicht jeder klar.«

Allerdings musste sie sich eingestehen, dass Ben verdammt gut mit ihrem HY klarkam. Nachdem er nach anfänglichen Rucklern das Kupplungsspiel des Transporters raushatte, ging er ziemlich anständig mit ihrem Schätzchen um. Seinen immer wieder aufzuckenden Mundwinkeln nach zu urteilen, schien es ihm sogar Spaß zu machen, dieses alte Gefährt zu steuern.

»Ich hatte keine andere Wahl. Die Bergweiler hat mich quasi dazu genötigt, mit ihr zu trinken.«

»Aha.«

»Ja, und mit jedem weiteren Gläschen wurde sie redseliger. Da wollte ich sie natürlich nicht ausbremsen und habe mitgespielt. Und nach dem, was sie mir alles erzählt hat, hat sich das wirklich gelohnt.«

Ben nahm kurz den Blick von der Straße und sah sie ernst an.

»Okay, also noch mal der Reihe nach. Während ich mir den Totenschein habe zeigen lassen, warst du oben und hast mit Frau Metzlers Zimmernachbarin gesprochen, ja?«

»Die dich im Übrigen ziemlich *fesch* findet.«

Sie konnte sich ein Grinsen nicht verkneifen, als sie Bens aufgerissene Augen sah.

»Und die hat in Frau Metzlers Todesnacht merkwürdige Dinge gehört?«

»Sagt sie, ja. Und was ist nun mit dem Totenschein?«

Ben zuckte mit den Schultern.

»Da war nichts Auffälliges. Todesursache Herzversagen. Ich meine, diese Frau war ja auch alt. Da kann so was passieren.«

»Dann hat der Arzt sie wohl nicht gründlich genug untersucht.«

»Tilla!«, sagte er warnend. »Ich habe das Gefühl, dass du dich da in etwas hineinsteigerst.«

»Wer von uns beiden ist hier eigentlich der Polizist? Man muss doch wirklich nur eins und eins zusammenzählen. Frau Metzlers Frage nach der Waffe, das Verstecken ihres Hundes in meinem Wagen, die Geokoordinaten im Ohr von Humphrey, die zu dem Ort führten, wo wir den Hirtenstab von Fiete gefunden haben, und schließlich der plötzliche Tod von Frau Metzler.«

Sie machte eine kurze Pause.

»Ich bin mir ziemlich sicher, dass diese mysteriösen Briefe uns Antworten geben könnten.«

»Du bist wirklich überzeugt, davon, dass die Metzler ermordet wurde«, stellte Ben fest.

»Seit dem Gespräch mit ihrer Zimmernachbarin mehr denn je. Es passt alles zusammen. Zumal Frau Bergweiler diese Geräusche in der Todesnacht gehört hat. Das klingt alles nicht nach einem friedlichen Übergang in die ewigen Jagdgründe.«

»Ja, ja, du hast ja recht«, gab Ben zu. »Aber der Totenschein.«

Tilla winkte ab.

»Das stinkt doch alles zum Himmel. Und dieser eilig ausgestellte Wisch ist wirklich nichts wert. Die Ärzte arbeiten heutzutage unter derart brutalem Zeitdruck, dass man nur zu gern das Offensichtliche glauben mag.«

Ben lachte freudlos auf.

»Stimmt, aus eigener Erfahrung weiß ich zufällig, was es für einen Papierkram bedeutet, wenn man auf Verdacht eine Obduktion beantragt.«

Tillas Oberkörper schoss nach vorn.

»Das könntest du?«, fragte sie hektisch. »Ich meine, du könntest tatsächlich eine Obduktion beantragen?«

»Ja. Also, nein. Theoretisch, ja klar. Aber doch nicht einfach so ohne Grund.«

»Hallo?!«

Sie warf ihm einen finsteren Blick zu.

»Wie viele Gründe brauchst du denn noch?«

Ben kämpfte sich mit dem schwergängigen Knüppel ab, um einen Gang höherzuschalten.

»Wir zäumen das Pferd von der falschen Seite auf. Wir brauchen handfeste Indizien, bevor ich solch ein Fass aufmachen kann.«

»Wir reden hier von Mord«, stellte Tilla klar.

»Ich kann da nicht so einfach zu meinem Vorgesetzten gehen und auf einen vagen Verdacht hin eine Obduktion beantragen. Hast du eine Ahnung, was das kostet?«

Nein, das hatte Tilla nicht.

»Glaub mir einfach, wenn ich dir sage, dass es erst mal besser ist, wenn ich mit solchen Forderungen nicht sofort an höherer Stelle auffällig werde, okay?«

Tilla betrachtete ihn stirnrunzelnd.

»Wie meinst du denn das jetzt?«

»Ich meine gar nichts.«

Er starrte angestrengt auf die Straße.

»Aber irgendetwas müssen wir doch machen. Wir können doch nicht nichts tun.«

»Das sagt ja auch niemand. Immerhin bin ich mit dir in dieses Heim gefahren und habe mich mit der Heimleitung unterhalten. Rein dienstlich.«

»Das hast du auch ganz toll gemacht.«

Sie wusste nicht, ob er auf ein Lob aus war. Aber wenn er sich damit besser fühlte, bitte schön.

»Sie war übrigens überaus gesprächig, diese Heimleiterin. Sie hat mir ihr Leid geklagt, dass Frau Metzler außer ihrer Tochter keine Angehörigen mehr hat. Und da die überhaupt nichts mit dem Zeug ihrer Mutter zu tun haben will, stellt sie das im Heim wohl vor ein echtes Problem, weil all ihre Habseligkeiten erst einmal eingelagert werden müssen. Und da so etwas immer wieder passiert, kommen sie in ihrem Lagerkeller allmählich an den Rand der Kapazitäten.«

Tilla sah Ben mit großen Augen an.

»Das heißt, Frau Metzlers Sachen werden im Keller des Heims eingelagert?«

»Ja, scheint so.«

»Weißt du, was das bedeutet?«

»Ähm?«

»Dass dort auch der Sekretär sein muss, von dem Frau Bergweiler gesprochen hat. Der Sekretär mit dem Geheimversteck. In dem sich womöglich noch diese Briefe befinden.«

Ben schnalzte mit der Zunge.

»Ja«, begann er zögerlich. »Möglich wäre es.«

»Nein, das wäre nicht nur möglich. Das ist sogar ziemlich wahrscheinlich.«

»Und jetzt? Willst du dort einbrechen?«

Tilla lachte.

»Auf gar keinen Fall.«

»Dann bin ich ja beruhigt.«

»Ich meine, wofür habe ich denn einen waschechten Polizisten an der Hand?«

Ben sah sie scharf an.

»Was meinst du damit?«

»Na, dass wir doch bestimmt ohne große Probleme einen Durchsuchungsbefehl auftreiben können, damit wir Zugang zu ihren Sachen bekommen.«

»*Wir* können schon mal gar nichts bekommen, klaro?«

»Okay, dann du.«
»Vergiss es.«
»Warum?«
»Darum.«
»Menno!«
Ben rieb sich über das Gesicht.
»Mann, Mann, Mann. Lass dich versetzen, haben sie gesagt. Raus aufs Land, wo ohnehin nichts passiert. Wo du darauf warten kannst –«.
Er hielt abrupt inne, doch Tillas Neugier war geweckt.
»Worauf?«
»Nichts«, erwiderte er sofort.
Sein entschiedener Tonfall ließ keine weitere Frage in diese Richtung zu.
»Ich stimme dir aber zu«, sagte er wenig später und wieder ganz gefasst, »dass auch ich etwas an dieser ganzen Sache merkwürdig finde. Und der Schlüssel zu allem könnte womöglich in Frau Metzlers eingekellerten Habseligkeiten zu finden sein.«
»Na, siehste!«
Sie klatschte triumphierend auf ihre Oberschenkel.
»Aber wir werden ganz sicher nicht ohne eine offizielle Genehmigung dort rumschnüffeln, verstanden?«
Tilla grinste zufrieden vor sich hin.
»Ich rede mit dem Marhöfer. Wenn er nicht ganz hinter dem Mond lebt, wird er das auch alles merkwürdig finden. Und dann können wir einen Durchsuchungsbefehl beantragen und alles legal und hochoffiziell unter die Lupe nehmen.«
»Schön. So machen wir es.«
Ben schüttelte den Kopf.
»Nicht wir. Ich. Für dich, meine Süße, ist das Detektivspielen ab jetzt vorbei.«

Sie sah ihn empört an, wollte schimpfen und ihm an den Kopf schmettern, dass er ohne sie überhaupt nicht auf diese Spur gekommen wäre. Doch er hatte sie gerade *Süße* genannt.

Kapitel 22

Tilla und Joos standen im Gehege und versuchten immer noch, der Lage Herr zu werden. In der Nacht war es den Schafen irgendwie gelungen, ein Loch in den Zaun zu beißen, und so waren mindestens zwei Dutzend von ihnen ausgebüxt und hatten sich rund um die Mühle verteilt.

Joos hatte Tilla am frühen Morgen mit einem markerschütternden Schrei aus dem Schlaf gerissen. Zwei Schafe hatten plötzlich in seiner Küche gestanden, als er den Filterkaffee zubereitet hatte.

Und das war nur die Vorhut gewesen. Der ganze Hof war voll mit Schafen gewesen, die sich nicht nur an Joos' Tulpenbeet gütlich getan und die Pflanzen sogar samt Zwiebeln herausgerissen und gemampft hatten, sondern sie hatten hier und da auch noch ihre Hinterlassenschaften verteilt.

Tilla und Joos hatten alle Hände voll zu tun gehabt, die geflüchteten Schafe einzufangen. Tilla mit üblen Kopfschmerzen und dem munter vor sich hin bellenden Humphrey im Innenhof. Joos auf den angrenzenden Feldern und aufgrund der fehlenden Koffeinzufuhr äußerst schlecht gelaunt.

Dabei hatte Tilla sich so sehr darauf gefreut, heute ausschlafen zu können, weil sie ihren freien Tag hatte und nicht mit dem Transporter durch die Gegend gondeln musste. Aber die blöden Schafe mussten ihr selbst da einen Strich durch die Rechnung machen.

Als sie endlich mit dem Eintreiben fertig waren, stand die Sonne bereits ziemlich hoch und brannte bereits schonungslos auf sie herab. Keiner von beiden konnte mit Gewissheit sagen, ob es ihnen wirklich gelungen war, alle Schafe einzusammeln. Zumindest Humphrey hatte nach dem Schaf, das er im Unterholz am Waldrand aufgestöbert hatte, Ruhe gegeben.

Nun stand Tilla – immer noch in Slip, Nachtshirt und roten Gummistiefeln mit den weißen Punkten – im Gehege und versuchte, sich irgendwie die Haare aus dem Gesicht zu fischen. Joos hatte ihr die Aufgabe zugeteilt, das Loch im Zaun mit vollem Körpereinsatz zu versperren, während er die gerissenen Maschen notdürftig reparierte.

Neben ihr patrouillierte Humphrey und knurrte jedes Schaf warnend an, das die beiden auch nur ansah. Trotz seiner geringen Größe wäre aus ihm bestimmt ein passabler Hütehund geworden.

»Ich hab's gleich«, hörte sie Joos vor Anstrengung schnaufen.

Der Schweiß rann ihm in dicken Tropfen von der Stirn.

»Wenn wir fertig sind, mache ich uns erst einmal einen schönen starken Kaffee, ja?«

»Tolle Idee«, zischte er. »Und vielleicht können wir zum Mittagessen noch ein Schaf schlachten. Ich hätte Heißhunger auf eine saftige Schafskeule. Vielleicht mit Rosmarin.«

Er warf einen wütenden Blick auf die Uhr.

»Der ganze Vormittag ist dahin. Dabei wollte ich doch schon längst bei Toni sein, um die Streben des Seitenwagens an der Ural neu zu verschweißen.«

»Der was?«

Sie biss sich auf die Unterlippe und bereute ihre Nachfrage augenblicklich. Doch es war zu spät.

»Die Ural«, setzte Joos begeistert an, »ist eine Legende. Die hat Toni erst neulich im Internet ersteigert. Eine K 750 aus russischem Armeebestand, Baujahr 1960. Top Zustand, viele Teile generalüberholt, allerdings ist die Konstruktion des Beiwagens nicht mehr ganz so in Schuss. Wie gesagt, die Streben.«

»Aha.«

»Und da Toni leider überhaupt nichts vom Schweißen versteht, darf der gute alte Joos wieder ran.«

Tilla fragte sich, wie die Bewohner von Elzbach all die Jahre ohne Joos überlebt hatten. Das schien ja fast ein Ding der Unmöglichkeit zu sein. Andererseits war dieser Mann wirklich eine Koryphäe, was das Reparieren aller möglichen Dinge anging. In der Kartenrunde hieß es deshalb scherzhaft: *Wenn es Joos nicht mehr reparieren kann, sind wir wirklich am Arsch!* Dahinter steckte tatsächlich mehr als nur ein Fünkchen Wahrheit.

»Dann kannst du ja später noch zu ihm. Ich kümmere mich gleich um die Tiere, hab ja ohnehin nichts anderes vor heute.«

Joos gab einen undeutlichen Laut von sich, auf das ein ziemlich wüstes Fluchen folgte, weil er sich versehentlich mit der Zange in den Daumen gepitscht hatte.

»Blöder Zaun! Dat is kloten! Dat is zwaar kloten! Wat ben jij een ontzettende grote lul! Krijgt toch allemaal de tering!«

So leid er ihr in diesem Moment auch tat – Tilla musste die Zähne zusammenbeißen, um nicht laut loszulachen. Joos fluchte ausschließlich auf Holländisch. Und in dieser Sprache klangen selbst die wüstesten Hasstiraden niedlich.

»Brauchst du ein Pflaster?«, fragte sie liebevoll.

»Godverdomme!«

»Okay, anscheinend nicht.«

Auf einmal wieherte Apollo laut auf und scharrte mit den Hufen.

»Ach, schau an, wir bekommen Besuch.«

Joos reckte den Kopf nach hinten und nickte vor sich hin.

»Na, die kommen ja genau richtig.«

Ein Polizeiwagen bog langsam in die Hofeinfahrt ein. Vor dem Eingang des Haupthauses blieb der Wagen stehen.

Tilla hatte beim Anblick eines Streifenwagens stets ein mulmiges Gefühl. Doch diesmal war das Gefühl mehr als begründet. Denn blitzartig erkannte sie zwei Dinge: Hinter dem Steuer des Wagens saß Ben. Und sie stand knöcheltief mit ihren Gummistiefeln im Schafsmist, war nur mit Slip und Schlafshirt bekleidet und hatte sich noch nicht einmal die Zähne geputzt. Sie fluchte leise in sich hinein, während sie sich ein Lächeln ins Gesicht kleisterte und bei ihrer Frisur zu retten versuchte, was zu retten war.

Ben stieg aus und kam zielstrebig auf sie zu.

»Hallo«, begrüßte er Tilla und Joos.

Er hatte seine Polizeimütze in der Hand und drehte sie nervös in seinen Händen, als wäre es das Steuerrad eines Schiffes.

»Sie kommen mir gerade recht«, entgegnete Joos scharf.

Er richtete sich auf und stemmte die Hände in die Hüfte. Ben ließ er dabei nicht aus den Augen.

»Die Schafe hier … Wann gedenken die Herren der Polizei denn, diese wieder abzuholen?«

»Ähm …«

»Heute Nacht sind ein paar ausgebüxt, haben meinen Zaun zerstört. Und meine Tulpen.«

»Das tut mir leid.«

»Das waren nicht irgendwelche Tulpen!«, polterte Joos. »Das war eine ganz besondere Sorte. Aus der Zucht der Gärtnerei des Königshauses!«

»Aha.«

Ben warf Tilla einen hilflosen Blick zu, den sie mit einem ebenso hilflosen Herumkauen auf ihrer Unterlippe quittierte.

»Die wachsen nicht gerade mal so. Die benötigen viel Zeit und Aufmerksamkeit und …«

»… Liebe«, hörte Tilla sich selbst sagen.

Joos bedachte sie mit einem wütenden Blick, dann aber wurden seine Züge sanfter.

»Ja, auch Liebe.«

»Das bedauere ich wirklich.«

Ben stand stocksteif da und steuerte seine Polizeimütze weiter mit Kurs ins Ungewisse.

»Aber deshalb bin ich eigentlich überhaupt nicht hier.«

Joos schob die Stirn kraus.

»Nicht?«

Ben schüttelte zaghaft den Kopf.

»Und was ist nun mit all den Schafen?«

»Tut mir leid.«

»Ja, das weiß ich mittlerweile. Aber von allein werden die Schafe wohl nicht abtransportiert, nicht wahr?«

»Ich bin mir ziemlich sicher«, sagte Ben und schluckte, »dass Hauptkommissar Marhöfer bereits an einer Lösung –«

»Pah!«, fiel Joos ihm missmutig ins Wort. »Wenn der Marhöfer sich der Sache annimmt, dann grasen die Viecher noch bis zum Sinterklaasavond in meinem Gehege. Der arme Apollo. Ist jetzt schon völlig verstört.«

Als wolle er das bestätigen, wieherte der Esel in dieser Sekunde leise unter den Apfelbäumen auf.

»Dem bitte was?«

Bens Kopf neigte sich fragend zu Seite.

»Nikolausabend«, erklärte Tilla rasch.

»Ich dachte, nun, da die Dorfpolizei endlich Verstärkung hat, kümmert man sich auch verstärkt um die Belange der Bürger.«

Bens Miene verzog sich zu einem verkrampften Lächeln.

»Das ist korrekt, Herr …«

»Joos.«

»Herr Joos.«

Joos blies die Backen auf, und Tilla konnte sich ein leises Ausprusten nicht verkneifen. Doch weder sie noch er korrigierte den Polizisten.

»Aber hauptsächlich sind wir dazu da, um Verbrechen aufzuklären.«

»So? Aber Schafe, die nicht mir gehören und die dennoch meine …«, er warf Tilla einen Blick zu, »*geliebten* Tulpen fressen, stellen keine Straftat dar?«

Ben wedelte mit der Mütze und grinste.

»Allerhöchstens Sachbeschädigung. Möchten Sie eine Anzeige erstatten? Können Sie den Täter beschreiben?«

Tilla konnte förmlich sehen, wie ihr Mister sich zusammenreißen musste, um nicht in die Luft zu gehen.

Ben blinzelte kurz Tilla an, bedachte dann den Holländer mit einem ernsten Blick.

»Schätze, weißes, wolliges Haar, hervorstechende Augen und eine ausladende Mundpartie? Passt diese Täterbeschreibung?«

»Verarschen kann ich mich selbst.«

»Tut mir leid«, sagte Ben sofort, diesmal aber in einem Tonfall, der nicht erkennen ließ, ob er es tatsächlich so meinte.

Ein Insekt war in Joos' Haaren gelandet. Er wischte es mit einem unwirschen Grunzen fort. Etwas Niederländisches vor sich hin grummelnd wandte er sich von dem Polizisten ab und widmete sich dem notdürftigen Zusammenflicken des ramponierten Zauns.

»Hast du einen Moment für mich?« fragte Ben Tilla.

Sie blickte Joos an, der aber sofort nickte.

»Geh schon, ich komme alleine klar. Die werden sich ja wohl nicht trauen, mich über den Haufen zu rennen.«

Tilla verließ das Gehege durch das Tor und ging unsicher auf Ben zu.

»War ein chaotischer Morgen«, entschuldigte sie ihr Outfit.

Sie sah mit einem lauten Seufzen an sich herab, Ben grinste nur.

»Hey, ich mag die Stiefel.«

Ehe Tilla etwas darauf erwidern konnte, ging er in die Hocke, um Humphrey die Ohren zu kraulen. Der Hund war ihnen gefolgt und begrüßte Ben mit einem heiseren Bellen.

»Und das ist der berühmt-berüchtigte Hund von Frau Metzler, ja?«

Sie nickte und ertappte Ben dabei, wie er an dem Hund vorbeischielte, ihre Beine musterte und seinen Blick nach oben wandern ließ. Reflexartig zog sie ihr recht kurzes Nachthemd nach unten und fragte sich, wann sie sich das letzte Mal die Beine rasiert hatte.

»Ein wirklich schöner Hund.«

Er betonte seine Worte so umständlich, dass sich Tilla fragte, ob sie tatsächlich dem Hund galten oder …

Ben erhob sich wieder. Gemeinsam gingen sie über die Wiese in Richtung Hof und warfen im sonnigen Mittagslicht sanfte Schatten auf das Gras. Humphrey trottete gemütlich hinter ihnen her.

»Ich habe Nachforschungen angestellt«, sagte Ben und blickte nachdenklich auf das zerstörte Tulpenbeet, vor dem sie gerade angekommen waren.

Er war also offiziell hier, was sie nun doch ein wenig enttäuschte. Denn mittlerweile kam sie nicht mehr umhin, sich einzugestehen, dass sie Ben irgendwie gut fand. Sie hatte zwar nicht den Hauch einer Ahnung, was sie mit diesem Gefühl anfangen sollte, aber es sorgte dafür, dass sie in seiner Nähe nicht sie selbst war. Das nervte und verunsicherte sie in gleichem Maße.

»Und deine Nachforschungen haben was ergeben?«

Ben ließ sich Zeit mit der Antwort, atmete so schwer ein und aus, dass es wie ein Ächzen klang.

»Dass das in der Tat alles äußerst merkwürdig mit dieser Metzler-Sache ist.«

Sie sah ihn von der Seite an, doch er hatte noch immer Joos' königliches Tulpenmassaker im Fokus.

»Ts!«, machte er und stieß ein kurzes Lachen aus. »Die haben wirklich ganze Arbeit geleistet.«

»Nicht ablenken lassen. Weitererzählen!«

Ben straffte sich.

»Es gab nicht allzu viel über den *Unfall* von Frau Metzlers Ehemann nachzulesen. Er war in der Nacht auf der Jagd und saß auf seinem Stammhochsitz irgendwo hier in den Wäldern. Und dann ist dieser Hochsitz eingestürzt und hat Franz Metzler unter sich begraben. Einfach so. Mehrere Knochenbrüche, aber die Todesursache war der Schlag eines Balkens auf den Kopf. Hat ihm den Schädel zertrümmert. Einfach so.«

Tilla musterte ihn skeptisch.

»Ein eingestürzter Hochsitz?«

»So schaut's aus. Vielleicht war er morsch. Ein Jogger hat Metzler in den frühen Morgenstunden gefunden, weil vor den eingestürzten Trümmern ein erbärmlich vor sich hin jaulender Hund saß.«

Er zeigte auf Humphrey, der sich gerade munter durch die von den geflüchteten Schafen aufgewühlte Erde schnupperte.

»Der Läufer hat dann wohl den Jäger in den Bruchstücken gesehen und gleich den Notarzt alarmiert. Doch der konnte bloß noch den Tod feststellen.«

Seine Schultern hoben sich träge.

»Zumindest steht es so in der Ermittlungsakte – und laut dieser war es ein Unfall.«

Sie gingen weiter.

»Die Sache liegt zwei Jahre zurück, und die Ermittlungen wurden ziemlich schnell nach dem *Unfall* eingestellt.«

»Du denkst, da steckt mehr dahinter?«, fragte Tilla.

»Nach den Ereignissen der letzten Tage …«

Ben sah sie mit festem Blick an.

»Ja, ich glaube es inzwischen tatsächlich.«

Tilla spürte die Erleichterung darüber, dass jemand anderes es ebenso sah wie sie und sie nicht Opfer ihrer eigenen Hirngespinste war.

»Und nun?«

»Nun werde ich dafür sorgen, dass die Ermittlungen wiederaufgenommen werden. Ich werde mit dem Marhöfer sprechen und ihn darum bitten, mich dahinterklemmen zu dürfen. Außerdem werde ich ihn darauf hinweisen, dass wir Frau Metzler obduzieren lassen sollten.«

»Klingt gut. Zuallererst brauchen wir einen Durchsuchungserlass für Frau Metzlers Sachen. Ich bin mir sicher, dass wir dort einige Antworten finden werden.«

Ben blieb stehen und schüttelte den Kopf.

»Nicht wir. Die Polizei.«

»Aber …«

»Wir müssen den Dienstweg einhalten. Ich werde einen Antrag auf Wiederaufnahme des Verfahrens stellen, und dann warten wir, bis dieser genehmigt wird. Und dann …«

»Aber das kann doch Tage dauern!«

»Eher Wochen«, gab Ben zu.

»Bis dahin kann der Täter über alle Berge sein!«

»Vorschrift ist Vorschrift. Ich bin mir sicher, wenn ich dem Marhöfer alle Indizien darlege, wird er alle Hebel in Bewegung setzen, um diesen Fall schnellstmöglich wieder aufzurollen.«

Tilla war sich da nicht so sicher. Schließlich kannte sie den kurz vor der Pension stehenden Polizisten lange genug, um zu wissen, dass beim Marhöfer überhaupt nichts schnell ging.

»Also gut«, sagte Tilla schließlich. »Du hast recht. Machen wir es eben auf deine Weise.«

Sie versuchte sich an einem Augenaufschlag, in dem sich ihre aufrichtige Einsichtigkeit widerspiegeln sollte.

Denn was sie dachte, war das genaue Gegenteil von dem, was sie sagte.

Kapitel 23

Warten zählte nicht unbedingt zu Tillas Stärken. Und schon gar nicht bei nicht aufgedeckten Mordfällen. Deshalb robbte sie in ihren schwärzesten Klamotten – eine auf Figur geschnittene Yogahose und ein eng anliegendes Longsleeve – um kurz vor Mitternacht durch das struppige Gebüsch der *Villa Auenwald* und näherte sich dem auf Kipp stehenden Fenster des Untergeschosses. Auf dem Rücken trug sie ihren kleinen dunkelblauen Stoffrucksack, in dem sich neben einer Taschenlampe, dem Autoschlüssel und ihrem Handy das provisorische Einbruchswerkzeug befand.

Es war nicht so, dass Tilla viel Erfahrung hatte, was Einbrüche anging. Mal hier und da eine Hausbesetzung mit ihren jugendlichen Punkfreunden in Koblenz oder das Einschleichen auf ein Konzert durch die Hintertür – mehr hatte sie nicht vorzuweisen. Kein Vergleich mit dem, was sie hier gerade tat. Als Vorbereitung hatte sie sich ein paar Videos auf YouTube angesehen – es war erstaunlich, was man dort alles lernen konnte.

Als sie endlich das Kellerfenster erreicht hatte, hielt sie eine Weile inne und horchte in die Dunkelheit hinein. Die Laternen der Einfahrt trugen ihr mattes Licht nur schwach zu ihr hinüber. Per Zufall würde sie niemand hier im Gebüsch entdecken – zumindest hoffte sie das. Sie kannte sich nicht allzu gut in diesem Gebäude aus, schätzte aber, dass sich direkt über ihr die Küche befand, in der sich um diese Uhrzeit sicherlich niemand mehr aufhielt.

Dennoch öffnete sie ihren Rucksack so leise wie nur möglich und holte ihre Utensilien raus. Und dann kam der schwierigste Teil: Sie musste das Fenster überwinden. Sie versuchte es immer wieder, wie sie es im Videotutorial gelernt hatte. Doch es wollte ihr einfach nicht gelingen. Bei YouTube hatte das weitaus einfacher ausgesehen, als es wirklich war.

Sie schob ihre Ungeschicklichkeit auf die Aufregung, die in ihr tobte. Der Gedanke, dass sie tatsächlich in ein Gebäude einbrach, ließ sie überraschend nervös werden.

Beim fünften Versuch schaffte sie es schließlich. Sie stieß einen stummen Jubelschrei aus, als das Fenster wie von Geisterhand nach innen aufging.

Sie drehte sich noch einmal in alle Richtungen und schob sich schließlich mit den Füßen voran durch das offene Fenster.

Feuchte Hitze schlug ihr entgegen. Sie war in der Waschküche des Seniorenheimes gelandet. Der Geruch von blütensüßem Waschmittel stieg ihr in die Nase.

Um keinen Verdacht zu erregen, kippte sie das Fenster wieder, verharrte kurz regungslos und lauschte.

An einer Wand erkannte sie im Dunkeln laufende Waschmaschinen und Trockner. Riesige Dinger, die so gar nichts mit den handelsüblichen Geräten zu tun hatten. Der Umstand, dass die Maschinen zu so später Stunde in Betrieb waren, beunruhigte sie. Denn dies konnte bedeuten, dass jederzeit jemand nach der Wäsche schauen konnte.

Vorsichtig kramte sie die Taschenlampe aus dem Rucksack und knipste sie an. Plötzlich war es taghell. Sie verfluchte sich, die Lampe nicht zuvor auf Herz und Nieren getestet zu haben. Sie hätte doch wissen müssen, dass Joos sich nicht mit einer x-beliebigen Taschenlampe würde zufriedengeben, sondern dass es das Beste vom Besten sein musste. Nämlich eine Stablampe, die es ohne Weiteres mit der Flutlichtanlage eines Sportplatzes auf sich nehmen konnte. Erschreckt von der Helligkeit schirmte sie das grelle Licht mit ihrer Handinnenfläche ab. Sofort verwandelte sich das gleißende Weiß in ein dezentes Orange.

Als sich ihre Augen an die Lichtverhältnisse gewöhnt hatten, sah sie sich um. Die Tür der Waschküche war nur angelehnt, und ein sanfter Lichtschein drang zu ihr hinein. Sie ging auf die Tür zu, wartete, bis ihr Herzschlag sich halbwegs reguliert hatte, und zog sie ein kleines Stück weiter auf. Exakt so weit, dass sie ihren Kopf hindurchstecken konnte. Sie blickte nach links und rechts, konnte aber im schwachen Licht des vor ihr liegenden Flurs niemanden entdecken. Der Flur war lang und so breit, dass man problemlos ein Krankenbett hindurchschieben könnte. Hier und da leuchteten Notausgangsschilder an den Decken. Sie waren die Lichtquelle, was sie halbwegs erleichterte. Wie wahrscheinlich war es schließlich, dass sich Personal im Dunkeln hier herumtrieb? Außerdem konnte sie nun ihre Taschenlampe ausschalten.

Tilla zögerte kurz, entschied sich dann aber aus einem Gefühl heraus, den Weg nach links einzuschlagen. Sie schlich auf Zehenspitzen an verschlossenen Türen vorbei, die entweder überhaupt nicht beschriftet waren oder hinter denen der Heizungsraum, diverse Abstellräume, die Vorratskammer und ein Bügelzimmer lagen. Und ihre Intuition hatte sie nicht im Stich gelassen: Ganz am Ende des Flurs befanden sich tatsächlich zwei gegenüberliegende Türen mit der Aufschrift *Lager 1* und *Lager 2*. Sie öffnete die Tür zu Lager 1 und leuchtete den Raum ab. Er war vollgestellt mit Regalen, in denen sich Bettlaken, Handtücher sowie Bad- und Küchenutensilien befanden. Am Ende des Raumes erkannte sie die Umrisse von alten Krankenbetten, die wohl schon seit Ewigkeiten nicht mehr in Gebrauch waren. Die Tür zu Lager 2 hingegen war verschlossen.

Aber damit hatte Tilla gerechnet und entsprechende Recherchen im Internet angestellt.

Sie schob den kleinen Rucksack von den Schultern und kramte ihre Utensilien hervor: eine Zange, Haarklemme und Drahtklammer. Dazu noch das provisorische Werkzeug, das sie in Joos' Werkstatt gebastelt hatte. Das Ergebnis war ein simples

Schlagspannungsset, mit denen auch professionelle Schlüsseldienste arbeiteten.

Sie ging in die Hocke und leuchtete mit der Taschenlampe in den Schlosszylinder. Mit leicht zittriger Hand versuchte sie, das Schloss zu öffnen. Aber auch das war schwerer als gedacht.

Tilla war gut in Geduldsspielen. Das war sie schon immer gewesen. Weder ein Zauberwürfel hatte sie je vor ein Problem gestellt noch das Auseinanderklamüsern von Kabelsalaten jedweder Art. In *Doktor Bibber* war sie unangefochtene Meisterin. Alles Eigenschaften, die ihr bei ihrem neuen Hobby, dem Einbrechen in fremde Gebäude, außerordentlich zugutekamen.

Sie war so in ihre Arbeit vertieft, dass sie erschrocken zusammenzuckte, als sie das Schloss schließlich doch geknackt hatte. Mit einem beinahe ohrenbetäubenden Klick – zumindest kam es ihr so vor – sprang die Tür nach innen auf.

Tilla hielt die Luft an und lauschte. Doch bis auf ihren eigenen Herzschlag und das monotone Brummen der Heizungsanlage war alles still.

Als sie in den Raum trat, war sie überrascht von der Größe – und von den vielen Gegenständen, die hier abgestellt waren.

Sie stöhnte innerlich auf. Bei all den Möbeln schien es ein Ding der Unmöglichkeit, einen Sekretär zu finden, den sie noch nicht einmal selbst gesehen hatte. Sie hatte nur die grobe Beschreibung von Brigitte Bergweiler. Demnach war das Teil alt und aus massivem dunklen Holz, mit glatter, verzierter Oberfläche und im Barockstil gehalten.

Tilla zog die Tür leise hinter sich zu und wagte es, die Taschenlampe wieder einzuschalten, um das Lager mit mehr Licht zu durchfluten.

Der Raum war vollgepfercht mit alten Sofas, Stühlen, Tischen und unförmigen Schränken aus unterschiedlichen Jahrzehnten. Um den vielen Möbelstücken halbwegs Herr zu werden, hatte man sie so angeordnet, dass sich schmale Gänge dazwischen bildeten.

Tilla schritt die Gänge entlang und fand tatsächlich etwas, das zu Brigittes Beschreibung passte. Am Ende des zweiten Ganges stand ein alter Sekretär aus dunklem Kirschholz – sofern sie das im Kunstlicht der Taschenlampe beurteilen konnte –, mit einem verzierten Aufsatz und imposanten Ausbuchtungen. War das Barockstil? Tilla wusste es nicht. Aber da es der einzige Sekretär in diesem Lagerraum war, ging Tilla davon aus, dass es der von Frau Metzler war.

Geradezu ehrfürchtig stand sie davor und leuchtete die Umrisse mit dem Schein ihrer Taschenlampe ab.

Mit seinen vielen kleinen Schubladen wirkte er auf Tilla eher wie ein alter Apothekerschrank. Sie öffnete sie der Reihe nach. Wie zu erwarten, war er komplett leer geräumt. Weder in den Fächern noch in der aufklappbaren Schreibfläche, hinter der sich drei weitere Schubladen befanden, war auch nur ein Fetzen Papier zu finden. Vermutlich wurden alle persönlichen Unterlagen von Frau Metzler im Büro der Heimleitung aufbewahrt. Aber sie wusste ja, dass Frau Metzlers Sekretär ein Geheimfach hatte. Und das musste sie finden.

»Alles der Reihe nach«, sagte sie leise.

Ihr Ehrgeiz war geweckt.

Sie beugte sich vor, um einen Blick auf die Rückseite des Sekretärs zu werfen. Während sie mit der Taschenlampe die Fläche ableuchtete, glitten ihre Finger über das glatte Holz. Doch sie sah weder etwas Verdächtiges, noch fühlte sie eine Erhebung unter ihren Fingerkuppen. So ging sie weiter vor, ertastete sich die komplette Oberfläche des Sekretärs, konnte aber nichts Auffälliges entdecken. Dann zog sie die Schubladen der Reihe nach erneut auf, auf der Suche nach einer Art Mechanismus, der das Geheimnis des Sekretärs preisgab. Erst, als sie die Mittelkonsole herauszog und diese ihr fast in die Arme fiel, sah sie es. Hinter der großen Schublade verbargen sich zwei weitere Fächer. Das rechte davon war leer. Doch im linken verbarg sich etwas Ledriges.

Tilla Herzschlag vollführte einen Jive, als sie den Gegenstand aus dem Versteck befreite.

Im Schein der Taschenlampe betrachtete sie ihn genau. Es war ein abgegriffener Ledereinband von der Größe eines zusammengefalteten Papierblatts. Ein zweimal drumgewickeltes Lederbändchen hielt den Inhalt zusammen. Tilla löste den Knoten und klappte den Einband auseinander. Er enthielt lose vergilbte Papierseiten, die allesamt in der Mitte zusammengefaltet waren.

Sie faltete das erste Blatt auseinander. Es war ein mit einer Schreibmaschine verfasster Brief. Sie überflog die Worte und betrachtete die kunstvolle Unterschrift. Sie war sich nicht sicher, glaubte aber, den Nachnamen Metzler lesen zu können. Und ihrem Gefühl nach war es eindeutig eine männliche Handschrift.

Tilla hatte tatsächlich die Unterlagen gefunden, die Rosel Metzler sehr wahrscheinlich zum Verhängnis geworden waren.

Und das sogar auf ziemlich einfache Weise.

Auf einmal musste sie grinsen.

Mit einem Schlag war sämtliche Anspannung von ihr abgefallen. Sie hatte etwas Waghalsiges getan, etwas Verbotenes – und es hatte sie zum Erfolg geführt. Ein wenig kam es ihr vor, wie das erste Mal Klingelmännchen zu spielen oder sich nachts ohne Erlaubnis der Mutter aus dem Haus zu schleichen. Sie musste sich eingestehen, dass es ein gar nicht so schlechtes Gefühl war. Vielleicht fehlte ihr ja doch ein wenig Abenteuer in ihrem Leben.

Während sie darüber nachgrübelte und durch die losen Papiere blätterte, meinte sie, ein Geräusch zu hören. Schnell schaltete sie ihre Taschenlampe aus. Und tatsächlich! Ein plötzliches Aufklicken, gefolgt von einem langgezogenen Quietschen ließ sie heftig zusammenfahren. Tilla brauchte exakt eine Sekunde, um zu begreifen, woher das Geräusch kam. Jemand hatte gerade die Lagertüre geöffnet. Zeitgleich mit der Erkenntnis durchschnitt ein Taschenlampenstrahl die Luft und wackelte unruhig in alle Richtungen. Schnell tauchte sie hinter einer wuchtigen Kommode ab und hielt den Atem an.

Ihre Gedanken jagten tosend durch den Kopf. Was geschah hier gerade? Definitiv war diese Person, die gerade eingetreten war, niemand vom Pflegepersonal. Denn die würden wohl kaum mit einer Taschenlampe herumwedeln, sondern einfach den Lichtschalter betätigen.

Sie lauschte in die Dunkelheit, verfolgte mit wachsender Besorgnis die Lichtkleckse, die sich zappelnd gegen die Wände warfen. Ihr Puls raste. So leise wie nur möglich schob sie sich den Ledereinband in die Yogahose und ihr Shirt darüber.

Sie konnte schwere, ja, beinahe schleifende Schritte hören. Derjenige, der sich ebenfalls Zugang in den Lagerraum verschafft hatte, trug festes Schuhwerk. Dem Gang und dem schweren Atmen nach zu urteilen, handelte es sich bei dem Eindringling um einen Mann. Die Schritte kamen immer näher, und der Strahl der Taschenlampe tanzte nicht mehr an den Wänden.

Trotz ihrer Angst wagte Tilla einen vorsichtigen Blick aus ihrer Deckung heraus und sah, dass das Licht den Sekretär von Frau Metzler fixierte. Und das wiederum bedeutete, dass der Mann sie entdecken würde, wenn sie sich nicht schleunigst aus dem Staub machte.

Auf allen vieren krabbelte sie lautlos wie ein Kätzchen hinter der Kommode hervor und bemühte sich, jede Möglichkeit der Deckung auszunutzen. Wieder hatte sie Glück. Sie schaffte es, unbemerkt zur Tür zu kommen. In dem Moment, als sie ihre Hand auf den Griff legte und noch einmal zurückschaute, sah sie, dass der zweite Einbrecher das Möbelstück erreicht hatte und es absuchte – genau wie sie nur wenige Minuten zuvor.

Auch wenn es ihr unter den Fingernägeln brannte, zu erfahren, wer dieser Mann war, war ihr klar, dass sie schleunigst verschwinden musste. Sie spürte die Bedrohung, die von diesem Mann ausging, geradezu in jeder Pore.

Sie fühlte den harten Ledereinband auf ihrem Bauch und zog ihn vorsichtig wieder aus ihrer Hose. Immerhin hatte sie gefunden, wonach sie gesucht hatte.

Obwohl sie die Tür so leise wie möglich aufzog, konnte Tilla nicht verhindern, dass sie quietschte. Sie stieß einen stummen Fluch aus, und keine Sekunde später blendete sie ein gleißendes Licht.

Sie drehte sich rasch um, schlüpfte durch den Türspalt und rannte den Flur entlang, ohne sich auch nur einmal umzudrehen. Hinter sich hörte sie schnelle Schritte, die ihr folgten. Sie schätzte ihren Vorsprung auf vielleicht zwanzig Meter. Würde das reichen?

Hektisch sah sie auf die Türen, an denen sie vorbeirauschte. Wo war die verdammte Waschküche? Sie war so aufgebracht, dass sie beinahe daran vorbeigelaufen wäre und hart abbremsen musste.

Sie riss die Tür auf, knallte sie sofort wieder zu, stürmte auf das gegenüberliegende Kellerfenster zu und öffnete es so ruckartig, dass sie es beinahe aus den Angeln gehoben hätte. Obwohl sie nicht besonders viel für Sport übrighatte, nahm sie die Höhe bis zum Fenster mit erstaunlicher Geschicklichkeit, was sie auf das ganze Adrenalin in ihrem Körper zurückführte. Sie hatte die Lederhülle gerade ins Freie geworfen und wollte nun sich selbst durch das Fenster bugsieren, als die Tür zur Waschküche aufstoßen wurde. Der Mann hatte sie eingeholt und rannte schnurstracks auf das Fenster zu.

Tilla zögerte nicht eine Sekunde und hievte sich hinaus – derart schwungvoll, dass sie mit dem Gesicht voran im Gestrüpp landete. Dornen bohrten sich in ihre Wangen. Doch sie achtete nicht auf den Schmerz. Strauchelnd richtete sie sich auf, schnappte sich den Ledereinband und rannte, so schnell es ihre schmerzende Lunge zuließ, über den Rasen in den Schutz der Dunkelheit. Sie wagte es nicht, sich noch einmal umzudrehen.

Im Laufen schulterte sie den kleinen Rucksack ab und fischte den Autoschlüssel ihres Transporters heraus, den sie an der nächsten Straßenecke geparkt hatte.

Noch einmal blieb ihr vor Schreck die Luft weg, als sie die Tür aufriss und ihr etwas entgegensprang. Es war Humphrey, der sie freudig abschleckte. Tilla hatte alle Mühe, ihn zu beruhigen und zurück auf den Beifahrersitz zu verfrachten, damit sie sich hinter das Steuer klemmen und endlich losfahren konnte.

Aus Angst, weiter verfolgt zu werden, ließ sie die Scheinwerfer ausgeschaltet. Doch niemand war hinter ihr. Kein aufflackerndes Scheinwerferlicht. Die Straße vor und hinter ihr lag völlig verlassen da. Da waren nur sie und Humphrey in ihrem geliebten Oldtimer, der ihr einmal mehr das Gefühl von absoluter Sicherheit verlieh.

Kapitel 24

Sie saß im Schneidersitz auf der Couch im Wohnzimmer und kraulte das struppige Fell von Humphrey, der es sich ganz dicht neben ihr gemütlich gemacht hatte.

Es war mitten in der Nacht, der Mond stand über den Apfelbäumen, doch an Schlaf war nicht zu denken. Zu sehr hatte sie das Erlebnis im Keller des Seniorenheimes aufgewühlt. Immer wieder kreisten ihre Gedanken um die Frage, was passiert wäre, wenn diese mysteriöse Person sie erwischt hätte.

Mit ratternden Gedanken schaute sie Joos dabei zu, wie er ein weiteres Holzscheit in den Kamin legte. Seine viel zu weite Schlafanzughose hing ihm um die Fersen, was jeden seiner kleinen Schritte ziemlich unbeholfen wirken ließ. Er sah müde und ausgelaugt aus. Vermutlich steckten ihm noch die entflohenen Schafe in den Knochen.

Ein wenig plagte Tilla das schlechte Gewissen, dass sie ihn aus seinem wohlverdienten Schlaf gerissen hatte, doch nach ihrer Entdeckung brauchte sie jemanden, mit dem sie sich austauschen konnte.

Sorgfältig schloss er die gusseiserne Klappe des Kamins und setzte sich auf einen der beiden sturmgrauen Polstersessel. Willkürlich nahm er einen der vielen Briefe aus dem Ledereinband zur Hand, setzte sich die leicht verbogene Lesebrille auf und überflog ihn. Es dauerte eine ganze Weile, bis er wieder zu ihr aufsah.

»Es ist wirklich schwierig, ein ganzes Bild zu sehen, wenn man nur ein Stück präsentiert bekommt.«

Er rieb sich über die weißen Bartstoppeln. Schließlich ließ er sich ächzend nach hinten fallen. Die Arbeit am Gehege schien seinen Rücken arg in Mitleidenschaft gezogen zu haben.

Tilla verstand, was er meinte. Der Inhalt des Einbandes gab viele Rätsel auf. Hauptsächlich enthielt er Briefe, die an Franz Metzler gerichtet waren. Dazu eine Handvoll Zeitungsartikel, die sich allesamt um die Karriere von Simon Adenbach drehten. Den Sohn von Iris und Hannes Adenbach, der als Politiker erfolgreich in Berlin mitmischte.

Doch der Zusammenhang von alldem wurde in keiner Weise durch die Briefe deutlich.

Lediglich die Kopie eines Schreibens, das Rosel Metzlers Mann an einen unbekannten Adressaten verfasst hatte, legte die Vermutung nahe, dass Franz Metzler in Briefkontakt mit Hannes Adenbach stand. Anscheinend wusste Metzler etwas, das die Familie in arge Bedrängnis bringen konnte.

Bloß was?

Völlig klar hingegen war, dass Franz seinen *Brieffreund* erpresste. Das hatte er ganz deutlich geschrieben: Zwei Millionen wollte er für sein Schweigen.

»Ausgerechnet«, sagte Joos, und Tilla wusste sofort, was er meinte.

Denn Hannes Adenbach war nicht nur Bauunternehmer und Bürgermeister von Elzbach, sondern auch auf lokalpolitischer Ebene eine einflussreiche und äußerst angesehene Person. Ganz bestimmt war er niemand, mit dem man es sich so ohne Weiteres verscherzen wollte.

»Welches Geheimnis könnte zwei Millionen Euro wert sein?«, fragte Tilla.

»Welches Geheimnis rechtfertigt den Mord an Menschen?«, fragte Joos zurück. »Fassen wir zusammen: Franz Metzler wusste etwas, was seiner Meinung nach zwei Millionen Euro wert war und in irgendeinem Zusammenhang mit den Adenbachs stehen muss. Vielleicht sogar mit dem Sohn, der ein ziemlich hohes Tier in der Politik ist, was die Sache noch brisanter macht. Deshalb vielleicht die ganzen Zeitungsausschnitte.«

Tilla betrachtete Joos schweigend. Sie konnte ihm förmlich ansehen, wie konzentriert er war, und wollte auf keinen Fall seinen Gedankenfluss unterbrechen.

»Anscheinend hat Franz Metzler aber zu hoch gepokert und seine Geldgier mit dem Leben bezahlt. Rosel Metzler wiederum muss diese Briefe im Sekretär entdeckt haben.«

»Deshalb musste auch sie aus dem Weg geräumt werden«, warf Tilla nun doch ein.

Joos nickte ihr bestätigend zu, doch dann schüttelte er missmutig den Kopf.

»Das ist eine ganz schön große Nummer, in die du da hineingeschlittert bist. Ausgerechnet diese Familie.«

Tilla sah das nicht anders. Welche Schnipsel sie da auch immer gefunden hatte – sie waren die Lunte zu einem riesigen Pulverfass.

Simon Adenbach hatte mit seiner Partei bei den letzten Landtagswahlen ein großartiges Ergebnis hingelegt. Inzwischen wurde er sogar als Spitzenkandidat für den Parteivorsitz gehandelt. Das war schon eine ziemlich steile Karriere.

Tilla verstand nicht sonderlich viel von Politik. In ihrer heißen Phase als Jugendliche hatte sie sich der Antifa-Bewegung verschrieben und war gegen das System gewesen. Genau genommen war Tilla in ihren Jugendjahren aber eigentlich gegen alles und jeden, hauptsächlich aber gegen ihre Mutter gewesen, was nun nicht unbedingt eine politische Ausrichtung war.

Dennoch bekam sie genug mit von dem, was die Leute im Ort erzählten. Sie waren stolz auf ihren Simon, darauf, dass einer von ihnen es so weit gebracht hatte.

Einer von ihnen, ging es ihr durch den Kopf. Was auch immer das bedeuten mochte. War man *einer von ihnen,* wenn man in Elzbach geboren wurde? Reichte das für ein Zugehörigkeitsgefühl? Sie dachte an Toni. An den toten Fiete und all die anderen Elzbacher, die sie kannte. War jemand wie Simon

Adenbach, der quasi mit dem goldenen Löffel im Mund geboren worden war, wirklich *einer von ihnen*?

»Zwei Millionen Euro.«

Tilla stieß einen scharfen Pfiff aus.

»Ein Batzen Geld.«

»Ja.«

»Glaubst du denn, der Adenbach ist so wohlhabend?«

Nachdenklich verschränkte Joos die Arme hinter dem Kopf.

»Vielleicht nicht in bar oder auf dem Konto. Aber allein die Grundstücke und die Felder, die er besitzt, lassen ihn schon ziemlich gut dastehen. Außerdem ist da noch das Vermögen seiner Schwiegermutter.«

»Und sein Sohn nagt wahrscheinlich auch nicht am Hungertuch …«

»In der Tat.«

Der Mister machte es sich in seinem Sessel gemütlich und nippte noch einmal an seinem frisch aufgebrühten Kaffee. Dann nahm er den gesamten Inhalt des Einbandes zur Hand und legte ihn in die richtige Reihenfolge.

»So viele Merkwürdigkeiten«, sagte Joos leise.

»Aber glaubst du denn, dass Hannes Adenbach hinter allem steckt?«

»Ich glaube gar nichts«, stellte Joos klar. »Ich weiß nur, dass in letzter Zeit ziemlich viele Menschen auf äußerst unnatürliche Weise gestorben sind. Und das gefällt mir nicht.«

Er nahm einen großen Schluck aus seinem Kaffeebecher und schmatzte nachdenklich.

»Ich bin aufs Maifeld gezogen, um meine Ruhe zu haben. Und was habe ich nun? Hundert blökende Schafe, die meinen Hof zerstören, weil der Schäfer mitsamt Schäferhund totgeschlagen wurde. Und jetzt will ich auch wissen, warum!«

»Ja, wie passt das in unsere Gleichung?«

Tilla wippte nachdenklich vor und zurück. Neben ihr

zuckte Humphrey auf. Er stupste sie mit seiner Schnauze an – eine klare Aufforderung, dass er gekrault werden wollte.

»Eines ist klar, Mutmaßungen sind keine zwei Millionen Euro wert. Franz Metzler musste etwas Fundiertes in der Hand gehabt haben. Etwas, das den Adenbach derart in die Enge gedrängt hat, dass er keinen anderen Ausweg sah, als den Metzler zu beseitigen.«

»Und seine Frau«, fügte Tilla hinzu. »Und vielleicht auch den Fiete.«

»Mhm.«

Joos schloss nachdenklich die Augen.

»Aber was?«

Tilla dachte angestrengt nach, hatte aber keine Idee.

»Beweise«, sagte Joos nach einer Weile. »Vielleicht so etwas wie einen …«

Plötzlich riss Joos die Augen auf. Er starrte mit offenem Mund auf Humphrey.

»… einen Tatort.«

Joos sprang auf und klatschte sich mit den flachen Händen auf die Oberschenkel. Es knallte so laut, dass Humphrey zusammenzuckte und ebenfalls aufsprang.

»Der Hund ist der Beweis!«

Alles an Joos' Körper war zum Leben erwacht, die anfängliche Müdigkeit wie weggeblasen. Seine Augen funkelten förmlich vor Aufregung. Ehe Humphrey wusste, wie ihm geschah, streckte Joos die Arme aus und nahm ihn auf den Arm. Der Hund jaulte vor Schreck auf. Doch Joos kümmerte das nicht. Er fasste nach einem Schlappohr und klappte es um.

»Diese Tätowierung sind Koordinaten.«

»Ich weiß«, sagte Tilla.

»Und die führen garantiert dorthin, wo es einen Beweis für das gibt, womit Metzler Adenbach erpresst hat. Vermutlich ist dem Metzler irgendwann klar geworden, dass er sich mit der falschen Person eingelassen hat und seines Lebens nicht mehr sicher war. Damit er sein Geheimnis aber nicht mit ins Grab nahm, falls Adenbach wirklich kurzen Prozess mit ihm macht, hat er es kurzerhand in die Ohren des Hundes tätowiert. Eben die Koordinaten.«

Joos grinste selbstzufrieden.

»Okay …«

Tilla nickte angestrengt. Sie hatte Mühe, Joos' Gedankengängen zu folgen.

»Aber das wissen wir doch bereits. Der Tatort, an dem Fiete erschlagen wurde.«

»Tilla! Der wurde doch erst vor ein paar Tagen erschlagen. Denk schärfer nach!«

»Tu ich doch.«

»Nein, das tust du nicht. Sonst würdest du selbst drauf kommen.«

Tilla verstand überhaupt nichts mehr.

»Also schön, der Herr Film-Kommissar a. D. Klären Sie mich bitte auf!«

Joos hob den Zeigefinger und richtete ihn auf sie.

»Gerne doch. Die Koordinaten führen zum Tatort, aber nicht zum Tatort von Fietes Mord. Denn als der Hund tätowiert wurde, erfreute sich Fiete ziemlich sicher bester Gesundheit und hat seine Schäflein durch die Eifel getrieben. Und genau hier liegt unser Denkfehler. Wir haben die ganze Zeit gedacht, Humphreys Tätowierung hätte was mit Fietes Ableben zu tun.«

»Und das war … falsch?«

»Das war totaler Quatsch. Denn der Ort, am dem Fiete erschlagen wurde, war da bereits ein Tatort.«

Tilla neigte den Kopf. Nachdenklich und verständnislos. Vor allem verständnislos.

»An dieser Stelle muss vor einiger Zeit bereits etwas Schlimmes passiert sein, das in direktem Zusammenhang mit den Adenbachs steht.«

»Und das bedeutet jetzt genau … was?«, fragte Tilla. »Was hat das mit Fiete zu tun?«

»Eben gar nichts!«

Joos schrie sie beinahe an.

»Zumindest nicht direkt. Ich vermute, dass er einfach zur falschen Zeit am falschen Ort war.«

»Du meinst –«

»Fiete und sein Hund waren nichts weiter als ein Kollateralschaden. Vielleicht ist er auch auf irgendwelche Beweise gestoßen. Oder er hat jemanden dabei erwischt, wie er versucht hat, Beweise zu beseitigen. Das ist doch absolut logisch. Warum sonst wurden er und sein Hund nicht am Tatort gefunden, sondern in einer Höhle?«

Allmählich verstand Tilla Joos' Gedankengänge. Exakt diese Frage hatten sie und Hölzi sich ebenfalls gestellt. Und der Grund, dass es dort etwas geben könnte, was nicht aufgedeckt werden wollte, klang nur allzu plausibel.

»Also müssen wir dort noch einmal hin und alles gründlich absuchen.«

»Oh nein!«, sagte Joos sofort. »Das überlassen wir schön der Polizei. Wenn es wirklich der Täter war, dem du heute Nacht im Keller begegnet bist, weiß er, dass jemand die Briefe gefunden hat, und geht bestimmt davon aus, dass dieser Jemand nun auch den Tatort kennt.«

Tillas Kehle schnürte sich zu.

Joos seufzte.

»Wir können nur froh sein, dass der Kerl dich nicht erkannt hat.«

Tilla konnte nicht mehr atmen. Bislang hatte sie Joos nicht verraten, dass dieser Mann ihr frontal ins Gesicht geleuchtet hatte.

»Ja, aber warum musste Rosel sterben?«, flüsterte sie.

»Nun komm schon, das ist doch wirklich leicht. Die Lösung hat dir doch bereits ihre Nachbarin auf dem Servierteller präsentiert, als sie dir sagte, dass Rosel mit einem großen Reichtum gerechnet habe, um aus dem Heim rauszukommen und mit ihrem Sohn zusammenzuleben.«

»Tochter«, korrigierte Tilla den Holländer.

»Wie auch immer.«

Er sah sie scharf an.

»Du verstehst es immer noch nicht.«

Joos sah sie prüfend an und wartete. Nach einer gefühlten Ewigkeit fiel dann auch bei ihr der Groschen.

»Sie hat den Adenbach ebenfalls erpresst.«

Joos klatschte in die Hände.

»So sieht's aus. Nach dem Tod ihres Mannes hat sie diese Briefe gefunden und das Werk ihres Mannes fortgeführt.«

»Ganz genau. So muss es gewesen sein. Deshalb wurde sie ermordet.«

»Darauf verwette ich meinen Hintern.«

»Wie ihr Mann.«

»Genau.«

»Von Hannes Adenbach.«

»Sehr vieles spricht dafür.«

»Und Humphrey ...«, sagte sie, brach dann aber ab, um ihre Gedanken zu ordnen. »Sie wusste, dass ihr Plan nicht aufging und plötzlich ihr Leben auf dem Spiel stand. Deshalb die Frage nach der Waffe.«

»So sehe ich das.«

»Und was machen wir jetzt?«

»Na, was wohl?«

Joos warf einen langen Blick auf seine Armbanduhr. Es war eine schlichte Glashütte mit braunem Lederband und großem Zifferblatt, die er sich zum zehnjährigen Jubiläum seiner Fernsehserie gegönnt hatte – und der einzige Luxusgegenstand, den er offen zur Schau trug.

»Es ist spät. Wir gehen jetzt schlafen, und morgen kontaktieren wir die Polizei und übergeben ihr all unsere Beweismittel.«

Kapitel 25

An Schlaf war überhaupt nicht zu denken. Tilla dämmerte lediglich vor sich hin, wälzte sich von einer Seite auf die andere. Sie war so unruhig gewesen, dass selbst Humphrey mitten in der Nacht das Weite gesucht hatte.

Irgendwann erwachte der Hof zum Leben. Der Esel wieherte, die Ziegen meckerten, und dann blökten die Schafe. Sie warf einen Blick auf den Wecker auf dem Nachttisch. Es war halb sieben. Sie befreite sich aus dem Laken, streckte sich, blieb dann aber unschlüssig auf der Bettkante sitzen.

Inzwischen war sie sich absolut sicher, dass der Mann im Keller sie gesehen hatte. Tilla war kein Mauerblümchen und sich voll und ganz darüber im Klaren, dass sie eine optische Erscheinung war, die man nicht so leicht vergaß. Und wer weiß? Vielleicht hatte der andere Einbrecher sogar gesehen, wie sie in ihren HY gestiegen war. Der war ebenso auffällig wie sie. Es war also selbst für den unterbelichtetsten Verbrecher ein Leichtes, eins und eins zusammenzuzählen und in Erfahrung zu bringen, wer in dieser Nacht außer ihm in Rosel Metzlers Sachen herumgeschnüffelt hatte.

Und wenn dieser Verbrecher wirklich Hannes Adenbach war, wusste er sowieso, wer sie war – und wo er sie fand.

Tillas Atem ging schnell. Sie stützte beide Hände auf die Oberschenkel und versuchte, sich zu beruhigen. Es wollte ihr nicht so recht gelingen. Sie hatte Angst. Unbeschreiblich große Angst.

Sie war nicht sehr vertraut mit diesem Gefühl, da sie stets gedacht hatte, dass es nicht viel gab, wovor man sich wirklich fürchten musste. Zumindest hatte das ihre Mutter immer gesagt. Doch die hatte es auch nie mit einer Person zu tun gehabt, die nicht davor zurückschreckte, ein Ehepaar, einen Hirten und einen Hund kaltblütig zu ermorden.

Sie konnte von Glück sagen, dass sie nicht schon unten im Keller des Altenheims den Tod gefunden hatte. Sie war unvorsichtig, ja geradezu leichtsinnig gewesen. Aus Eitelkeit hatte sie Bens Warnungen in den Wind geschlagen und auf eigene Faust herumgeschnüffelt. Sie war auf etwas gestoßen, zweifellos. Aber die Tragweite des Ganzen war so groß, dass sie unmöglich alleine weitermachen konnte.

Sie teilte Joos' Meinung, dass es das Beste war, die Polizei hinzuzuziehen. Aber ihn wollte sie um alles in der Welt da raushalten. Eigentlich hatten sie vereinbart, gemeinsam zur Wache zu fahren. Doch nach der schlaflosen Nacht hielt Tilla das für keine allzu gute Idee. Wenn sie der Polizei alles erzählte und die Briefe überreichte, gab es kein Zurück mehr. Sie würde sich mit dem Giganten des Dorfes anlegen. Und diesen Kampf musste sie alleine ausfechten. Schließlich könnte sie, wenn es hart auf hart kommen würde, weiterziehen, während Joos mit seiner Mühle an diesen Ort gebunden war.

Natürlich war ihr bewusst, dass sie der Polizei nicht erzählen konnte, wie sie an die Mappe mit dem brisanten Inhalt gekommen war. Einbruch war schließlich Einbruch und strafbar. Doch Tilla war zuversichtlich, dass ihr auf dem Weg zum Polizeipräsidium noch etwas Schlüssiges einfallen würde, mit dem sich der Besitz erklären ließ.

Ihre Angst, von dem mysteriösen Unbekannten aufgespürt zu werden, ging so weit, dass sie den HY in der großen Scheune parkte und stattdessen Joos' Pallas nahm, um zur Polizei zu fahren. Sie hatte ihn nicht gefragt und würde sich mit ziemlicher Wahrscheinlichkeit ein Donnerwetter von ihm einfangen. Aber sie wollte ihn zu so früher Stunde auch nicht wecken.

Wahrscheinlich hätte sie dann auch keine Chance, zu verhindern, dass er mitkäme.

Mit Humphrey im Arm stand sie wenig später vor der Eingangstür der Polizeiwache und drückte zum dritten Mal die Klingel.

Es war ein merkwürdiger Morgen, was nicht nur daran lag, dass sie keine Sekunde geschlafen hatte. Die tief stehenden dunklen Wolken raubten jegliches warmes Licht und warfen unheilvolle Schatten. Der Geruch von Regen lag schwer in der Luft.

Sie fragte sich, ob die Wache womöglich noch nicht besetzt war, aber die Polizeiwagen standen auf dem Parkplatz, und in einem der Büros brannte Licht.

Gerade, als sie ein viertes Mal klingeln wollte, schnappte das Türschloss surrend auf.

Als sie das Büro betrat, fiel ihr erster Blick auf die rustikalen Möbel, die wirkten wie aus den tiefsten Achtzigerjahren.

Marhöfer kam auf sie zu. Er war gerade dabei, sich den Gürtel zurechtzuzurren, und reichte ihr die Hand.

»Das Fräulein Tilla«, begrüßte er sie umständlich, als er sich noch umständlicher hinter dem Schreibtisch niederließ.

»Was verschafft uns die Ehre?«

Er warf einen auffälligen Blick auf die Uhr.

»So früh am Morgen?«

Nervös strich sie über das Fell des Hundes.

»Ist Ben da?«

Die Brauen des Polizisten schossen nach oben.

»Wer?«

Tilla schüttelte hastig den Kopf und wurde gleichzeitig rot.

»Ich meine, Herr Engel.«

»Oh.«

»Es ist etwas Dienstliches«, sagte sie.

»Oh«, machte Marhöfer wieder.

Dabei warf er einen weiteren Blick auf die Uhr.

»Der *Engel* müsste eigentlich längst hier sein, ist mal wieder etwas spät dran. Aber wenn es etwas *Dienstliches* ist, kann ja wohl auch ich behilflich sein.«

Tilla zögerte. Nicht lange, aber schließlich doch lange genug, um sich einen schrägen Blick einzufangen. Und zum Glück auch lange genug, dass sich die Bürotür öffnete und Ben hineinhechtete.

Humphrey bellte erschrocken auf.

»Sorry, Herr Marhöfer, aber der Kater wollte einfach nicht, dass –«

Als er Tilla erblickte, blieb er wie angewurzelt stehen und sah sie mit großen Augen an.

»Oh!«

Für Tillas Empfinden waren das ziemlich viele Ohs für einen Morgen.

»Was machst du denn hier?«, fragte Ben erstaunt.

Nachdem er sich wieder gefangen hatte, zog er die Tür hinter sich zu und hängte seine Polizeijacke und die Mütze an die Garderobe. Als er sich nach vorn beugte und die dunkelblaue Krawatte zur Seite rutschte, fiel ihr auf, dass er das Hemd falsch zusammengeknöpft hatte.

»Da kommen Sie ja genau richtig.«

»Weil?«

Ben blickte verdutzt drein.

»Weil das junge Fräulein hier zu Ihnen wollte.«

Marhöfer verzog das Gesicht zu einer spöttischen Grimasse »Dienstlich.«

»Okay.«

Mit noch immer gerunzelter Stirn wandte Ben sich Tilla zu. »Was ist denn los? Wenn du den Kater suchst …«

Tilla schüttelte unwirsch den Kopf.

»Nein, es geht um … etwas anderes.«

»Oh.«

Tilla gab Ben mit den Augen zu verstehen, dass sie ungern in Anwesenheit von Herrn Marhöfer über die Angelegenheit sprechen wollte. Und wie auf ein unsichtbares Kommando hin schnappte dieser sich Mütze und Jacke.

»Dann will ich die beiden Turteltäubchen mal nicht stören. Ich muss ohnehin noch … weg.«

Verdutzt sah Tilla dem Mann nach. Ben hingegen warf einen belustigten Blick auf die große Uhr an der Wand gegenüber der beiden Schreibtische.

»Die Metzgerei macht gleich auf. Und ohne seinen Stutzen Fleischwurst ist das für ihn kein richtiger Tag.«

Ben schüttelte sich kurz.

»Es ist schrecklich. Die hauen da so viel Knoblauch rein, dass das ganze Präsidium danach stinkt. Hab den Marhöfer natürlich darauf angesprochen, aber der meint bloß, dass er das schon seit Jahren so macht, und nun ganz sicher nicht damit aufhört, bloß weil ein Großstadtbulle hierhin strafversetzt –«

Tillas Augen wurden groß.

»Du wurdest strafversetzt?«

Bens Wangen überzog ein leicht rötlicher Schimmer.

»Was? Nein! Ich meine …«

»Ist ja auch egal.«

Tilla schüttelte unwirsch den Kopf.

»Ich habe Neuigkeiten im Fall Rosel Metzler.«

»Es gibt keinen Fall Rosel Metzler«, sagte er und lachte kurz auf.

Mit verschränkten Armen sah sie ihn trotzig an.

»Aber du hast doch selbst gesagt, dass dir das alles spanisch vorkommt. Das mit dem Hochsitz, dem plötzlichen Tod der alten Frau …«

»Ja, schon, aber Marhöfer hat mir deutlich zu verstehen gegeben, dass es für ihn zu wenige Indizien sind, um einen richtigen Fall daraus zu machen.«

Tilla riss ungläubig den Mund auf.

»Das heißt, es ist nichts passiert? Keine Ermittlungen? Rein gar nichts?«

Ben zupfte nervös an seinem Krawattenknoten herum.

»Zumindest habe ich veranlassen können, dass die Metzler eine oberflächliche Obduktion –«

»Oberflächlich?«

Sie baute sich vor ihm auf, soweit es ihre geringe Körpergröße zuließ.

»Was heißt denn oberflächlich?«

»Nun, dass es nichts Offizielles ist. Mir tut lediglich ein befreundeter Gerichtsmediziner einen Gefallen. Er hat mir versprochen, sich den Leichnam von Frau Metzler gründlich anzuschauen, bevor er freigegeben wird.«

»Das ist ja super. Dann können wir nur hoffen, dass der Täter einen Stempel irgendwo auf ihrem Körper hinterlassen hat. Am besten mit Namen und Anschrift.«

»Echt jetzt, Tilla! Derartige Spitzfindigkeiten helfen uns nun wirklich nicht weiter.«

Als er den Knoten zu seiner Zufriedenheit gelöst hatte, sah er sie an.

»Und warum bist du nun hier?«

»Weil es im *Fall* Rosel Metzler nun doch Neuigkeiten gibt.«

Und dann erzählte sie Ben alles von der vergangenen Nacht. So viel zum Thema schlüssige Story, ohne den Einbruch zu erwähnen. Ehe er die Chance hatte, auch nur den leisesten Zweifel zu äußern, präsentierte sie ihm die Briefe aus dem ledernen Einband. Sie sah zu, wie er die Schreiben überflog und seine Augen immer größer wurden.

»Und?«, fragte Tilla gespannt. »Was sagst du dazu?«

»Du glaubst, es ist von Hannes Adenbach die Rede?«, fragte er leise zurück. »Der Bürgermeister Hannes Adenbach?«

»Es ist eindeutig«, erwiderte Tilla.

»Aber …«

»Der Typ, aus dessen Scheune wir unseren Kater befreit haben.«

Sie stöhnte innerlich auf. Nun war es plötzlich schon »unser« Kater. Und die Bezeichnung war ihr zu allem Überfluss auch noch selbst rausgerutscht.

»Danke, ich kenne den Bürgermeister.«

»Er hat gehumpelt, erinnerst du dich?«

»Ja. Dunkel.«

»Ich habe die ganze Nacht darüber gebrütet, warum der Mann so ein schleifendes Geräusch gemacht hat. Doch dann ist es mir wie Schuppen von den Augen gefallen.«

»So?«

»Klar doch. Fietes Hund muss ihn gebissen haben, kurz bevor …«

Sie schaffte es nicht, den Satz zu beenden. Allein der Umstand, dass sie diesem Mann gestern Nacht im Keller des Seniorenheims beinahe in die Fänge gelaufen war, ließ sie innerlich zusammenfahren.

»Er hat Fiete ermordet. Ihr müsst ihn festnehmen!«

Ben sah sie mit einem leicht debil wirkenden Grinsen an.

»Ich … Wie stellst du dir das vor? Ich meine, er ist der Bürgermeister … und im Gemeinderat und …«

Sein Herumgestottere wurde vom Klingeln eines Telefons unterbrochen. Sichtlich dankbar für die Unterbrechung, fischte er sein Handy aus der Hosentasche und betrachtete das nervös aufleuchtende Display. Tilla versuchte, einen Blick auf den Namen zu erhaschen, doch Ben fuchtelte zu schnell damit herum.

»Das ist wichtig«, sagte er. »Da muss ich drangehen.«

Mit einer ruckartigen Bewegung wandte er sich von ihr ab und räusperte sich.

»Hallo? Ach, Boris, du bist's. Schön. … Mhm. … Aha. … Okay, ich höre …«

Ganz langsam drehte er sich wieder zu Tilla um und warf ihr einen ernsten Blick zu.

Sie rieb sich das Genick. Sie war müde und spürte Kopfschmerzen aufziehen.

Dieser Boris am anderen Ende der Leitung hatte einiges zu erzählen, denn Ben blieb eine ganze Weile still und hörte gebannt zu.

»Nein«, sagte Ben schließlich. »Vielen Dank, das war's fürs Erste. … Ja. … Natürlich. Dann ab jetzt der offizielle Weg. Ich kümmere mich um die Papiere, sobald der Marhöfer zurück ist. Du hörst von uns. Danke, Boris, hast echt was gut bei mir.«

Ben lachte verkrampft.

»Ja, schon wieder. Hast ja recht. Ciao!«

Er beendete das Gespräch und betrachtete noch eine ganze Weile das Display, ohne ein Wort zu sagen.

»Alles in Ordnung?«, fragte Tilla.

»Was?«

Ben blickte überrascht auf. Sie sahen sich fest in die Augen.

»Ja. Also, nein … Ich meine …«

»Kannst du bitte mal einen klaren Satz formulieren?«

»Das war Boris«, erklärte er mit belegter Stimme. »Mein Kumpel, der Pathologe.«

»Aha.«

»Es geht um Rosel Metzler.«

»Die oberflächliche Obduktion«, flüsterte Tilla.

»Genau. Sie hat ergeben, dass die Metzler keines natürlichen Todes gestorben ist.«

Tilla wurde flau im Magen.

»Sie ist erstickt.«

»Was?«

Bens Kehlkopf hüpfte auf und ab.

»Vermutlich hat man ihr ein Kissen aufs Gesicht gepresst.

Oder so. Ganz sicher ist sich Boris nicht in Bezug auf den genauen Tatbestand.«

»Mord?«

Ihr kam es vor, als würde sich eine eisige Hand um ihren Hals legen.

Ben sah sie lange an. In seinem Gesicht lag eine Ernsthaftigkeit, die sie bislang noch nicht von ihm kannte.

»Ja, Tilla. Mord. Jemand hat die alte Dame ermordet.«

Er fuhr sich mit beiden Händen über das Gesicht.

»Du hattest recht.«

Tilla nickte und konnte gar nicht mehr damit aufhören. Ihren Verdacht offiziell bestätigt zu bekommen fühlte sich unwirklich an. Und beängstigend. In ihr drinnen war da immer noch der kleine Funke Hoffnung gewesen, dass all dies ein Irrtum war. Dass es gar keine Mordserie in ihrem idyllischen Maifeld gab. Doch nun sah die Sache anders aus. Ihre Postkartenidylle verwandelte sich in einen Albtraum.

»Was machen wir jetzt?«

»Marhöfer informieren«, sagte Ben entschieden. »Der wird garantiert toben, wenn er erfährt, dass ich Ermittlungen in Eigenregie angestellt habe. Aber nun, da der Befund positiv ist, müssen wir den offiziellen Weg gehen.«

Er seufzte schwer.

»Mann, das wird das reinste Papierwirrwarr!«

»Ja, aber vorher müssen wir den Täter schnappen.«

Tilla wedelte mit den Briefen in der Hand vor Bens Gesicht herum.

»Hier steht alles. Der Hannes ist unser Mann.«

Als wollte der Himmel ein Zeichen geben, begann es über ihnen zu grollen. Es war ein schweres, unheilvolles Donnern, das einem durch Mark und Bein ging. Kurz drauf konnte Tilla das Plätschern schwerer Regentropfen auf dem Dach der Wache hören.

Und dann erkannte Tilla etwas Verdächtiges auf Bens Polizeihemd: rotbraune Haare. Katzenhaare.

»Du und der Kater … Ihr versteht euch gut, ja?«

Kapitel 26

Eigentlich sollte sie zufrieden sein.

Nachdem Ben die Briefe gelesen hatte, bestand auch für ihn kein Zweifel mehr, dass Hannes Adenbach dringend tatverdächtig war. Er hatte ihr versprochen, dass er und Marhöfer die Ermittlungen einleiten würden und dass es nun auch sehr schnell gehen würde, und sie anschließend nach Hause geschickt.

Doch ihr ging das alles nach wie vor viel zu langsam.

Mit einem mulmigen Gefühl in der Magengrube war sie zurück zur Mühle gefahren, wo Joos schon auf sie wartete und tatsächlich wegen der Entführung seiner geliebten Lucy ein Donnerwetter losließ. Als sie ihm dann noch offenbart hatte, dass sie bereits bei der Polizei gewesen war, war die Stimmung endgültig im Keller gewesen.

Joos war kein Mann, mit dem es sich ausgiebig streiten ließ. Passte ihm etwas nicht in den Kram, wurde er stumm wie ein Fisch und trottete mit übellauniger Miene umher.

Irgendwann hatte er murrend das Haus verlassen und etwas davon gemurmelt, dass er zu Toni wollte.

Tilla war das überhaupt nicht recht. Sie wollte nicht alleine sein. Nicht in dieser Situation. Gut, Humphrey war bei ihr. Er döste auf der Eckbank und hob hin und wieder den Kopf, wenn Tilla zu viel Krach machte. Und natürlich waren da noch der Esel, die Ziegen und die Schafe. Aber von denen konnte sie wohl keiner vor einem Mörder beschützen.

Auch wenn ihr klar war, dass die Polizei vermutlich in diesem Augenblick bei Hannes Adenbach war, ließ sich die innere Unruhe einfach nicht abstellen. Das Gefühl, gestern Nacht dem Tod gerade noch von der Schippe gesprungen zu sein, setzte ihr ordentlich zu. Vermutlich lag es auch am fehlenden Schlaf, dass sie so durch den Wind war.

Seit Stunden irrte sie in der Mühle herum, auf der Suche nach Ablenkungsmöglichkeiten. Sie hatte es mit einem Buch versucht, doch die Seiten nur überflogen, ohne irgendetwas von dem Text mitzubekommen, weil ihre Gedanken immer wieder abdrifteten.

Sie wartete darauf, dass das Telefon klingelte und Ben ihr erzählte, dass sie den Mörder dingfest gemacht hatten. Aber das Telefon blieb die meiste Zeit stumm. Bloß eine Kurznachricht verirrte sich zu ihr. Ausgerechnet von ihrer Mutter, die sich seit Wochen nicht mehr bei ihr gemeldet hatte. Der Inhalt war völlig belanglos, sie erkundigte sich kurz und knapp nach Tillas Wohlergehen.

Pah, als ob dich das wirklich interessiert, dachte sie gereizt.

Das Verhältnis zu ihrer Mutter war nie gut gewesen. Aber seit sie bei Joos wohnte, herrschte zwischen ihnen Eiszeit.

Irgendwann stand Tilla in der Küche und schnitt abgekochte Kartoffeln in Scheiben, um für Joos ihren berühmtberüchtigten Kartoffelsalat zuzubereiten. Zur Wiedergutmachung. Trotz des Regens hatte sie sich in den Kräutergarten gewagt, um frischen Kerbel und Petersilie für den Salat zu ernten. Lauwarm mochte er ihn am liebsten, sie dagegen fand, dass er erst am nächsten Tag richtig gut schmeckte, wenn alle Zutaten richtig durchgezogen waren.

Draußen regnete es inzwischen in Strömen, und der Wind rappelte an den Fensterläden. Dieses Geräusch durchlöcherte Tillas ohnehin schon schwaches Nervenkostüm so stark, dass sie den Salat Salat sein ließ und kurzerhand durch das ganze Haus rannte, um sich zu vergewissern, dass auch alle Fenster und Türen verriegelt waren. Alles gut verschlossen. Sie zählte trotzdem die Minuten und hoffte, dass Joos endlich zurückkehrte.

Während sie, wenigstens ein bisschen ruhiger, die Zwiebeln

hackte und die hart gekochten Eier in Würfel schnitt, dachte sie weiter über diesen Fall nach.

»Was ist nur dein Geheimnis, Hannes?«, fragte sie sich leise. »Was ist so wertvoll, dass du dafür über Leichen gehst? Was möchtest du vor der Welt verbergen?«

Vorsichtig kippte sie die Zwiebeln und Eier in die erhitzte Brühe, rührte ein wenig darin herum und goss sie schließlich über die noch dampfenden Kartoffeln. Ein würziger Geruch stieg ihr in die Nase. Doch sie hatte keinen Hunger. Sie stellte den Salat zum Abkühlen auf die Fensterbank.

Tilla überlegte, Ben anzurufen, um zu fragen, was es Neues gäbe. Sie rang mit sich selbst, wollte auf keinen Fall lästig erscheinen. Schließlich gewann die Neugier Oberhand, und sie wählte seine Nummer. Allerdings ging er nicht ran. Nicht mal die Mailbox hatte er aktiviert.

Gedankenverloren scrollte sie sich durch ihre Kontaktliste, und ihr Zeigefinger schob sich vor bis zur Nummer ihrer Mutter. *Vielleicht will sie ja wirklich wieder Kontakt aufnehmen, und die SMS war ein erster Annäherungsversuch?* Ehe sie weiter darüber nachdenken konnte, hatte ihr Finger bereits auf das grüne Telefonysmbol getippt.

Nummer wird gewählt.

Tilla starrte das aufleuchtende Display an. Als das Freizeichen erklang, drückte sie rasch die *Beenden*-Taste und spürte ihr Herz rasen.

»Du liebe Güte!«, entfuhr es ihr – so inbrünstig, dass Humphrey aufsprang und schwanzwedelnd bellte.

Und als sie den Basset so anschaute, war plötzlich alles klar.

Sie hatte doch alles, was sie brauchte, um Hannes' Geheimnis auf die Spur zu kommen.

Energisch klopfte sich mit den flachen Händen auf die Oberschenkel.

»Kommt mit, Humphrey, wir machen eine Spritztour!«

Hinter dem Steuer des HY brauste sie die Landstraße entlang, bis sie die Abbiegung zu einem verwitterten Feldweg erreichte. Wenn sie es richtig in Erinnerung hatte, würde sie dieser Weg zur Lichtung führen. Aber sicher war sie sich nicht. Für sie sah jeder Feld-, Wald- und Wiesenweg aus wie der andere.

Sie tat ihrem Schätzchen keinen Gefallen damit, ihn über diesen holprigen und mittlerweile ziemlich verschlammten Weg zu quälen. Es regnete immer noch. Die dünnen Scheibenwischerblätter schlitterten mehr über die geteilte Fensterscheibe als dass sie wischten und hinterließen Schlieren auf dem Glas. Tilla hatte sich weit nach vorn gebeugt, um überhaupt etwas zu erkennen. Zu allem Überfluss hatte der Wetterumschwung dafür gesorgt, dass im Inneren ihres Oldtimers die klimatischen Bedingungen eines Tropenhauses herrschten. Die feuchte Luft ließ die Scheiben von innen beschlagen. Die Belüftungsanlage hatte nicht den Hauch einer Chance, gegen diese Suppe anzukommen. Daher musste Tilla die Seitenfenster herunterkurbeln, was zur Folge hatte, dass der Regen in die Fahrerkabine hineinklatschte.

Humphrey wimmerte wehklagend. Allem Anschein nach war der Hund wasserscheu.

»Du bist mir ja ein schöner Jagdhund«, zog Tilla ihn auf.

Mit dem Standgas spielend, kämpfte sie sich den schmalen und überwucherten Weg entlang. Der Motor brummte und krachte. Sie stieß ein Stoßgebet aus, dass die gerade erst erneuerte Achsmanschette mitspielte. Hinter sich, im Laderaum, hörte sie Gegenstände zu Boden fallen. Dosen, Geschirr und Plastikbehälter. Alles Zerbrechliche hatte sie wie immer sicher verstaut. Auf dem Beifahrersitz war Humphrey verzweifelt darum bemüht, sich irgendwo festzukrallen. Dass er damit unschöne Striemen auf den von Joos mühsam hergerichteten Lederbezügen hinterließ, kümmerte Tilla in diesem Augenblick nicht.

Sie musste Antworten finden, das war sie Rosel Metzler schuldig. Und sie wollte ihr ruhiges, unaufgeregtes Leben zurück.

Der HY bewegte sich immer schwerfälliger auf dem schlammigen Boden. Hätte sie sich doch bloß Hölzis Geländewagen ausgeliehen!

Und dann trat genau das ein, was sie bereits eine ganze Weile befürchtete: Obwohl sie mit dem Gas und der Kupplung spielte, hörte sie das unheilvolle Schleifen eines sich durchdrehenden Rades. Der schwere Transporter mit seinen eineinhalb Tonnen Eigengewicht war eben nicht geschaffen für dieses aufgeweichte Terrain.

Tillas Hände umschlossen fest das Lenkrad. Dann versuchte sie es noch einmal mit dem Gas- und Kupplungsspiel. Als das nicht half, trat sie das Pedal bis zum Anschlag durch und konnte im Rückspiegel sehen, wie Schlamm im weiten Bogen nach oben spritzte. Ihr war klar, dass sie es damit bloß noch schlimmer machte, aber ihr Gehirn brauchte etwas zum Abreagieren.

Sie trat wieder und wieder auf das Pedal, begann dabei laut zu schreien. Als Humphrey in dieses Wehklagen einstieg, hielt sie inne.

»Scheiße!«, fluchte sie lautstark. »Scheiße! Scheiße! Scheiße!«

Voller Wut – vor allem auf sich selbst, was es umso schlimmer machte – riss sie die Tür auf und sprang aus dem Wagen, um sofort bis zu den Knöcheln im Matsch zu versinken. Diesmal trug sie keine Gummistiefel, sondern ihre weißen Chucks. Natürlich! Der Regen war so stark, dass er ihre Frisur innerhalb weniger Sekunden aufweichte, sodass sie ihre Umgebung nur noch durch einen roten Schleier wahrnahm.

Sie ging in die Hocke und betrachtete den Reifen, der beinahe bis zur Radnabe im Matsch versunken war. Allein würde sie ihr Schätzchen nie und nimmer befreit bekommen.

Sie überlegte kurz, ob sie Joos anrufen sollte, entschied sich dann aber doch für Hölzi. Mit seinem geländegängigen Feroza würde er den HY bestimmt herausgezogen bekommen. Außerdem musste sie Joos so nicht umständlich erklären, wo sie sich befand.

Der Plan war gut. Weniger gut war die Tatsache, dass ihr Handy exakt keinen Empfangsbalken anzeigte.

»Verdammte Eifel!«, fluchte Tilla und stapfte wütend mit dem Fuß auf, was wiederum dafür sorgte, dass ihre Beine über und über mit Schlammspritzern besprenkelt wurden.

Sie wischte sich die klatschnassen Haarsträhnen aus dem Gesicht und versuchte, sich zu orientieren.

Auch wenn die Landschaft sich in einen sumpfigen Moloch verwandelt hatte, erkannte sie etwas, an das sie sich erinnerte. Durch die Laublätter sah sie die Weggabelung, durch die sie Hölzi vor wenigen Tagen geführt hatte, als sie den Koordinaten gefolgt waren, die in Humphreys Ohren eintätowiert waren.

Vielleicht wäre der Empfang auf der Lichtung besser, und sie könnte Hölzi von dort aus anrufen. Sie hoffte es inständig und wollte sich gar nicht erst ausmalen, was wäre, wenn nicht. Denn der Fußweg zur nächsten Ortschaft dauerte mehrere Stunden, wie sie seit ihrer Geocaching-Wanderung wusste.

Entschlossen stieß sie einen Pfiff aus.

»Komm, Humphrey, Gassi.«

Humphrey sprang von seinem Sitz auf den Fahrersitz und musterte erst den Regen über ihm, dann den Boden unter ihm und schließlich Tilla argwöhnisch.

Sie klopfte auf die Schenkel.

»Na, komm. Gassi.«

Aber der Hund dachte offensichtlich nicht im Traum daran, den Wagen bei diesem Hundewetter zu verlassen.

Also beugte Tilla sich nach vorn und packte sich Humphrey kurzerhand unter den Arm. Mit seinen kurzen Beinen hatte der Hund ohnehin keine Chance, durch den Schlamm zu kommen. Vermutlich wäre er bis zum Bauch darin versunken.

Während sie sich der Lichtung näherte, fluchte Tilla lautstark. Über den Regen. Den Schlamm. Ihre eigene Dummheit. Die Tatsache, dass sie ihre geliebten Chucks in die Tonne treten konnte. Das Funkloch Eifel.

Als sie schließlich an der Lichtung ankam, blieb ihr das Fluchen jedoch im Halse stecken. Denn hier sah nichts mehr so aus wie vorher.

Die kargen Reste vom polizeilichen Absperrband hingen zerfetzt an den Bäumen und flatterten im Wind.

In der Mitte der Lichtung stand ein knallgelbes Ungetüm. Ein Bagger, dessen Schaufel in der aufgewühlten Erde steckte. Direkt daneben befand sich ein menschenhoher Aushub von Walderde.

Sie fragte sich, ob die Polizei das in die Wege geleitet hatte.

Und dann fiel ihr noch etwas anderes auf: Durch den Regen hindurch drang der Gestank von Benzin in ihre Nase.

»Was zum …?«

Geistesabwesend ließ sie Humphrey auf den Boden sinken. Der rannte sogleich auf das Fahrzeug zu, hob ein Bein und pinkelte gegen den dicken Hinterreifen.

Auch sie näherte sich dem Ungetüm, über dessen Motorhaube leichter Dampf zu sehen war, legte ihre Hand auf das Blech und spürte die Hitze darunter. Sie ging weiter auf das Loch zu, stellte sich neben den dicken Reifen, der sich tief in den weichen Waldboden eingegraben hatte.

Humphrey stand neben ihr und bellte zweimal heiser, dann pinkelte er gegen das eingesunkene Rad des Baggers.

Das Loch, das der Bagger ausgehoben hatte, war mehrere Meter breit und ebenso lang. Aber es war kein tiefes Loch. Vielleicht eineinhalb Meter. Die Bodensenke hatte sich mit frischem Regenwasser gefüllt, dennoch war ganz klar zu erkennen, was darin lag.

Blechteile in einem kräftigen Rotton zeichneten sich scharf und kontrastreich vom dunklen Matschbraun der Walderde ab. Es war eindeutig ein Auto, das da vor Tilla in der Grube lag. Den kantigen Konturen nach zu urteilen, war es ein altes Modell. Vielleicht ein BMW oder Mercedes. Das Dach fehlte, und grauschwarze Stofffetzen ragten aus der Erde. *Also ein Cabrio,* dachte Tilla. *An dem Platz, an dem Fiete und sein Hund ermordet worden waren …*

Die Gedanken spielten in ihrem Kopf Ping Pong. Warum sollte jemand ausgerechnet an dieser Stelle ein Auto verbuddeln? Zumal die Polizei den Bereich doch gerade erst abgesperrt hatte.

Um mehr zu erkennen, schob sie ihre Füße vorsichtig an den Rand der ausgehobenen Mulde und blickte hinab. Der Boden unter ihr war so weich, dass sie höllisch aufpassen musste, nicht abzurutschen.

Als sie die Grube mit dem Wagen länger betrachtet hatte, sah sie plötzlich klar. Wer auch immer sich da zu schaffen gemacht hatte, war nicht dabei, den Wagen zu verbuddeln. Nein, er war drauf und dran, ihn auszugraben.

War die Polizei irgendwie darauf gestoßen? Aber wenn die Polizei hier grub … Wo war sie dann?

Sie musste Ben anrufen, um mehr zu erfahren.

Mit zittrigen Fingern zückte sie ihr Handy und überprüfte den Empfang. Zwei Balken wurden angezeigt. *Gott sei Dank!* Das müsste reichen. Sie wischte das nasse Display an ihrem Oberteil ab und scrollte sich durch die Telefonliste zu Bens Nummer. Erleichtert atmete sie auf, als das Freizeichen erklang.

»Geh diesmal ran«, flehte sie.

Als sie ein Stück vom Rand der Grube wegtrat, spürte sie, wie der Boden unter ihren Füßen nachgab. Schnell machte sie noch einen großen Schritt zurück, doch ihr linker Fuß sank tief im Morast ein, und sie kippte nach vorne. Reflexartig streckte sie die Arme aus, um ihren Sturz abzufedern. Doch es gelang ihr nur mit einem Arm. Irritiert und schockiert zugleich riss sie den Kopf herum und erkannte, dass jemand sie am Handgelenk gepackt hatte und damit ihren Sturz verhinderte.

»Festhalten«, forderte sie eine dunkle Stimme auf.

Humphrey bellte wütend, während er um den Mann herumsprang, der sie fest im Griff hatte.

Mit einem energischen Ruck zog er Tilla zurück. Er hatte so viel Schwung, dass sie ins Straucheln geriet und ihr das Handy aus den nassen Fingern flutschte. Direkt in die Pfütze vor ihr.

»Verdammt!«

Sofort ging sie auf die Knie und fischte das Handy aus dem trüben Wasser.

»Verdammtverdammt!«

»Alles in Ordnung?«, fragte der Mann.

Er klang sympathisch, beinahe amüsiert über ihr Missgeschick.

»Ja, nein … Ich meine, mein Handy …«

Sie zog es aus der Pfütze und sah mit Bestürzung, wie das Wasser aus dem Inneren des Gehäuses lief. Das Display war schwarz.

»Nicht anschalten!«, warnte sie der Mann, der nun neben sie getreten war. »Sonst verursachen Sie womöglich einen Kurzschluss, und das Teil ist endgültig hinüber. Am besten trocknen Sie es eine Weile. Vielleicht funktioniert es dann wieder.«

Tilla wischte sich das nasse Haar aus dem Gesicht, um ihren Retter anzusehen.

Er steckte in grünen Gummistiefeln, trug eine grüne Jacke und einen farblich passenden Hut, der so vom Regen vollgesaugt war, dass die Krempe traurig nach unten zeigte. Ein älterer Mann mit stattlichem Schnauzbart, grobporiger Haut und tiefen Falten um die Augen.

Sie erkannte ihn erst auf den zweiten Blick. Es war der Förster, der damals in der *Kleinen Freiheit* aufgekreuzt war und sich angeregt mit Richard unterhalten hatte.

»Was machen Sie denn auch hier draußen?! Bei diesem gottverdammten Wetter jagt man doch keinen Hund vor die Tür!«

Er blickte kurz auf Humphrey, der sich hinter Tilla versteckt hatte und leise knurrte, dann nach oben zu den Baumkronen, aus denen der Regen auf sie herabprasselte.

»Wirklich ein beschissenes Wetter. Verdammtes Gift für meine Arthritis.«

Er klopfte mit der Faust auf sein rechtes Bein.

»Ich? Äh … Gassi gehen mit meinem Hund.«

Der Mann betrachtete sie ungläubig.

»Und Sie?«, fragte sie herausfordernd, bereute den bissigen Unterton aber sofort, als sie erkannte, dass er ein Gewehr geschultert hatte.

»Ich bin Ludwig Zellner.«

Er glitt mit der Hand über seine dunkelgrüne Lodenjacke. Der Kragen war aufgestellt.

»Der Förster, wie man unschwer erkennen kann.«

Er lachte sie derart sympathisch an, dass Tilla gar nicht anders konnte als zurückzulächeln.

»Und ich bin Tilla Sturm.«

Humphrey bellte.

Sein Lachen erstarb allerdings abrupt, als er an ihr vorbeisah und den Bagger musterte.

»Ist das zu glauben?! Da buddelt die Polizei mit schwerem Gerät ein Loch in meinen Wald!«

Tilla zog die Stirn kraus.

»Wenn es denn die Polizei war …«

Plötzlich kamen ihr Bens Worte wieder in den Sinn.

»Die sind doch eigentlich längst wieder abgerückt, weil sie nichts gefunden haben.«

Der Förster sah sie fragend an.

»Was sollen sie hier denn auch finden?«

Tilla deutete auf das zerfetzte Absperrband, auf dem groß und breit »Polizei« stand.

»Na, das hier ist … war ein Tatort.«

Auf einmal wirkte der Mann wie ausgewechselt, hob eine Hand, um sie gleich darauf kraftlos fallen zu lassen.

»Ach, die Geschichte.«

Der Regen tropfte ihm von der Krempe auf die Nasenspitze.

»Schlimme Sache, das mit dem Hirten. Spricht ja das ganze Dorf drüber.«

Sein Blick richtete sich wieder auf sie.

»Und Sie sind zu Fuß hierhin gekommen?«

Tilla schüttelte den Kopf.

»Nein, mit meinem Wagen.«

Kraftlos ließ sie die Schultern sinken.

»Aber der ist im Schlamm stecken geblieben. Eigentlich wollte ich jemanden anrufen, der mir helfen kann, ihn rauszuziehen. Aber ich hatte keinen Empfang. Bis eben. Und nun …«

Sie betrachtete erneut das tropfende Handy.

»… ist mir auch noch das Telefon in die Pfütze gefallen.«

»Ich würde Ihnen ja gerne meins anbieten. Aber ich besitze keines dieser Dinger, halte einfach nichts davon, ständig erreichbar sein zu müssen.«

Tilla nickte.

»Das kann ich tatsächlich nachvollziehen, aber gerade jetzt könnte ich wirklich gut eins gebrauchen.«

»Ich kann Ihren Wagen auch rausziehen. Sofern Sie keinen Panzer fahren, sollte mein Jimny das schaffen. Der ist zwar klein, aber ein echtes Arbeitstier.«

Er zeigte nach links, und da erkannte Tilla zwischen den Baumreihen einen kleinen moosgrünen Geländewagen, auf dessen Seiten goldene Hirschgeweihe aufgeklebt waren.

»Sie sind ja auch völlig durchnässt! Kommen Sie doch einfach mit in meine Hütte. Da habe ich ein Abschleppseil.«

Er schulterte das Gewehr und wischte sich die Nässe aus dem Gesicht.

»Sie können sich kurz aufwärmen, und für den Hund hab ich bestimmt auch noch etwas Trockenfleisch im Kühlschrank.«

Tilla lächelte dankbar.

»Das ist zu freundlich, aber ...«

Der Mann hob die Hand.

»Keine Widerrede. Ein Försterangebot schlägt man nicht aus. Alte Waidmannsregel.«

Er lachte auf und marschierte auf den kleinen Geländewagen zu.

»Sie ist nicht weit von hier. Mit dem Auto vielleicht fünf Minuten.«

Kapitel 27

Die Ereignisse hatten sich förmlich überschlagen, und in seinem Kopf herrschte ein derartiges Durcheinander, dass er gar nicht mehr klar denken konnte.

»Heizen Sie nicht so! Als Polizisten sollten wir schließlich mit gutem Beispiel vorangehen.«

»Sorry, Chef.«

Ben nahm wie befohlen den Fuß vom Gas und versuchte, seine Anspannung nicht auf seine Fahrweise zu übertragen.

Er hatte sich ein gewaltiges Donnerwetter vom Marhöfer eingefangen und konnte nur hoffen, dass das alles stimmte, was er und Tilla sich da zusammengesponnen hatten. Falls nicht, könnte er seinem Haufen an Problemen eine weitere große Schippe hinzufügen.

Als sie auf das Gelände des Bürgermeisters fuhren, stand Hannes Adenbach bereits auf dem Hof, die Hände in die Hüfte gestemmt. Beinahe so, als würde er sie bereits erwarten.

»Haben Sie ihm gesagt, dass wir kommen?«, fragte Ben.

»Iwo!«

Kaum hatte Ben den Wagen auf dem Schotter zum Stehen gebracht, trat Adenbach schon auf die Fahrertür zu.

»Na, das nenn ich mal Polizeieinsatz! Hab Sie noch nicht mal angerufen, und schon sind Sie zur Stelle.«

»Wer ist wo zur Stelle?«, fragte Marhöfer, während er sich stöhnend aus dem tiefen Sitz hievte und ausstieg.

»Na Sie!«, erwiderte Adenbach.

»Was ist denn los?«, wollte Ben wissen.

»Die Mütze«, ermahnte Marhöfer ihn leise.

Ben beugte sich über die Lehne zum Rücksitz und griff nach der Mütze, die er sich lustlos aufsetzte.

Er war kein Freund von Kopfbedeckungen. Solange er noch volles Haar auf dem Kopf hatte, wollte er das nicht verdecken. Dazu hätte er später noch alle Zeit der Welt. Wenn er die Gene seines Vaters geerbt hatte, wäre mit seinen Haaren nämlich spätestens mit Mitte vierzig Schluss.

»Was los ist?!«

Der Bürgermeister baute sich vor Marhöfer auf und verschränkte trotzig die Arme.

»Eingebrochen hat man bei mir, das ist los.«

Sein aufgebrachter Blick wechselte zwischen den beiden Polizisten hin und her.

»Deshalb seid ihr doch hier, oder?«

»Ähm, nein«, gab Ben zu.

Er betrachtete den Mann eingehend. Adenbach sah nicht aus wie ein Mörder. Aber welcher Mörder tat das schon?

»Nicht?«

Der aufgebrachte Blick von Adenbach wechselte ins Verständnislose.

Marhöfer schüttelte den Kopf.

»Herr ... hrm ...«

»Warum auf einmal so förmlich, Karl?«

»Weil wir dienstlich hier sind. Und es ist wirklich ernst, Han... Herr Adenbach.«

Ben wandte sich nach rechts und sah Frau Adenbach aus dem Haus und auf sie zukommen. Sie trug dieselbe Kittelschürze wie bei seinem letzten Besuch. Darunter aber verbarg sich ein ziemlich elegantes Kleid. Nun fiel Ben auf, dass der Bürgermeister ebenfalls schick angezogen war. Er trug einen dunklen Anzug mit strahlend weißem Hemd und einer bunt gemusterten Krawatte, die so geschmacklos war, dass Ben den Blick nicht von ihr nehmen konnte.

»Die Polizei! Wegen dem Kater?«, fragte Frau Adenbach, als sie Ben erkannte. »Oder wegen dem Einbruch?«

»Weder noch«, antwortete Ben.

»Ich habe wirklich nicht viel Zeit«, sagte Hannes Adenbach. »Wir müssen gleich zu meiner Schwiegermutter. Sie wird heute fünfundneunzig. Und als Bürgermeister und Schwiegersohn ist es quasi meine doppelte Pflicht, ihr offiziell im Namen von Elzbach zu gratulieren.«

»Aha«, machte Marhöfer einfältig und wandte sich lächelnd an die Frau des Hauses: »Glückwunsch an die Frau Mama.«

Dann drehte er sich, ohne zu lächeln, in Richtung des Bürgermeisters.

»Aber vorher müssen wir da schon noch ein paar Sachen klären.«

»Aber Moment mal ... Was denn für ein Einbruch?«, wollte Ben wissen.

»Na, einen Bagger hat man mir geklaut. Direkt vom Hof. Mitten in der Nacht.«

Hannes Adenbach gestikulierte wild umher.

»Immer schlimmer wird das hier, selbst auf dem Land. Nichts ist denen mehr heilig.«

Marhöfers Kopf neigte sich zur Seite.

»Habt ihr das denn nicht gehört? Ich meine, so ein Bagger macht doch ordentlich Krach.«

Frau Adenbach winkte ab.

»Wenn der Hannes schläft, dann schläft er. Ich hab schon was gehört, aber ich habe gedacht, es wäre wieder einer dieser Hubschrauber von Büchel. Die veranstalten da ja gerne mal nächtliche Flugübungen und fliegen dabei viel zu tief über die Felder. Das dürfen die doch gar nicht, oder?«

»Büchel?«, fragte Ben irritiert.

»Fliegerhorst«, erwiderte sein Vorgesetzter knapp und wandte sich wieder dem Ehepaar zu. »Und zu welcher Uhrzeit war das genau?«

Iris Adenbach dachte angestrengt nach.

»Ähm, Herr Marhöfer, sollten wir vielleicht nicht erst mal wegen der anderen Sache …?«

»Ja, natürlich, das hat wohl eher Priorität.«

»Welche andere Sache?«, fragte der Bürgermeister.

Ben beobachtete, wie ein Ruck durch seinen Körper ging.

»Es geht um den Mord an dem Hirten«, sagte Marhöfer.

»Schlimme Sache«, sagte Frau Adenbach sofort und bekreuzigte sich.

»Allerdings. Und wir haben ernsthaften Grund zu der Annahme, dass Sie, Herr Adenbach, als dringend tatverdächtig –«

»Was?!«, schrie Iris Adenbach auf.

»Karl!«, fiel Adenbach dem Polizisten barsch ins Wort. »Das ist doch ein Witz!«

Marhöfer schüttelte betreten den Kopf.

»Leider nicht. Wir haben Indizien, die dich … Sie in dieser Sache wahrlich nicht gut dastehen lassen.«

Der Bürgermeister wollte etwas erwidern, aber sein geöffneter Mund klappte wortlos wieder zu. Sein Blick wanderte zwischen den beiden Polizisten unruhig hin und her.

»Hannes!«

Seine Frau fasste ihm am Ärmel.

»Was hat das zu bedeuten?«

Adenbach war noch immer sprachlos.

»Es geht um den Mord an Fiete Strobel und Rosel Metzler sowie deren Ehemann Dr. Franz Metzler.«

»Rosel wurde auch ermordet?«

Die Frau schlug sich mit der einen Hand vor den Mund, mit der anderen bekreuzigte sie sich wieder.

Adenbachs Mund schnappte auf und zu.

»Was? Das wird ja immer schöner! Und die soll ich …«, sagte er dann.

Er führte den Satz nicht zu Ende, blickte wirr zu den Polizisten, dann zu seiner Frau. Er lachte kurz auf, brach dann aber wieder ab, nur um im nächsten Moment noch lauter loszulachen.

»Hannes!«, versuchte Marhöfer den Mann zu beruhigen.

Ben blieb unbeeindruckt. In seiner Dienstzeit hatte er schon genug solcher Gespräche geführt und ließ sich nicht von derartigen Reaktionen beirren.

»Herr Adenbach«, erklärte er mit klarer Stimme, »wir müssen ein paar Zeiten überprüfen.«

»Was denn für Zeiten?«, fragte er, noch immer fassungslos.

»Zum Beispiel, wo Sie gestern Nacht waren?«

Ben dachte an Tillas Worte, dass sie von einem Mann im Keller des Seniorenheims verfolgt worden war, der stark humpelte. Er schaute auf Adenbachs Bein.

»Im Krankenhaus«, erwiderte der Bürgermeister wie aus der Pistole geschossen. »Die ganze Nacht über. Bin erst heute Morgen wieder rausgekommen.«

Die beiden Polizisten sahen sich an.

»Wegen seinem Fuß«, fügte Frau Adenbach sofort hinzu. »Mein Mann hat hochgradig Diabetes und seit Wochen mit einem schlimmen Diabetesfuß zu kämpfen, der einfach nicht –«

»Iris«, fuhr Adenbach seiner Frau über den Mund. »Du musst denen nicht gleich meine ganze Leidensgeschichte auftischen!«

»Ist das wahr?«, fragte Marhöfer.

Sowohl Adenbach als auch seine Frau nickten.

»Gestern war es besonders schlimm. Deswegen bin ich nachmittags in die Notaufnahme ins St. Elisabeth, und die haben mich sofort dabehalten.«

»In Mayen?«, fragte Marhöfer.

Adenbach nickte wieder.

»Nachdem man mich dann mit Medikamenten vollgepumpt hat und ich einen Affenterz gemacht habe – wegen dem

Geburtstag meiner Schwiegermutter –, durfte ich heute Morgen raus.«

Ben fühlte eine unheilvolle Hitze in sich aufsteigen. Das Gefühl wurde verstärkt, als er Marhöfers missmutigen Blick auf sich spürte.

»Kann das jemand bestätigen?«, wollte Ben wissen.

Er war selbst erschrocken über den dünnen Klang seiner Stimme.

»Ich«, sagte Iris sofort.

Adenbach grinste überheblich.

»Natürlich kann das jemand bestätigen. Sie müssen nur anrufen.«

»Gut, deshalb also das Humpeln«, räumte Ben ein. »Und wo waren Sie am 23. Mai?«

Das war der Todestag von Rosel Metzler.

Der Bürgermeister dachte angestrengt nach.

»Tja, äh … Keine Ahnung.«

»In Berlin«, sagte Frau Adenbach nach einer Weile. »Auch das kann ich bezeugen. Wir waren unseren Sohn besuchen.«

Ben verstand die Welt nicht mehr. Wie konnte das sein? Hatten Tilla und er doch die falschen Schlüsse gezogen? Es kam ihm vor, als hätte jemand die untersten Karten aus seinem Kartenhaus herausgezogen, und er musste nun hilflos mitansehen, wie alles in sich zusammenbrach.

»Aber …«, stammelte er vor sich hin und war dankbar, als Marhöfer das Wort ergriff.

Mit wenigen Sätzen erklärte der dem Bürgermeister den Sachverhalt.

Ben beobachtete derweil Adenbachs Mienenspiel ganz genau. Er war zwar kein Psychologe, aber ziemlich sicher, dass Adenbachs Verblüffung nicht gespielt war.

»Das ist doch völliger Unsinn!«, warf dieser wütend ein. »Wer sollte mich denn erpressen wollen? Und weswegen überhaupt? Ich habe mir nichts, aber auch gar nichts zuschulden kommen lassen!«

»Tja, dann liegt hier wohl ein wirklich bedauernswertes Missverständnis vor.«

Während Marhöfer sprach, warf er Ben finstere Blicke zu. Der spürte, wie mit jedem Wort seines Vorgesetzten seine Kehle enger wurde.

»Also dann, Herr Adenbach, ich meine, Hannes. Nichts für ungut.«

»Karl.«

Der Bürgermeister nickte Marhöfer zu, bedachte Ben aber keines Blickes.

»Tut mir leid wegen der Störung.«

»Bitte! Ihr macht ja bloß euren Job.«

»Und wegen des Baggers …«

Marhöfer warf Ben einen weiteren finsteren Blick zu.

»Da kümmert sich mein Kollege persönlich drum.«

Die Männer reichten sich zur Verabschiedung die Hand, und Ben stand wie ein bedröppelter Pudel daneben.

Während die Adenbachs zurück ins Haus gingen, klemmte Marhöfer sich ächzend hinter das Steuer des Polizeiwagens.

»Ich fahre zurück. Ihr Fahrstil ist mir wirklich zu gewagt.«

Ben blieb einen Augenblick wie angewurzelt stehen. Er war zweifelsohne wütend, doch er konnte nicht sagen, auf wen. Definitiv nicht auf Marhöfer, dessen rüdes Verhalten er sogar ein wenig verstehen konnte. Schließlich war Hannes Adenbach nicht irgendein Tatverdächtiger, sondern der Bürgermeister von Elzbach. Er wurde das dumpfe Gefühl nicht los, dass diese Sache ein übles Nachspiel für ihn haben könnte. Dabei durfte doch ausgerechnet er sich so gar nichts mehr erlauben, wenn er weiter Polizist bleiben wollte. Hegte er einen Groll auf Tilla? Vielleicht. Schließlich hatte sie ihm die Sache mit ihrem penetranten Generve eingebrockt. Generell machte ihn diese

Frau wütend. Nicht nur, weil sie ihn mit ihrer Art so verrückt gemacht hatte, dass er auch felsenfest davon überzeugt war, Hannes Adenbach sei ihr Mann. Nein, er war wütend auf sie, weil sie eine Saite in ihm angeschlagen hatte, die er nie wieder hatte spüren wollen. Und wieder hatte sein Gefühl recht behalten. Vor allem aber war er wütend auf sich selbst. Er hätte sich nicht so von Tilla vor den Karren spannen lassen dürfen. Dass er auch immer und immer wieder auf solche Frauen reinfiel!

Gerade, als er ebenfalls in den Wagen steigen wollte, hörte er, wie die Haustür noch einmal quietschend aufgezogen wurde.

»Herr Engel!«, rief Frau Adenbach.

Die Frau eilte auf ihn zu.

Marhöfer steckte seinen schweren Kopf aus dem Seitenfenster.

»Warten Sie bitte noch einen Augenblick, Herr Engel. Da gibt es noch eine Sache, über die ich mit Ihnen reden … muss.«

Sie warf einen Blick in den Wagen.

»Allein.«

»Schön«, sagte Marhöfer ein und wedelte mit einer Hand aus dem Fenster. »Ich warte so lange.«

Sie nahmen ein wenig Abstand vom Polizeiwagen, und Ben betrachtete die Frau und ihr unruhiges Mienenspiel.

»Was ist denn los, Frau Adenbach?«

»Es geht um meinen Sohn, Simon.«

Ben horchte auf.

Der Mund der Frau öffnete sich und schloss sich gleich wieder. Ihre Unterlippe bebte, und ihre Augen füllten sich mit Tränen.

»Frau Adenbach«, versuchte er sie mit sanfter Stimme zu beruhigen.

Sie hob die Hand, biss sich auf die Lippen.

»Geht schon«, erwiderte sie und schlug sich noch einmal

die Hand vor den Mund. »Aber ich muss Ihnen das einfach erzählen, weil ich befürchte, dass Sie vollkommen auf der falschen Spur sind.«

»Okay«, erwiderte Ben.

Er zwang sich zur Ruhe, doch in ihm brodelte es vor Aufregung.

»Sie müssen mir glauben, dass mein Mann absolut niemals zu einem Mord imstande wäre. Er ist zwar ruppig, aber alles in allem ein liebenswerter Kerl.«

Sie lachte leise auf.

»Sonst hätte ich ihn ja nicht geheiratet.«

»Ja, Frau Adenbach. Und sein Alibi ist hieb- und stichfest. Wir müssen das zwar noch überprüfen, aber es scheint ja so zu sein, dass wir uns einfach geirrt haben, und es tut mir aufrichtig leid, dass –«

»Hannes ist nicht der leibliche Vater von Simon.«

Sie sprach inzwischen so leise, dass Ben nicht sicher war, ob er sie richtig verstanden hatte.

»Es ist alles so kompliziert. Hannes weiß es nicht. Und ich möchte um nichts in der Welt, dass er es erfährt. Es würde alles nur unendlich komplizierter machen.«

»Warum erzählen Sie mir das?«

»Weil ich keine andere Wahl habe, wenn ich jemals in meinem Leben wieder ruhig schlafen möchte.«

Ben schüttelte den Kopf.

»Ich verstehe es immer noch nicht. Was hat das mit dieser Sache zu tun? Noch mal: Warum erzählen Sie mir das?«

»Weil der leibliche Vater von Simon sehr wohl jemand ist, dem ich solche Gräueltaten zutrauen würde. Und weil er einen Grund hätte …«

Kapitel 28

In der Jagdhütte roch es nach Tabak, totem Tier und altem Mann. Das Innere bestand aus nur einem Raum, der groß genug war für eine rustikale Eckbank, einem verschlissenen Sofa, das der Förster vermutlich auch als Schlafgelegenheit benutzte, und einer behelfsmäßigen Küchennische, deren Spüle mit schmutzigem Geschirr gefüllt war. Es war ziemlich dunkel, da die ringsum stehenden hohen Tannen sowieso kaum Licht durchließen und die Sprossenfenster der Hütte ziemlich klein waren. Zwischen Türrahmen und Deckenbalken thronte ein riesiges Hirschgeweih. Auf Tilla wirkte es, als wolle sich der Schädel mit den leeren Augenhöhlen unmittelbar auf sie stürzen.

Sie saß am Rand der Eckbank und rubbelte sich das Haar mit einem kratzigen Frotteehandtuch trocken. Das Handy hatte sie auf den eigens für sie entfachten Ofen gelegt, der eine angenehme, rauchige Wärme ausstrahlte.

Humphrey saß dicht neben ihr und hatte seine lange Schnauze auf ihr Bein gelegt.

»Kaffee?«, fragte der Förster.

»Gern.«

Als sie ihr Haar halbwegs getrocknet hatte, begann sie, mit dem Handtuch Humphreys Fell trockenzurubbeln. Der Basset freute sich schwanzwedelnd über diese Aufmerksamkeit.

»Ohne Sie wäre ich ganz schön aufgeschmissen.«

»Ja, Sie können von Glück reden, dass ich gerade in der Gegend war und das Motorengeräusch gehört habe. Bei dem Lärm bekommt man ja nicht mal mehr einen Regenwurm vor die Büchse.«

Tilla sah zu, wie er Löffel um Löffel Kaffee in den Filter gab. Das würde ein ziemlich starker Kaffee werden.

»Herzlichen Dank. Ich werde Sie auch gar nicht lange aufhalten. Sobald mein Handy wieder funktioniert, kann ich jemanden anrufen, der meinen Transporter aus dem sumpfigen Matsch ziehen kann.«

Der Förster winkte ab.

»Nur keine Umstände. Ich habe es weder eilig, noch etwas gegen nette Gesellschaft einzuwenden.«

Doch dann zögerte er und sah sie abwägend an.

»Allerdings wüsste ich schon zu gerne, was Sie bei solch einem Wetter hier draußen machen. Ich meine … Ein Wetter zum Spazierengehen ist das ja nun wahrlich ni–«

Er verstummte, als eine Melodie erklang. Elvis Presleys *Jailhouse Rock*.

»Mein Handy!«

Tilla sprang auf. Humphrey, der mit einer solch abrupten Bewegung nicht gerechnet hatte, geriet kurz in Schieflage und schnaufte missmutig.

Zellner grinste.

»Na, also. Ist ja noch mal alles gutgegangen.«

Sie schnappte sich ihr Handy vom Kaminsims, und ihr Herz machte sofort einen aufgeregten Hüpfer, als sie Bens Namen auf dem Bildschirm las.

»Ben!«, rief sie in den Hörer.

»Du hattest angerufen? Elf Mal?«

Es rauschte und knisterte bedrohlich in der Leitung.

»Ich … Ja, aber dann ist mir das Handy in eine Pfütze gefallen, und …«

»Wo bist du denn? Ich verstehe dich ganz schlecht.«

»Im Wald, in einer Jagdhütte.«

Sie hob den Kopf in Richtung des Försters, doch der war mit dem Aufbrühen des Kaffees beschäftigt.

»Du bist im Wald? Was machst du denn da?«, fragte Ben mit ernster Stimme.

»Lange Geschichte, erzähle ich dir später. Was ist mit Adenbach, habt ihr ihn?«

Es wurde still am anderen Ende der Leitung, und für einen Augenblick dachte Tilla, die Verbindung wäre nun endgültig abgebrochen.

»Hallo?«, fragte sie.

Sie trat näher ans Fenster – in der Hoffnung, von dort aus besseren Empfang zu haben.

Der Förster trat auf sie zu und überreichte ihr eine dampfende Tasse.

»Ja, bin noch dran. Aber der Adenbach, der ist nicht unser Mann. Der hat ein hieb- und stichfestes Alibi.«

»Was?«

Tilla verschluckte sich am heißen Kaffee.

»Aber die Verletzung und –«

»Das ist wirklich alles sehr merkwürdig«, fiel ihr Ben ins Wort. »Er hat felsenfest geschworen, dass er überhaupt nichts mit der Sache zu tun hat. Und er hat Beweise.«

»Ich verstehe nicht.«

»Der Adenbach ist hochgradiger Diabetiker und leidet an einem ganz schlimmen Diabetesfuß. In der Nacht, als du dich im Keller des Seniorenheims rumgetrieben hast, war er deswegen im Krankenhaus. Seine Geschichte deckt sich mit der Krankenakte des Krankenhauses. Wem du auch immer da im Keller begegnet bist, es war nicht Adenbach.«

»Ein Diabetesfuß …«

Tilla nickte nachdenklich.

»Deshalb das Humpeln. Er wurde gar nicht gebissen.«

»Adenbach ist *nicht* unser Mann, Tilla!«

»Aber … aber das kann nicht sein, es spricht doch alles dafür!«

»Ich weiß. Mir wäre es auch lieber, es wäre anders. Denn das bedeutet, dass der Mörder noch immer frei herumläuft.«

Tilla starrte hinaus in den Regen. Das alles ergab nicht den geringsten Sinn. Vorsichtig nippte sie am Kaffee, der tatsächlich ungewöhnlich stark war.

»Der ganze Besuch war von Anfang an äußerst merkwürdig. Als der Marhöfer und ich am Hof ankamen, stand der Adenbach schon da, als hätte er uns erwartet. In seiner Scheune wurde nämlich kürzlich eingebrochen, man hat ihm einen Bagger geklaut.«

»Einen Bagger«, wiederholte Tilla tonlos.

Ein eisiger Schauer jagte über ihren Rücken.

Ben seufzte in den Hörer.

»Himmel, ich dachte, in der Eifel würde es ruhiger zugehen als in der Stadt. Ernsthaft. Wer klaut denn bitte schön einen Bagger, und vor allem: Warum?«

Tilla konnte nichts erwidern. Ihr Mund war staubtrocken.

»Es wird aber noch kurioser. Als wir wieder loswollten und der Marhöfer schon im Auto saß, kam die Frau vom Adenbach noch mal raus, um mit mir sprechen, und zwar allein. Dann hat sie angefangen zu weinen. Ich wusste erst gar nicht, was ich machen sollte, aber sie meinte, dass es da eine Sache gäbe, die sie unbedingt loswerden müsse …«

Tilla räusperte sich.

»Und die wäre?«

»Sie hat mir gebeichtet, dass ihr Mann gar nicht der leibliche Vater ihres Sohnes ist.«

»Warum hat sie dir das erzählt?«

Sie konnte ihn laut ausatmen hören.

»Genau das hab ich sie auch gefragt. Und da meinte sie nur, dass sie dem richtigen Vater von ihrem Sohn einiges zutrauen würde.«

»Auch Mord«, hörte Tilla sich selbst sagen.

»Sie hat es nicht ausgesprochen«, räumte Ben ein. »Aber … ja. Und sie hat auch noch gesagt, dass er einen Grund hätte.

Dann hat allerdings ihr Mann nach ihr gerufen, und sie ist wieder ins Haus gerannt, bevor ich weiterfragen konnte.«

Tillas Unbehagen wuchs mit jeder Sekunde.

Flüsternd fragte sie: »Und der Name von diesem …«

»Was? Ich hör dich wieder ganz schlecht.«

»Sein Name!«

»Warte mal, ich habe ihn mir aufgeschrieben.«

Sie konnte hören, wie es in der Leitung raschelte.

Zellner beäugte sie misstrauisch.

»Hier hab ich's. Der Name ist Ludwig …«

»Und weiter?«, fiel sie ihm aufgeregt ins Wort.

»Der Nachname ist Zell–«

»Zellner«, beendete Tilla.

»Woher weißt du das?«, fragte Ben in verdutztem Tonfall.

Tilla brachte kein weiteres Wort mehr heraus. Sie starrte Zellner mit großen Augen an.

Der Förster trat mit entschlossenen Schritten auf sie zu. Unter seinen schweren Stiefeln knarzte der Holzboden.

»Tilla, wo bist du gerade?«

»Ich glaube, wir beenden das Gespräch nun besser«, sagte Zellner.

Ohne dass sie zu einer Reaktion imstande gewesen wäre, ließ sie sich das Handy aus der Hand nehmen.

»Tilla, hallo? Bist du noch da?«

Zellner machte sich gar nicht erst die Mühe aufzulegen. Er ließ ihr Handy einfach fallen, trat mit der Ferse seines schweren Stiefels drauf und drehte ihn langsam hin und her.

Humphrey richtete sich irritiert auf.

Tilla stand noch immer wie festgefroren da und war nicht in der Lage, irgendetwas zu tun.

So hatte Ludwig alle Zeit der Welt, sich umzudrehen und nach dem Gewehr zu greifen, das neben der Spüle stand, und den Lauf auf sie zu richten.

Auch als er den Lauf auf sie richtete, blieb Tilla ruhig und harrte der Dinge, die da unvermeidlich auf sie zukamen.

Es hatte immer wieder brenzlige Situation gegeben, in die sie kopfüber hineingeschlittert war. Aber dass man eine geladene Waffe auf sie richtete, war auch für sie neu.

Ihr Blick war starr auf das schwarze Loch des Gewehrlaufs gerichtet. Unmittelbar darüber grinste sie Ludwig undurchsichtig an.

»Tja, welch schicksalhafte Begegnung mit uns beiden«, sagte er. »Ich habe dich gleich erkannt.«

Sie sah ihn über den Gewehrlauf hinweg nicken.

»Die roten Haare sind doch sehr auffällig.«

»Unten«, erwiderte Tilla mit trockenem Mund. »Im Keller des Altenheims. Das waren Sie.«

Das Grinsen des Mannes wurde breiter.

»Genau. Was für ein Zufall, nicht wahr? Und jetzt sind wir beide wieder zur selben Zeit am selben Ort.«

Er lachte kurz auf.

»Sie waren auch hinter Rosel Metzlers Sachen her.«

»So sieht's aus.«

»Aber woher wussten Sie, wonach sie suchen mussten?«

Der Mann sah sie lange an.

»Im Grunde weiß ich noch immer nicht, wonach ich suchen muss. Tatsache ist, dass die Alte wirklich etwas gegen mich in der Hand hatte. Das ist mir aber erst klar geworden, nachdem ich sie … na ja, sagen wir mal … besucht hatte. Also musste ich noch mal zurück und ihr Eigentum nach irgendwelchen Spuren durchsuchen. Tja, und dann warst da du.«

Seine Worte hallten in ihren Ohren nach.

»Und hier sehen wir uns wieder.«

Er hob den Lauf auf ihre Brusthöhe. Tilla hielt den Atem an. Sie rechnete damit, dass sich jeden Moment ein Schuss löste und sie tötete.

»Ja, ja, die gute Rosel. Warum konnte sie die Sache auch nicht einfach auf sich beruhen lassen? Versucht die Alte tatsächlich, mich zu erpressen!«

Er schüttelte langsam den Kopf, ohne Tilla aus den Augen zu lassen.

»Hätte sie es denn nicht besser wissen müssen, nachdem es bereits ihr Mann versucht und mit seinem Leben bezahlt hatte?«

Tilla versuchte, ruhig zu bleiben, sich nicht von der Todesangst übermannen zu lassen. Solange der Mann redete, würde er sie wohl nicht erschießen. Wenigstens hoffte sie das.

»Der Hochsitz«, sagte sie daher mit möglichst fester Stimme. »Das war kein Unfall.«

»Manchmal muss man dem Glück eben ein wenig auf die Sprünge helfen.«

»Sie haben ihn ermordet.«

»Was stellen er und seine Frau sich mir auch in den Weg? Aber an alldem ist nur dieser Schlappschwanz Hannes schuld.«

»Ein Freund von Ihnen.«

»Nein, kein Freund. Er ist mein Bruder. Leider.«

»Was?«, fragte Tilla schockiert.

Iris Adenbach hatte ihren Ehemann mit dessen eigenem Bruder betrogen?

»Aber das … das kann doch nicht sein!«

»Wegen der unterschiedlichen Nachnamen?«, fragte Zellner. »Weißt du, mein kleiner, ach so intelligenter Bruder wollte schon immer etwas Besseres sein. Da hat er eben den Namen seiner Frau angenommen, die ja aus gutem Hause kommt und laut Stammbuch sogar einem alten Rittergeschlecht entstammt. Das hat dem Hannes natürlich gefallen. Und dass es obendrein eine wohlhabende Familie ist. Aber man kann seine Herkunft nicht verleugnen. Hannes ist genauso ein Zellner wie ich, da ändert auch der neue Name nichts dran.«

Der Förster wirkte verärgert.

»Wollte bei den Großen mitspielen. Dabei war er nicht mal in der Lage, es seiner Frau ordentlich zu besorgen.«

Zellner lachte auf.

»Also musste ich ran und hab sie dann auch gleich geschwängert, weil Hannes selbst dafür zu blöd war. Und dass Hannes dann damals auch nicht die Eier in der Hose hatte, um die Sache anständig zu regeln, war natürlich auch klar. Also musste auch da der Ludwig wieder ran.«

Er zog lautstark die Nase hoch.

»Welche Sache?«

Tilla spielte auf Zeit, aber sie wollte auch wirklich wissen, endlich verstehen, was so Schlimmes passiert sein konnte, dass es den Mord an so vielen Menschen rechtfertigte.

»Der Unfall im Wald«, sagte der Förster. »Meine Güte! Simon war jung und stand im Saft seiner Jugend, wenn du verstehst, was ich meine.«

Tilla schüttelte langsam den Kopf.

»Da war halt dieses Flittchen aus dem Dorf, das dem Simon schon lange schöne Augen gemacht hatte. Dabei war sie noch nicht mal volljährig – und so durchtrieben. Kein Wunder, war ja damals schon klar, dass etwas aus ihm werden würde. Und sie hat ihn fest um den Finger gewickelt, mit ihren Reizen. Da konnte ein Mann schon schwach werden. Und der Simon stellte da keine Ausnahme dar. Wollte sie dann schwer beeindrucken, mit seinem neuen Sportwagen. Blöd nur, dass er seine Fahrkünste unterschätzt und außerdem was intus hatte.«

Tilla legte den Kopf schief.

»Drogen«, erklärte Ludwig. »Hab ihm gesagt, er soll die Finger davonlassen. Dass er damit alles zerstören würde, was er sich aufgebaut hat. Aber er wollte ja nicht auf mich hören und hat munter weiter gekokst. Tja, maßlose Selbstüberschätzung, eine heiße Blondine auf dem Beifahrersitz und mehrere hundert PS unter der Haube waren noch nie eine gesunde Mischung.«

Ein schwermütiger Ausdruck zeichnete sich im Gesicht des Mannes ab.

»Er hatte einen Unfall«, schlussfolgerte Tilla.

»Und was für einen. Hat die Kontrolle komplett verloren und ist ins Schleudern geraten. Damals gab es noch nicht diese lästigen Piepsgeräusche, wenn man nicht angeschnallt war. War natürlich viel cooler, unangeschnallt zu fahren. Eine dämliche Idee, vor allem bei einem Cabrio. Und als der Wagen sich dann im hohen Tempo um einen Baum gewickelt hat, ist dieses Blondchen im hohen Bogen aus dem Wagen raus und ebenfalls gegen den Baum geknallt. Mit dem Kopf voran.«

Er schüttelte sich.

»War kein schöner Anblick, sag ich dir.«

»Sie war tot.«

Der Förster nickte.

»Auf der Stelle, denke ich. Schade um so ein hübsches Ding. Aber dem Simon ist kaum ein Haar gekrümmt worden. Als wäre es eine göttliche Fügung. Nur ein Schleudertrauma. Gute Gene, der Kerl, hart im Nehmen.«

Er machte eine kurze Pause.

»Zumindest hat Simon geistesgegenwärtig reagiert und nicht Hannes, sondern mich angerufen. Klar war, wenn die Bullen das spitzbekommen hätten, wäre er komplett ruiniert gewesen. Hätte seine Politikkarriere an den Nagel hängen können, und in den Knast wäre er ziemlich wahrscheinlich auch gewandert.«

»Aber er hat ein Mädchen totgefahren! Im Drogenrausch!«

Ludwig zuckte mit den Schultern.

»Da beißt die Maus keinen Faden ab.«

»Sie konnten sie doch nicht einfach so verschwinden lassen!«

»Im Dorf hatte sie ja bereits ihren Ruf weg. Also war es ein Leichtes, das Gerücht zu verbreiten, sie wäre von zu Hause ausgerissen. Viel schwieriger war es, den Wagen verschwinden zu lassen und die Unfallstelle sauber zu machen.«

Er senkte den Kopf und ließ auch das Gewehr sinken.

»All das Blut an dem Baum. Wirklich schrecklich.«

»Und da haben Sie den Wagen kurzerhand vergraben.«

»Früher gab es an der Lichtung einen kleinen See, der jedoch im Laufe der Jahre ausgetrocknet ist. So gesehen musste ich nichts weiter tun, als den Wagen dorthin zu schleppen und das Loch zuzubuddeln. Mehr als zwanzig Jahre lang war Gras über die Sache gewachsen. Doch dann musste Franz ja geldgierig werden und mich erpressen. Der war übrigens tatsächlich ein Freund von mir. Dachte, ich könnte ihm vertrauen. Aber so ist das im Leben. Wenn es hart auf hart kommt, steht man alleine da.«

Tilla schüttelte sich.

»Franz war früher der Arzt in Elzbach. Zu ihm bin ich mit Simon gegangen, wegen seines Schleudertraumas. Wir haben ihm was von einem Sturz erzählt, aber da war der Franz sofort skeptisch. Und dann habe ich es ihm irgendwann im Suff gebeichtet. Tja, eigene Blödheit.«

Ludwig schüttelte den Kopf.

»Und diese Info kam ihm sehr zupass, da er derzeit schon wegen seiner Spielerei bis zum Hals in Schulden steckte.«

Ludwig wirkte auf einmal sehr nachdenklich.

»Aber warum der Hirte?«, fragte Tilla. »Warum musste Fiete sterben?«

»Zur falschen Zeit am falschen Ort. Um den tut es mir tatsächlich leid, war ein echt feiner Kerl. Aber er hat mich dabei erwischt, wie ich den Wagen ausgraben wollte.«

»Aber ihn deshalb umbringen?«

»Ich hatte gar keine andere Wahl, dieser Riesenköter hat sich ja sofort auf mich gestürzt.«

Er schlug sich wütend auf das Bein.

»Außerdem muss man manchmal eben kleine Opfer bringen, um das große Ganze zu retten. Ich hatte schon einmal einen großen Fehler begangen. Das sollte mir nicht noch mal passieren.«

Tilla sah ihn fragend an.

»Und genau genommen ist Rosel am Tod des Hirten schuld. Hätte sie mich nicht mit ihrer Erpressung dazu gebracht, den Wagen wieder auszubuddeln, um die Beweise endgültig zu beseitigen, wäre er noch am Leben und würde seine Schäfchen weiter munter über die Wiesen und Felder treiben. Diese verdammte Geldgier der Menschen.«

»Oder Machtgier …«

Zellner nickte mit einem schalen Lächeln.

»Mein Simon steht ganz kurz davor, Parteivorsitzender zu werden. Und wer weiß, vielleicht schafft er es sogar eines Tages zum Bundeskanzler. Das Zeug dazu hat er. Das würde ich gerne noch erleben.«

Er lächelte kurz, bevor er wieder ernst wurde und erneut das Gewehr anhob und auf Tilla richtete.

»Ich werde es nicht zulassen, dass ihm irgendwer Steine in den Weg legt. Wegen so einer ollen Kamelle. Und wenn ich dafür ganz Elzbach mit seinen nichtsnutzigen Bewohnern auslöschen muss.«

Die Entschlossenheit in seinen Augen ließ keinen Zweifel daran, dass er es ernst meinte.

»Die Bullen sind ja so was von saudumm. Erkennen einen Tatort nicht, wenn sie mittendrauf stehen. Hab sie beobachtet, wie sie das komplette Areal auf links gekrempelt haben. Da ging mir natürlich schon die Pumpe. Doch auf die Idee zu graben sind sie nicht gekommen. Aber ich gebe zu, dass ich die Metzlers gehörig unterschätzt habe. Konnte ja nicht wissen, dass sich der Alte rückversichert und Spuren für seine Frau hinterlassen hat. Diese Gerissenheit hätte ich dem Doc nie und nimmer zugetraut. Allerdings wüsste ich zu gern, was er seiner Frau mit auf den Weg gegeben hat.«

Tilla warf einen Blick zu Humphrey, der sie beide angespannt beobachtete.

»Spielt auch keine Rolle mehr, denn den Fehler kann ich nun ausmerzen. Denn jeder, der von dem Fundort des Sportwagens weiß, ist tot. Bis auf eine Person …«

Tilla blickte direkt in den Lauf des auf sie gerichteten Gewehrs und hielt den Atem an. Ihr Herz raste, und der kalte Schweiß brach ihr aus.

»Nein«, keuchte sie heiser. »Bitte.«

Aber beim Blick in seine Augen begriff sie, dass sie hier in dieser stinkenden Hütte sterben würde. Sie spürte die aufsteigenden Tränen und kniff die Augen zusammen.

Doch dann kam alles ganz anders.

Tilla hörte ein Knurren, ein Kratzen, ein hysterisches Aufjaulen. Sie riss die Augen wieder auf und sah, dass die Waffe nicht mehr auf sie gerichtet war, weil Zellner alle Mühe hatte, seine Wade aus Humphreys Maul zu bekommen, der sich darin festgebissen hatte. Schließlich holte er beherzt mit seinem Bein aus und schleuderte Humphrey damit genau in ihre Richtung.

»Verdammter Köter!«

Tilla reagierte sofort und überraschend geistesgegenwärtig. Mit ausgestreckten Händen sprang sie in die Höhe und bekam das Hirschgeweih über der Tür zu fassen. Ein echtes Monstrum, wie sie beim Werfen feststellte. Sie traf Zellner damit mitten ins Gesicht. Er schrie vor Schmerzen auf und kippte nach hinten gegen die Küchenzeile. Sie schnappte sich Humphrey, riss die Tür auf und stürmte stolpernd ins Freie.

Der Regen hatte noch immer nicht nachgelassen und peitschte ihr hart ins Gesicht.

Tilla rannte um ihr Leben.

Kapitel 29

Tilla hatte nicht nur das Zeitgefühl, sondern jegliche Orientierung verloren. Weiter und weiter war sie gerannt, den Basset fest im Arm, der sich klagend über das Herumgeschüttele beschwerte. Doch irgendwann ging es nicht mehr. Jede einzelne Zelle ihres Körpers schien zu zittern, ihre Füße wollten sie keinen Schritt mehr weitertragen. Ihre Lunge schmerzte, und das Blut rauschte in ihren Ohren.

Sie musste sich ausruhen, setzte sich an einen dicken Baumstamm, die Beine fest angezogen, und vergrub die Hände und ihr Gesicht in Humphreys Fell.

Bei jedem Windstoß, jedem Geräusch zuckte sie zusammen.

Der Regen hatte nachgelassen, und es waren nur noch einzelne dicke Tropfen, die von den Blättern der Bäume herunterplatschten. Einer davon traf sie genau auf der Nase. Sie erschrak sich dermaßen, dass sie leise aufschrie.

Sofort schlug sie die Hand vor den Mund und lauschte.

Plötzlich hörte sie ein leises Knacken. Dann noch eines.

Humphreys Kopf reckte sich in die Höhe, und die langen Ohren zuckten. Er gab ein kehliges Knurren von sich.

»Pscht!«

Sie legte ihre Hand auf seinen nassen Rücken und versuchte, ihn zu beruhigen.

Es funktionierte – zumindest so lange, bis das Knacken eines weiteren Astes zu vernehmen war. Lauter. Näher.

Ein Ruck ging durch den Hund, und er bellte.

»Pscht!«

Doch der Basset war nicht mehr zu bändigen. Mit einem Satz sprang er auf die kurzen Beine und entwischte Tillas Griff.

Ein Schuss zerriss die Stille.

»Humphrey!«, schrie Tilla angstvoll auf.

»Verdammter Köter«, rief Zellner.

Viel zu nah.

Der Hund bellte aufgebracht. Er lebte also noch. Dann sah sie ihn durch die Baumreihen davonlaufen.

»Komm raus da! Ich weiß, wo du bist!«

Um seinen Worten den nötigen Nachdruck zu verleihen, ließ Zellner einen weiteren Schuss aufpeitschen. Er hatte den Baum, an dem sie saß, gestreift.

»Der nächste Schuss geht nicht daneben. Komm langsam hinter dem Baum hervor.«

Panische Angst ergriff Tilla. Ihre Beine fühlten sich an wie gelähmt. Auf keinen Fall wollte sie sich diesem Mann kampflos ergeben. Sie blickte sich hektisch um. War da etwas, das sie als Waffe benutzen konnte? Alles, was sie in greifbarer Nähe sah, waren Tannenzapfen. Sie bückte sich nach vorn, ergriff den nächstbesten und wog ihn prüfend in der Hand. Damit würde sie nichts anrichten können. Doch dann kam ihr eine Idee. Vielleicht hatte sie noch eine einzige Chance, ihrem Jäger zu entkommen.

Sie zählte in Gedanken bis drei, hielt den Atem an. Dann warf sie den Tannenzapfen im weiten Bogen von sich weg. Als der Zapfen, wie erhofft, raschelnd im Gebüsch landete, nahm Tilla all ihren Mut zusammen, verließ die Deckung des Baumes und lief in die entgegengesetzte Richtung – in der Hoffnung, dass dieses Täuschungsmanöver ihr die wertvollen Sekunden einbrachte, die sie brauchte, um ihm noch einmal zu entkommen.

Womit sie hingegen nicht gerechnet hatte, war, dass Zellner sich ihr bereits bedrohlich genähert hatte. Schlimmer noch: Als sie aus der Deckung sprintete, lief sie ihm geradewegs in die Arme.

Etwas Hartes traf sie brutal im Gesicht. Es fühlte sich an, als würde ihr Wangenknochen explodieren. Sie fiel nach hinten, landete mit dem Rücken auf dem Boden und wusste nicht recht, wie ihr geschah.

Der Mann baute sich über ihr auf und richtete den Lauf seines Jagdgewehres auf sie. Schon wieder.

So schnell sie konnte, robbte sie von ihm weg. Sie stocherte mit den Füßen im matschigen Waldboden, stemmte sich auf ihren Ellbogen, dann auf die Handflächen, robbte Stück für Stück nach hinten.

»Steh auf! Ganz langsam!«, befahl Zellner mit einer Ruhe, die Tillas Blut gefrieren ließ. »Ich will dich nicht erschießen müssen, wenn du auf dem Boden liegst.«

Erschießen.

Auf einmal spielte sich alles wie in Zeitlupe ab.

Ein beinahe befreiendes Gefühl breitete sich in ihr aus. Sie musste nicht mehr flüchten, nicht mehr kämpfen. Und so tat sie mit einer stoischen Ruhe das, was Zellner ihr befohlen hatte. Sie hatte eingesehen, dass es kein Entkommen mehr gab.

Er hatte sie gestellt. Sie hatte verloren. Eine einfache Gleichung.

Sie stand auf und versuchte, ihren Atem unter Kontrolle zu bekommen. Sie wollte etwas sagen, suchte verzweifelt nach Worten, die ihn womöglich noch umstimmen konnten. Doch da war nichts mehr. In ihrem Kopf herrschte gähnende Leere.

Sie bestand nur noch aus Angst.

Todesangst.

Zellner nickte ihr über den auf sie gerichteten Lauf zu.

»Mach die Augen zu und denk an was Schönes. Dann ist es ganz schnell vorbei, ohne dass es wehtut. Versprochen.«

Tilla spürte, wie ihr die Tränen über die Wangen rannen. Sie wollte keine Angst haben. Vor allem aber wollte sie nicht sterben.

Er setzte das Gewehr an, und blinzelnd sah sie, wie sich sein Finger auf den Abzug legte.

Dann kniff sie die Augen fest zusammen und dachte an den goldgelben Sandstrand von Naxos, der in der Abendsonne schimmerte wie pures Gold. Ja, sie konnte sogar das Rauschen der Wellen hören, hatte den salzigen Geschmack der Meeresluft auf den Lippen. Sie ließ sich fallen und spürte, wie alles um sie herum leicht wurde.

Ein infernalischer Knall zerriss diese Leichtigkeit.

Tilla taumelte zurück.

War es das? Hatte er auf sie geschossen? Sie fühlte tatsächlich nichts. Keinen brennenden Schmerz. Und dann war wieder der matschige Waldboden unter ihrem Rücken.

Stimmen. Sie hörte Stimmen. Laute Rufe, die von fern zu ihr drangen.

Als Tilla die Augen endlich öffnen konnte, standen drei Personen in ihrem Blickfeld.

Da war Zellner. Das Gewehr lag zu seinen Füßen auf dem nassen Waldboden. Die Hände ragten in den Himmel. Einige Meter entfernt standen Marhöfer und Ben hinter ihm, die Dienstwaffen direkt auf den Förster gerichtet.

»Keine Bewegung und die Arme schön oben lassen!«, forderte Ben Zellner auf.

Mit vorsichtigen Schritten, die Pistolen noch immer im Anschlag, gingen die beiden Polizisten auf Zellner zu. Tilla sah, wie Ben eine Hand von der Pistole nahm, an seinem Gürtel herumnestelte und die Handschellen löste.

»Und jetzt langsam die Arme runter«, befahl Marhöfer.

Zellner starrte emotionslos zu Boden, während er seine Hände sinken ließ. Er leistete keine Gegenwehr, als die Handschellen hinter seinem Rücken einrasteten.

Mit den Füßen schob Ben das Jagdgewehr außer Reichweite. Er wandte sich Tilla zu, die regennassen Haare hingen ihm strähnig in der Stirn.

»Alles in Ordnung mit dir?«

Sie wischte sich die Tränen aus dem Gesicht und nickte.

»Woher wusstest du …? Ich meine, dass ich hier bin?«

»Hab dein Handy geortet. Und als der Marhöfer mir gesagt hat, dass es sich eigentlich nur um Zellners Hütte handeln konnte, war eigentlich alles klar. Dann mussten wir bloß den Spuren folgen.«

Er blickte nach oben.

»Ein Glück, dass es so stark geregnet hat, sonst hätte ich dich womöglich nicht rechtzeitig gefunden. Und dann war da auf einmal der Basset, der uns hierhin gelotst hat.«

Sie hörte, wie Marhöfer dem Jäger seine Rechte vorlas und blickte Ben an. Die Emotionen in ihrem Inneren überschlugen sich.

»Ihr … du hast mir das Leben gerettet.«

Er zuckte wie beiläufig mit den Schultern.

»Ist ja unser Job … irgendwie.«

Dabei grinste er sie verschmitzt an, unterließ dies aber sofort, als er sich der Situation bewusst wurde.

»Tut mir leid, dass ich dir bei dieser ganzen Sache nicht von Anfang an geglaubt habe.«

Er sprach leise, flüsterte beinahe.

»Das wird nie wieder passieren. Versprochen, Tilla.«

Übermannt von ihren Emotionen, machte Tilla einen Schritt auf ihn zu und umarmte ihn. Dann ließ sie ihren Tränen freien Lauf.

Epilog

»Und du bist wirklich sicher, dass es das Richtige für dich ist?«

»Nein, aber ich werde es wohl nicht herausfinden, wenn ich es nicht wenigstens versuche.«

»Aber …«

»Nichts aber. Die Herde braucht einen neuen Hirten. Und ich bin da und habe Zeit.«

»Ja, aber …«

»Nichts aber«, wiederholte Joos resolut. »Du verstehst das nicht, weil du jung bist.«

»Das hat damit doch überhaupt nichts zu tun!«, antwortete Tilla empört.

»Alles hat damit zu tun«, wiedersprach er ihr. »Das Schlimme am Älterwerden sind nicht die Falten, der Haarausfall, all die großen und kleinen Wehwehchen und der Umstand, dass man keine Nacht mehr durchschlafen kann, weil einen die Blase im Drei-Stunden-Takt auf die Toilette zwingt.«

Sie unterließ den Einwand, dass sie unter dem letztgenannten Punkt ebenfalls zu leiden hatte, da die Klospülung der alten Wassermühle so laut war, dass Tilla jedes Mal hellwach war, wenn Joos sie betätigte. Zwar hatte sie sich im Laufe der Zeit daran gewöhnt, doch darüber hinwegschlafen konnte sie noch immer nicht.

»Nein, das Schlimme am Älterwerden ist, keine Aufgabe mehr zu haben. Nicht mehr gebraucht zu werden. Dann nämlich wirst du auch in deinem Kopf alt.«

Er tippte mit dem Zeigefinger gegen die Schläfe.

»Und wenn es so weit ist, kannst du dir gleich dein Loch schaufeln und dich zum Sterben reinlegen.«

»Aber du wirst gebraucht!«, protestierte Tilla. »Unsere

Gäste, der Toni mit seinen Motorrädern, die Kartenrunde … Und ich brauch dich auch!«

Joos bedachte sie mit einem mitfühlenden Blick und tätschelte ihre Hand.

»Das ist nicht dasselbe. Es geht um einen Dienst an der Allgemeinheit, am Großen und Ganzen.«

Tilla schüttelte den Kopf.

»Aber Schafe hüten? Hirte? Du?«

Joos nickte entschlossen.

»Ja genau, ich werde Schafe hüten. Vielleicht war es eine Fügung des Schicksals, dass die Herde bei mir gelandet ist.«

»Nein, das war eher die Unfähigkeit vom Marhöfer«, widersprach Tilla.

Seit dem frühen Morgen war Joos damit beschäftigt, einen Zaun auf dem riesigen, brachliegenden Grundstück auf der anderen Seite des Baches zu errichten.

Weder die Polizei noch die Lokalpolitik hatten eine Lösung für die herrenlosen einhundertdrei Merinoschafe gefunden. Die Angehörigen von Fiete hatten auch kein Interesse an den Tieren und waren froh, dass Joos sie ihnen abkaufte.

»Außerdem komme ich nie wieder so günstig an eine Herde.«

»Ja ach!«, schnaubte Tilla. »Warum wohl?!«

»Was ist denn ein Eifeldorf ohne eine echte Schafherde?«

Tilla blieb stumm.

»Siehst du, da musst selbst du mir recht geben.«

Er widmete sich dem nächsten dicken Holzpfosten, den er mit fünf festen Hieben in den Boden schlug.

»Außerdem habe ich die Viecher irgendwie ins Herz geschlossen. Ist dir mal aufgefallen, dass sie einen die ganze Zeit über beobachten, wenn man in ihrer Nähe ist?«

Ja, das war ihr aufgefallen, und sie fand es äußerst gruselig.

»Das wird super! Wir brauchen keinen Rasenmäher mehr.«

Er grinste sie gut gelaunt an.

»Und wenn dann alles rund um die Mühle abgegrast ist, gehe ich mit ihnen auf Wanderschaft. Das wird so groot.«

»Ja …«

Tilla seufzte

»Das wird ganz groot.«

»Sag ich ja. Nur die Natur und ich und diese Schafe.«

Sein Blick blieb an Humphrey hängen, der neben ihnen im Gras lag und döste.

»Hin und wieder könnte ich ja auch den Hund mitnehmen, das wird ihm bestimmt gefallen.«

»Auf gar keinen Fall! Den nimmst du mir nicht auch noch! Es reicht schon, dass du fehlst und dass mein treuloser Kater zu einem Polizisten übergesiedelt ist.«

Humphrey schnaufte, als wolle er ihr zustimmen.

»Freu dich doch, dann hast du sturmfrei und kannst auch mal tun und lassen, was du willst.«

»Ich kann tun und lassen, was ich will.«

»Tilla, für ein Mädchen deines Alters ist es absolut nicht gut, wenn du deine Abende *Rommé* spielend mit einem alten Mann verbringst.«

»Du bist nicht alt.«

»Doch, ich bin alt.«

Und wenn schon? Was sollte daran falsch sein? Sie liebte die Abende mit Joos.

»Und? Schon die neuesten Nachrichten gehört?«, fragte Joos.

Tilla nickte, denn sie wusste genau, worauf Joos abzielte.

Es war schlichtweg das Thema des Tages. Zwar konnte Simon Adenbach für seine Taten nicht mehr belangt werden, da sie unter die Verjährungsfrist fielen, aber bis nach Berlin hatten es die Enthüllungen der dunklen Geheimnisse seiner Vergangenheit trotzdem sehr schnell geschafft. Und es hatte keine vierundzwanzig Stunden gedauert, bis man ihn all seiner politischen Ämter enthoben hatte.

»Das wird wohl nichts mehr mit der Kanzlerkandidatur, was?«

»Nein, wohl eher nicht.«

Tilla fragte sich, wie es wohl Ludwig Zellner in seiner Zelle ergangen war, als er es erfahren hatte.

Interessanterweise verspürte sie keinen Hass auf diesen Mann – trotz allem, was er angerichtet und ihr angetan hatte. Auf eine verquere Art und Weise konnte sie verstehen, warum er so gehandelt hatte. Er hatte seinen Sohn beschützen wollen. Auch wenn der Weg, den er dafür gewählt hatte, unter allen Umständen zutiefst zu verurteilen war.

Und die Verurteilung würde kommen. Ben hatte gesagt, dass Zellner in seinem Leben wohl nicht mehr auf freien Fuß gesetzt werden würde.

Sie sah Joos noch eine Weile dabei zu, wie er Holzpfosten um Holzpfosten in den Boden rammte. Ihre Gedanken wanderten zu Fiete, zu Rosel und Franz Metzler, aber auch zu Hannes Adenbach, der unter diesen schrecklichen Umständen erfahren musste, dass er nicht der leibliche Vater seines Sohnes war.

Plötzlich ertönte eine tiefe Autohupe – zweimal kurz und einmal lang – und riss Tilla aus ihren Gedanken.

In der Hofeinfahrt tauchte ein riesiges weißes Wohnmobil auf, das sich durch die enge Einfahrt manövrierte.

Noch einmal tönte die Hupe. Zweimal kurz und einmal lang.

Joos hielt die Handfläche über die Stirn, um seine Augen abzuschirmen.

»Das ist doch nicht etwa …?«

»Doch«, erwiderte Tilla.

Sie schloss die Augen und seufzte. Tief und leidvoll. Denn

egal, wie schlimm es war, es konnte immer noch schlimmer kommen.

»Das ist Mutter.«

»Renate!«

Joos schlug sich aus Versehen den Hammer auf den Daumen.

Unter den Apfelbäumen wieherte Apollo lautstark auf.

ENDE

Am schönsten stirbt es sich im Schwarzwald

Alexander Rieckhoff / Stefan Ummenhofer
TOTENTRACHT
Ein Schwarzwald-Krimi
DEU
384 Seiten
ISBN 978-3-431-04131-6

Vom Ku'damm zum Damwild – Marie Kaltenbachs Einstieg als Kommissarin in der Schwarzwälder Heimat beginnt eher mittelprächtig: Auf dem Weg zur Arbeit fährt sie erst mal ein Reh um, und mit ihrem neuen Kollegen Karl-Heinz Winterhalter liegt sie sich schon vor Dienstbeginn in den Haaren. Und dann gibt's direkt einen Mord! Ein Mann in Tracht liegt erdrosselt in einer Gruft – und ausgerechnet Winterhalters Sohn ist beim Geocaching über die Leiche gestolpert. Dass die beiden Hauptkommissare bei der Suche nach dem Mörder versehentlich in einer Ehetherapie landen, macht die Sache auch nicht gerade besser. Denn der Fall, den sie zu lösen haben, führt sie in dunkle Abgründe ...

Eine tote Nonne im Vatikan – und Tante Poldis Jagdinstinkt kommt voll auf Touren

Mario Giordano
TANTE POLDI UND DIE SCHWARZE MADONNA
Kriminalroman
384 Seiten
ISBN 978-3-431-04115-6

Lecktsmiamarsch, Poldis Geburtstag steht vor der Tür! Blöderweise sieht es nicht so aus, als ob sie den überleben würde. Denn als in Rom eine junge Ordensschwester vom Dach des Apostolischen Palastes stürzt, gerät die Poldi höchstpersönlich unter Verdacht. Einziger Hinweis auf den Täter: eine Schwarze Madonna. Und diesmal hat es die Poldi mit sehr gefährlichen Leuten zu tun. Als sich dann noch in Torre Archirafi auf einmal alle von ihr abwenden, reicht es ihr. Krachledern, mit Perücke und tüchtig *Dings* stürzt die Poldi sich in einen neuen Fall und gerät mit dem Commissario ihres Herzens voll ins Visier der Mörder ...

Bastei Lübbe

Der zweite Fall des ungewöhnlichen Ermittlerduos

Michael Wagner
IM GRAB IST NOCH
EIN ECKCHEN FREI
Ein Sauerland-Krimi
240 Seiten
ISBN 978-3-404-17792-9

In Lüdenscheid findet ein feuchtfröhliches Klassentreffen statt. Unter den Teilnehmern ist auch Theo Kettling. Als der Frührentner am nächsten Tag verkatert aufwacht, erreicht ihn eine Hiobsbotschaft: Drei Schulkameraden sind nach der Feier mit ihren Autos tödlich verunglückt, und zwar völlig unabhängig voneinander. Kann das Zufall sein? Nein!, meint Lieselotte Larisch, eine Bekannte von Theo. Die pensionierte Schulrektorin merkt schließlich sofort, wenn eine Sache zum Himmel stinkt. Theo und sie nehmen die Ermittlungen auf – und befinden sich bald auf einer abenteuerlichen Mörderjagd quer durchs Sauerland.

Bastei Lübbe